Águas do Norte

Ian McGuire

Águas do Norte

tradução
Daniel Galera

todavia

Para Abigail, Grace e Eve

I

Eis o homem.

Sai aos tropeços do pátio do Clappison's, chega à Sykes Street e fareja o ar complexo — terebintina, farinha de peixe, mostarda, grafite, o fedor costumeiro e penetrante do mijo matinal que acabam de derramar dos potes. Bufa, esfrega os cabelos desgrenhados e ajeita a virilha. Cheira os dedos e depois os chupa um por um, extraindo os resquícios, tirando um último proveito do dinheiro gasto. No final da Charterhouse Lane, vira na Wincolmlee no sentido norte e passa pela Taverna De La Pole, pela fábrica de velas de espermacete e pela processadora de oleaginosas. Enxerga os mastros grandes e de mezena que balançam acima dos telhados dos armazéns e escuta os gritos dos estivadores e as pancadas de marreta na fábrica de barris das imediações. Seu ombro raspa nos tijolos vermelhos e desgastados, um cachorro passa correndo, depois uma carroça carregando uma pilha de toras para fazer lenha. Inspira o ar novamente e passa a língua pelos bastiões desnivelados dos dentes. Sente brotar por dentro uma urgência ainda tenra, pequena, porém insistente, uma nova exigência que clama por ser atendida. Seu navio parte ao raiar do dia, mas há algo que precisa ser feito antes disso. Olha em volta por um instante, pensando no que esse algo poderia ser. Repara no aroma rosado de sangue que vem do abatedouro de suínos e no balanço das saias encardidas de uma mulher. Pensa em carne, animal, humana, mas depois muda de ideia — não é esse tipo de anseio, ele decide, não ainda; é o outro tipo, mais brando, menos urgente.

Dá meia-volta e refaz o caminho até a taverna. O balcão está quase vazio a essa hora da manhã. Há um fogo baixo na grelha e um cheiro de fritura. Remexe no bolso, mas só encontra migalhas de pão, um canivete e uma moeda de meio *penny*.

"Rum."

Empurra a única moedinha por cima do balcão. O barman olha a moeda e balança a cabeça.

"Vou partir de manhã cedo", explica, "no *Volunteer*. Posso mostrar minha nota promissória."

O barman dá uma risada desdenhosa.

"Acha que sou otário?", ele diz.

O homem dá de ombros e pensa um pouco.

"Cara ou coroa, então. Essa minha faca de boa qualidade contra um dedo de rum."

Põe o canivete no balcão, e o barman o apanha e examina de perto. Ele abre a lâmina e testa o fio no gomo do polegar.

"É uma faca das boas, essa daí", diz o homem. "Nunca me deixou na mão."

O barman tira um xelim do bolso e o exibe por um instante. Depois joga a moeda para o alto e a imobiliza com uma palmada forte no balcão. Os dois conferem o resultado. O barman faz um sinal com o queixo, pega o canivete e o guarda no bolso do colete.

"E agora vê se vai à merda", ele diz.

A expressão do homem não se altera. Não mostra nenhum sinal de irritação ou surpresa. É como se perder o canivete fizesse parte de um plano maior e mais complexo, ao qual ninguém mais tem acesso. Momentos depois o homem se curva, remove as botas de marinheiro e as põe em cima do balcão.

"Joga outra vez", diz.

O barman revira os olhos e lhe dá as costas.

"Não quero essas botas de merda", ele diz.

"Você ficou com a minha faca", diz o homem. "Não pode desistir agora."

"Não quero merda de bota nenhuma", o barman repete.

"Não pode desistir."

"Faço o que eu bem entender", diz o barman.

Um *shetlander* está encostado na outra ponta do bar, observando. Ele está usando um gorro e bombachas de lona incrustadas de sujeira. Seus olhos estão vermelhos, caídos e bêbados.

"Te pago uma bebida do meu bolso", diz o *shetlander*, "se calar a maldita boca."

O homem o encara. Já brigou com *shetlanders* antes, em Lerwick e em Peterhead. Não são lutadores inteligentes, mas são teimosos e difíceis de derrubar. Esse traz no cinto uma faca enferrujada de cortar gordura de baleia e tem um ar petulante e encrenqueiro. Após uma breve pausa, o homem assente com a cabeça.

"Ficaria agradecido", diz. "Passei a noite nos puteiros e a garganta secou."

O *shetlander* acena para o barman, e este, fazendo questão de mostrar relutância, serve mais uma dose. O homem recolhe suas botas do balcão, pega a bebida e vai até um banco próximo ao fogo. Após alguns minutos se deita, encolhe os joelhos no peito e adormece. Quando acorda de novo, o *shetlander* está acomodado numa mesa do canto da taverna, conversando com uma prostituta. Ela é morena e gorda, e tem a pele manchada e dentes esverdeados. O homem a reconhece, mas não lembra seu nome. Betty?, ele se pergunta. Hatty? Esther?

O *shetlander* chama um menino negro que está agachado ao lado da porta, entrega-lhe uma moeda e manda que busque um prato de mexilhões no peixeiro da Bourne Street. O menino tem nove ou dez anos, é mirrado, com olhos grandes e pretos e a pele parda. O homem se ajeita no banco e abastece o cachimbo com os últimos farelos de tabaco. Acende o cachimbo e olha em volta. Acordou renovado e disposto. Pode sentir os músculos em repouso sob a pele, o coração se contraindo e relaxando dentro do peito. O *shetlander* tenta beijar a mulher mas ela o repele com um guincho avarento. *Hester*, o homem se lembra. O nome da mulher é Hester, ela tem um quarto sem janelas na James Square, equipado com uma cama de ferro, um jarro, uma bacia e um bulbo de borracha para lavar esporro. Levanta e vai andando até perto dos dois.

"Me paga mais uma dose", diz.

O *shetlander* olha de canto, balança a cabeça e volta a dar atenção a Hester.

"Só mais uma dose e fim de conversa."

O *shetlander* o ignora, mas o homem não se move. Tem uma paciência bobalhona e desaforada. Sente o coração inchar e encolher enquanto aprecia o cheiro comum às tavernas — peidos, fumaça de cachimbo, cerveja derramada. Hester olha para ele e dá uma risadinha. Seus dentes estão mais cinzentos que nunca; sua língua adquiriu a cor de um fígado de porco. O *shetlander* retira a faca de cortar gordura de baleia do cinto e a põe sobre a mesa. Depois se levanta.

"Prefiro cortar fora as suas bolas do que te pagar outra bebida", ele diz.

O *shetlander* é magro e tem uma postura relaxada. Seus cabelos e sua barba estão impregnados de gordura de foca e ele exala os fedores de um castelo da proa. Agora o homem começa a entender o que deve fazer — começa a perceber a natureza dos anseios que traz em si, a entrever os contornos gerais de sua consumação. Hester dá outra risadinha. O *shetlander* pega a faca e encosta a lâmina fria na bochecha do homem.

"Também posso cortar fora essa bosta desse nariz e dar pros porcos lá atrás."

Ele ri disso, e Hester ri com ele.

O homem não parece abalado. Esse ainda não é o momento que aguarda. É apenas um interlúdio maçante, porém necessário, uma pausa. O barman pega um porrete e abre a porta rangente que dá acesso ao balcão.

"Você", ele diz, apontando para o homem, "é um vagabundo de merda e um mentiroso, e quero que suma daqui."

O homem consulta o relógio de parede. Passa um pouco do meio-dia. Tem dezesseis horas para fazer seja lá o que precisa fazer. Para se satisfazer de novo. O clamor que sente é o corpo dizendo do que precisa, conversando com ele — às vezes é um sussurro, às vezes um murmúrio, às vezes um berro. O corpo nunca se cala; quando se calar, o homem saberá que finalmente morreu, que algum outro desgraçado finalmente o matou e nada resta a fazer.

Dá um passo repentino na direção do *shetlander*, para que ele saiba que não tem medo, e depois recua. Vira-se para o barman e levanta o queixo.

"Pode enfiar esse cajado no cu", diz.

O barman indica a porta. Quando o homem está saindo, o menino chega trazendo um prato de metal cheio de mexilhões fumegantes e aromáticos. Eles trocam um olhar ligeiro e o homem sente sua convicção pulsando outra vez.

Volta caminhando pela Sykes Street. Não pensa no *Volunteer*, que ele passou a semana anterior preparando e carregando, e que agora repousa nas docas, nem na sangrenta viagem de seis meses que terá pela frente. Pensa apenas no momento presente — Grotto Square, os Banhos Turcos, a casa de leilões, a fábrica de cordas, as pedras do calçamento sob os pés, o céu indiferente de Yorkshire. Não é, por natureza, impaciente ou inquieto; quando é necessário esperar, espera. Encontra um muro e senta em cima dele; quando sente fome, chupa uma pedra. As horas passam. Os transeuntes reparam na sua presença, mas não arriscam uma conversa. O momento logo chegará. Observa as sombras se alongando, a chuva chega e vai embora em seguida, as nuvens estremecem no céu ensopado. A tarde está quase terminando quando, até que enfim, os avista. Hester está cantando uma balada; o *shetlander* a conduz desajeitadamente com uma das mãos e segura uma garrafa de grogue com a outra. Vê os dois entrarem na Hodgson's Square. Espera um pouco, depois sai às pressas e vira na Caroline Street. Ainda não é noite, mas conclui que já está escuro o suficiente. As janelas do Tabernáculo estão acesas; o ar carrega um cheiro de poeira de carvão e de miúdos. Alcança Fiche's Alley antes deles e se esgueira beco adentro. O pátio está vazio, exceto por um varal de roupas encardidas e pelo cheiro agudo e amoníaco de mijo de cavalo. Fica de costas para uma porta escura, com um pedaço de tijolo na mão. Quando Hester e o *shetlander* entram no pátio, aguarda um instante para ter certeza e então dá um passo à frente e golpeia o *shetlander* com força atrás da cabeça.

O osso cede com facilidade. O sangue esguicha fino e se ouve um barulho como o de um graveto verde se quebrando. O *shetlander* tomba para a frente, atordoado, e seu nariz e seus dentes se espatifam no calçamento de pedra. Antes que Hester possa gritar, o homem já está com a faca de gordura de baleia em sua garganta.

"Vou te abrir no meio como um bacalhau", promete.

Ela o encara com olhos desvairados e leva ao alto as mãos emporcalhadas.

Esvazia os bolsos do *shetlander*, fica com seu dinheiro e tabaco e se desfaz do resto. Há uma auréola de sangue se expandindo em torno do rosto e da cabeça do *shetlander*, mas ele ainda respira de leve.

"Temos que tirar esse desgraçado daqui agora", diz Hester, "ou vou me danar."

"Então tire", diz o homem. Sente-se um pouco mais leve do que há pouco, como se o mundo a seu redor tivesse se alargado.

Hester tenta arrastar o *shetlander* pelo braço, mas ele é pesado demais. Ela escorrega no sangue e cai no chão. Ri sozinha e depois começa a gemer. O homem abre a porta do depósito de carvão e arrasta o *shetlander* para dentro pelos calcanhares.

"Podem encontrar ele amanhã", diz. "Estarei longe daqui."

Ela se coloca em pé, ainda tonta de bebida, e tenta inutilmente limpar a lama da saia. O homem vira-lhe as costas e vai embora.

"Não teria uns xelins pra me dar, querido?", Hester grita. "Pela incomodação."

Leva uma hora até rastrear o menino. Seu nome é Albert Stubbs, ele dorme em uma galeria de tijolos embaixo da ponte norte e sobrevive à base de ossos, cascas de vegetais e das moedinhas que ganha aqui e ali fazendo favores para os bêbados que se reúnem nas tavernas infectas do porto à espera de um navio.

O homem lhe oferece comida. Mostra o dinheiro que roubou do *shetlander*.

"Escolha o que quer comer", diz, "e eu compro pra você."

O menino o encara sem dizer nada, como um animal surpreendido na toca. O homem repara que ele não desprende cheiro algum — no meio de toda essa imundície, ele de algum modo permaneceu limpo, imaculado, como se sua pigmentação naturalmente escura fosse uma proteção contra o pecado, e não, como acreditam certos homens, uma expressão natural dele.

"Você é uma coisa rara de ver", o homem lhe diz.

O menino pede rum e o homem tira uma garrafinha grudenta do bolso e lhe entrega. À medida que bebe o rum, o menino vai ficando com os olhos embaçados e sua relutância começa a ceder.

"Meu nome é Henry Drax", o homem explica com toda a suavidade de que é capaz. "Sou arpoador. Embarco de manhã cedo no *Volunteer*."

O menino acena com a cabeça, sem interesse, como se estivesse ciente dessa informação há muito tempo. Seus cabelos são mofados e opacos, mas a pele é sobrenaturalmente lustrosa. Ela brilha na claridade baça do luar como teca polida. O menino está descalço e o contato com o pavimento deixou as solas de seus pés pretas e calejadas. Drax sente o ímpeto de tocá-lo — no rosto, quem sabe, ou no canto do ombro. Seria um sinal, pensa, uma maneira de começar.

"Eu te vi na taverna", diz o menino. "Lá você não tinha dinheiro."

"Minha situação se alterou", explica Drax.

O menino assente de novo e bebe mais rum. Talvez esteja lá para os doze anos, pensa Drax, mas é raquítico, como tantos outros. Estende a mão e afasta a garrafinha da boca do menino.

"Você deveria comer alguma coisa", diz. "Venha comigo."

Eles caminham juntos, em silêncio, pelas ruas Wincolmlee e Sculcoates, passam na frente do Whalebone Inn e das madeireiras. Entram na padaria do Fletcher, e Drax espera enquanto o menino devora uma torta de carne.

Ao terminar de comer o menino limpa a boca com a mão, puxa o catarro do fundo da garganta e escarra na sarjeta. De repente ele parece mais velho que antes.

"Conheço um lugar aonde podemos ir", diz o menino, apontando para o outro lado da rua. "Bem ali, olha, passando o estaleiro."

Drax percebe na mesma hora que deve ser uma armadilha. Se for ao estaleiro com o negrinho, será espancado e depenado como um pobre-diabo. Surpreende que o menino o tenha subestimado a esse ponto. Sente, em primeiro lugar, desprezo pela falta de juízo do menino, mas logo em seguida, trazendo uma sensação bem mais agradável, como a de uma nova ideia assomando e estremecendo, a fúria começa a despontar.

"Sou eu que fodo com os outros, eu", diz para o menino com uma voz suave. "Ninguém fode comigo."

"Sei disso", diz o menino. "Entendi."

O outro lado da rua está imerso em sombras. Há um portão de madeira de três metros com a tinta verde descascando, um muro de tijolos e depois um beco cheio de entulho. Não há luz no interior do beco, e só se ouvem as botas de Drax esmagando o chão e os chiados intermitentes e tuberculosos do menino. A lua amarela está entalada como um bolo alimentar na garganta estreita do céu. Um minuto depois, chegam a um pátio parcialmente coberto por barris quebrados e peças enferrujadas.

"É por ali", diz o menino. "Estamos quase lá."

O rosto dele denuncia um entusiasmo suspeito. Se Drax ainda tinha alguma dúvida, ela agora desapareceu.

"Vem cá", diz ao menino.

O menino faz uma cara fechada e aponta de novo a direção que devem seguir. Drax imagina quantos comparsas do menino aguardam a sua chegada no estaleiro e que tipo de arma pretendem usar contra ele. Será, pensa consigo mesmo, que ele realmente aparenta ser o tipo de paspalho indefeso que pode ser assaltado por crianças? É essa a impressão que transmite ao mundo naquele momento?

"Vem cá", repete.

O menino faz que não é com ele e segue em frente.

"Vamos fazer agora", fala Drax. "Aqui e agora. Não vou esperar."

O menino para e balança a cabeça.

"Não", ele diz. "No estaleiro é melhor."

A penumbra do pátio o aperfeiçoa, pensa Drax, abranda os seus encantos, resultando numa beleza algo acabrunhada. Parado ali, ele parece um ídolo pagão, um totem esculpido em ébano, nem tanto um menino, mas o ideal exagerado de um menino.

"Que tipo de otário você pensa que eu sou?", pergunta Drax.

O menino fecha a cara, mas em seguida abre um sorriso cativante e implausível. Nada disso é novo, pensa Drax, tudo já foi feito antes, e tudo será feito de novo em outros lugares e outras épocas. O corpo tem seus padrões enfadonhos, suas regularidades: alimentação, limpeza, esvaziamento dos intestinos.

O menino encosta de leve no seu cotovelo e indica mais uma vez a direção que gostaria que seguissem. O estaleiro. A armadilha. Drax escuta uma gaivota gritando acima, repara no cheiro palpável de betume e tinta a óleo e na amplidão sideral da Ursa Maior. Agarra o menino negro pelos cabelos e lhe dá um soco, e depois continua socando — duas, três, quatro vezes, rápido, sem hesitação nem compungimento — até que seus punhos estejam quentes e escuros de sangue e o menino desabe, mole e inconsciente. Ele é magro e esquálido, não pesa mais que um terrier. Drax o vira de barriga para baixo e puxa suas calças. Não há prazer no ato, tampouco alívio, uma constatação que só agrava a sua ferocidade. Drax foi privado de algo vivo, algo inominável, porém real.

Nuvens de chumbo e estanho obstruem a lua quase cheia; ouve-se o estardalhaço das rodas de carroça revestidas de ferro e o gemido infantil de uma gata no cio. Drax procede sem cerimônia: uma ação depois da outra, indiferente e precisa, maquinal, mas não mecânica. Permanece agarrado ao mundo como um cachorro mordendo um osso — nada lhe é obscuro, nada é alheio a seus apetites ferozes e sombrios. O que o menino negro era até momentos antes já desapareceu.

Perdeu-se por completo, e uma outra coisa, totalmente diversa, apareceu no lugar. O pátio é agora o reduto de uma magia torpe, de transmutações sanguinolentas, e Henry Drax é seu artífice selvagem e profano.

2

Brownlee se considera, depois de trinta anos no tombadilho, um avaliador competente do caráter humano, mas esse sujeito novo, Sumner, esse médico irlandês que acaba de chegar do conflito no Punjab, é um caso dos mais complexos. Ele é baixo e sem traços marcantes, tem um olhar de perplexidade que incomoda, uma perna manca que não ajuda, e fala uma versão boçal e barbaramente deturpada da língua inglesa; ainda assim, apesar dessas óbvias e numerosas deficiências, Brownlee tem a sensação de que ele vai servir. Há algo precisamente ali, na falta de jeito e na indiferença do rapaz, na sua capacidade e disposição para *não* agradar, que Brownlee, talvez lembrando de como ele próprio era numa fase mais jovem e despreocupada da vida, acha estranhamente cativante.

"E aí, qual é a história por trás dessa perna?", pergunta Brownlee, dobrando o próprio tornozelo como incentivo. Eles estão sentados na cabine do capitão no *Volunteer*, bebendo conhaque e revisando detalhes da viagem que terão pela frente.

"Uma bala de mosquete de um sipaio", explica Sumner. "Minha tíbia estava no caminho dela."

"Isso foi em Déli? Depois do cerco?"

Sumner assente.

"No primeiro dia do ataque, perto do Portão da Caxemira."

Brownlee revira os olhos e solta um assobio grave, mostrando aprovação.

"Você viu Nicholson ser atingido?"

"Não, mas vi o corpo dele mais tarde, quando já estava morto. No alto da montanha."

"Um homem extraordinário, Nicholson. Um grande herói. Dizem que os pretos o idolatravam como um deus."

Sumner dá de ombros.

"Ele tinha um guarda-costas pachto. Um filho da puta enorme, chamado Khan. Dormia no lado de fora da barraca para defendê--lo. Corria o boato de que eram namoradinhos."

Brownlee balança a cabeça e sorri. Ele leu tudo a respeito de Nicholson no *Times* de Londres: que marchava com seus homens no calor mais desumano sem jamais pedir água ou verter uma gota de suor, que certa vez partiu ao meio um sipaio rebelde com um único golpe de sua tremenda espada. Sem homens como Nicholson — implacáveis, severos, cruéis quando necessário —, o império, acreditava Brownlee, já estaria completamente perdido há muito tempo. E, sem o império, quem compraria o óleo, quem compraria a barbatana de baleia?

"Inveja", ele diz. "Amargura e nada mais. Nicholson é um grande herói, um pouquinho selvagem, às vezes, pelo que ouvi dizer, mas o que se poderia esperar?"

"Vi ele enforcar um homem somente por ter sorrido para ele, e o pobre coitado nem tinha sorrido."

"Limites precisam ser colocados, Sumner", diz Brownlee. "Padrões civilizatórios precisam ser mantidos. Às vezes é necessário combater fogo com fogo. Os pretos mataram mulheres e crianças, afinal, estupraram, cortaram a gargantinha delas. Uma coisa dessas exige vingança à altura."

Sumner concorda com a cabeça e desvia o olhar para suas calças pretas com os joelhos desbotados e suas botas curtas que não são engraxadas há muito tempo. Brownlee se pergunta se o seu novo médico é um cínico ou um sentimental, ou (seria possível?) um pouco de cada.

"Ah, se tem algo que não faltou, foi isso", diz Sumner, voltando a encarar o outro com um meio sorriso, "uma boa dose de vingança à altura. Nenhuma dúvida."

"Mas, me diga, por que foi embora da Índia?", pergunta Brownlee, se reacomodando no banco estofado. "Por que abandonou o Sexagésimo Primeiro? Não foi por causa da perna?"

"Não foi por causa da perna, por Deus, não. Eles adoravam a perna."

"Então por quê?"

"Tirei a sorte. Seis meses atrás, meu tio Donal morreu do nada e me deixou uma fazenda de laticínios em Mayo — vinte hectares, vacas, uma fábrica de derivados. Vale pelo menos mil guinéus, provavelmente mais, com certeza o suficiente para que eu compre uma casinha bonita nos condados e um consultório de respeito em algum lugar sossegado e rico: Bognor, Hastings, ou até em Scarborough. Aprecio a brisa marinha, sabe, e me agrada um calçadão à beira-mar."

Brownlee duvida que as boas viúvas de Scarborough, Bognor ou Hastings realmente gostariam de deixar seus males aos cuidados de um zé-povinho baixote e perneta, mas se priva de expressar essa opinião.

"Então o que está fazendo sentado aqui comigo", pergunta em vez disso, "num navio baleeiro rumo à Groenlândia? Logo você, um famoso proprietário de terras irlandês."

Sumner reage ao sarcasmo com um sorriso, coça o nariz, deixa passar.

"Há complicações judiciais com a propriedade. Primos misteriosos saíram das sombras, reclamantes."

Brownlee suspira em solidariedade.

"É sempre a mesma coisa", diz.

"Me disseram que o caso pode levar um ano para ser resolvido, e até lá não tenho muito o que fazer, e muito menos dinheiro para fazer qualquer coisa. Estava passando por

Liverpool, voltando após uma reunião com os advogados em Dublin, e conheci o sr. Baxter no bar do Adelphi Hotel. Começamos a conversar, e quando ele ficou sabendo que eu tinha sido médico do exército e precisava de um trabalho que pagasse bem, ele fez os cálculos e viu que a conta fechava."

"Esse Baxter é um empresário dos mais astutos", diz Brownlee, com os olhos brilhando de satisfação. "Pessoalmente, não confio naquele canalha. Acredito que ele tem alguma parte de sangue hebraico correndo naquelas veias atrofiadas."

"Os termos que ele me propôs pareceram aceitáveis. Não espero que a caça à baleia me traga riqueza, capitão, mas pelo menos ela me manterá ocupado enquanto as engrenagens da justiça rangem."

Brownlee torce o nariz.

"Ah, vamos manter você ocupado de uma forma ou de outra", diz. "Para quem quer trabalhar, trabalho não falta."

Sumner assente, bebe o resto do conhaque e devolve o copo à mesa com uma pancada leve. O lampião a óleo que pende do teto de madeira escura permanece apagado, mas as sombras nos cantos da cabine se aprofundam e se alastram à medida que a luz externa começa a baixar e o sol se perde de vista por trás da comoção de ferro e tijolos das chaminés e dos telhados.

"Estou às suas ordens, senhor", diz Sumner.

Brownlee fica pensando no que isso significa, mas logo conclui que não significa nada. Baxter não tem o hábito de entregar segredos. Se escolheu Sumner por algum motivo específico (além dos óbvios: baixo custo e disponibilidade), é provável que tenha a ver apenas como fato de o irlandês ser tranquilo e sugestionável, e de evidentemente estar com a cabeça ocupada por outros assuntos.

"Em regra, não são necessários muitos cuidados médicos num baleeiro, a meu ver. Quando os homens ficam doentes, ou acabam melhorando sozinhos, ou se recolhem por conta própria e morrem — é a minha experiência, pelo menos. As poções não fazem muita diferença."

Sumner levanta uma sobrancelha, mas não parece atingido pelo desdém gratuito à sua profissão.

"Preciso examinar a maleta de remédios", diz, sem muito entusiasmo. "Pode ser que precise acrescentar ou substituir alguns itens antes de partirmos."

"O baú está guardado na sua cabine. Há um farmacêutico na Clifford Street, ao lado da sede da maçonaria. Pegue o que precisar e diga para enviarem a conta ao sr. Baxter."

Os dois levantam da mesa. Sumner estende a mão e Brownlee dá um aperto rápido. Um fita o outro por um instante, como se esperassem obter a resposta para uma pergunta secreta que, por receio ou precaução, não fazem em voz alta.

"Baxter não vai gostar muito disso, imagino", Sumner enfim diz.

"Baxter que se dane", diz Brownlee.

Meia hora mais tarde, Sumner senta no beliche com as costas curvadas e lambe a ponta do toco de lápis. Sua cabine tem as dimensões do mausoléu de um bebê e, mesmo antes de a viagem começar, já está contaminada por um cheiro azedo e vagamente fecal. Ele examina com desconfiança a maleta de remédios e começa a anotar sua lista de compras: *chifre de cervo*, escreve, *sais de Glauber, Essência de Alvarrã*. De vez em quando, destampa um frasco e aspira seu conteúdo ressequido. Nunca ouviu falar de metade das coisas ali: Tragacanto? Guaiaco? Essência Londrina? Não admira que Brownlee pense que as "poções" não funcionam: a maior parte dessa merda é shakespeariana. Será que o médico anterior era alguma espécie de druida? *Láudano*, ele escreve sob a luz ovoide de um lampião de gordura, *absinto, pílulas de ópio, mercúrio*. Haverá muita gonorreia na tripulação de um baleeiro?, ele se pergunta. Talvez não, já que é quase certo que as putas do Círculo Polar Ártico podem ser contadas nos dedos. A julgar pela quantidade de sais de Epsom e de óleo de rícino que já se encontram no baú, contudo, a constipação deve ser um problema considerável. Os bisturis, percebe, são antigos e estão todos enferrujados e sem fio. Precisará afiá-los antes de iniciar qualquer sangria. Provavelmente foi uma boa ideia ter trazido seus próprios bisturis e uma serra cirúrgica não muito usada.

Um pouco depois, fecha a maleta de remédios e a empurra de novo para debaixo da cama, onde divide espaço com o baú de ferro gasto que ainda leva consigo desde os tempos da Índia. Num hábito automático, e sem olhar para baixo, Sumner balança o cadeado do baú e apalpa o bolso do colete para verificar que ainda está com a chave. Tranquilizado, ele levanta, sai da cabine e sobe a escada estreita que leva ao convés. Prevalece um odor de verniz, lascas de madeira e fumaça de cachimbo. Barris de carne de gado e feixes de aduelas estão sendo transportados com a ajuda de cordas para dentro do porão de carga da proa, alguém está pregando o telhado da cozinha, e vários marujos estão trepados no cordame, balançando baldes de piche. Um vira-latas passeia por perto e estanca de repente para se lamber. Sumner se detém ao lado do mastro de mezena e observa o cais. Não reconhece nenhuma pessoa que está ali. O mundo é enorme, pensa consigo mesmo, e ele não passa de um ponto minúsculo e insignificante, algo que pode desaparecer e ficar esquecido para sempre. Esse pensamento, que todos costumam achar desagradável, agora o agrada. Seu plano é se dissolver, se dissipar, e somente depois, mais tarde, se recompor. Desce a prancha de portaló e segue até o farmacêutico da Clifford Street, a quem entrega sua lista. O farmacêutico, que é careca, pálido e banguela, examina a lista e depois ergue os olhos.

"Não tá certo", ele diz. "Não para uma viagem de caça à baleia. Tem coisa demais."

"Baxter vai pagar tudo. Pode enviar a fatura diretamente a ele."

"Baxter viu essa lista?"

A loja é escura e os linimentos dão à atmosfera amarronzada uma qualidade espessa e sulfurosa. O careca tem as pontas dos dedos manchadas com o laranja vivo de alguma substância química e suas unhas são curvas e pontudas; por baixo das mangas arregaçadas, Sumner vê as bordas azuladas de uma velha tatuagem.

"Acha mesmo que eu incomodaria Baxter com algo assim?", diz Sumner.

"Ele vai se sentir incomodado quando ver essa merda dessa fatura. Conheço Baxter, ele é um mão-de-vaca desgraçado."

"Apenas me dê o que estou pedindo", diz Sumner.

O homem balança a cabeça e esfrega as mãos no avental manchado.

"Não posso dar tudo isso aqui", ele diz, apontando o papel sobre o balcão. "Nem isso. Se der, não serei pago. Vou dar a quantia usual de cada, não mais que isso."

Sumner se inclina para a frente. O balcão liso esmaga sua barriga.

"Acabo de voltar das colônias", explica, "de Déli."

O careca reage à informação com desinteresse, enfia o indicador na orelha direita e o gira ruidosamente.

"Posso te vender uma bengala de bétula de boa qualidade para essa perna aí", ele diz. "Castão de marfim ou dente de baleia, o que preferir."

Sem responder, Sumner se afasta do balcão e começa a olhar a loja, como se de uma hora para a outra tivesse tempo de sobra à disposição e nada muito interessante a fazer. As paredes laterais estão abarrotadas com frascos, garrafas e tubos de toda espécie, repletos de líquidos, unguentos e pós.

Atrás do balcão há um grande espelho amarelado que reflete o dorso da careca do farmacêutico. Num dos lados do espelho há uma série de gavetas de madeira quadradas, cada qual com sua etiqueta de identificação e um puxador de metal no meio, e no outro lado há uma sequência de prateleiras que formam um mostruário de animais empalhados, dispostos em variadas poses melodramáticas e de luta. Há uma coruja--das-torres prestes a devorar um rato, um texugo em eterna batalha com um furão, um gibão laocoonteano sendo estrangulado por uma cobra.

"Foi você que fez todos eles?", Sumner pergunta.

O homem aguarda um momento antes de acenar com a cabeça, confirmando.

"Sou o melhor taxidermista da cidade", ele diz. "Pode perguntar por aí."

"E qual o maior animal que já empalhou? O maior de todos, quero dizer. Diga a verdade."

"Já fiz uma morsa", o careca diz, como quem não quer nada. "Já fiz um urso-polar. Eles trazem coisas assim nos navios que vão à Groenlândia."

"Você empalhou um urso-polar?", pergunta Sumner.

"Empalhei."

"Porra, um *urso*", Sumner repete, agora sorrindo. "Aí está algo que eu gostaria de ver."

"Fiz ele em pé nas patas traseiras", diz o careca, "com as garras mortíferas rasgando o ar gelado, assim." Ele leva ao alto as mãos alaranjadas e arreganha o rosto como se estivesse rosnando. "Fiz pro Firbank, o cretino cheio da grana que mora naquele casarão na Charlotte Street. Acho que o urso continua lá no grande salão de entrada, ao lado do cabideiro de dente de baleia."

"E você seria capaz de empalhar uma baleia?", pergunta Sumner.

O homem balança a cabeça e ri com a ideia.

"Não se pode empalhar uma baleia", ele diz. "Além do tamanho, que torna o trabalho impossível, elas apodrecem rápido demais. De todo modo, que homem em sã consciência ia querer uma baleia empalhada?"

Sumner assente e sorri de novo. O careca continua pensando naquilo e não consegue prender o riso.

"Já fiz uma porção de lúcios", ele prossegue, envaidecido. "Muitas lontras. Teve uma vez que trouxeram um ornitorrinco."

"E se trocássemos os nomes?", diz Sumner. "Na fatura? Diga que é absinto. Diga que é calomelano, se quiser."

"Já temos calomelano na lista."

"Absinto, então, podemos dizer que é absinto."

"Podemos dizer que é vitríolo azul", sugere o homem. "Alguns médicos levam uma boa quantidade disso."

"Diga que é vitríolo azul, então, e que o outro é absinto."

O homem faz um sinal afirmativo com a cabeça e realiza um rápido cálculo mental.

"Um frasco de absinto", diz, "e três onças de vitríolo vão dar conta disso." Ele se vira e começa a abrir gavetas e a retirar frascos das prateleiras. Sumner inclina-se sobre o balcão e observa enquanto o homem pesa, peneira e mói os medicamentos e tampa os frascos.

"Você já embarcou em algum navio?", Sumner pergunta. "Para caçar baleias?"

O farmacêutico balança a cabeça sem tirar os olhos do trabalho.

"O comércio na Groenlândia é perigoso", ele diz. "Prefiro ficar em casa, onde é quentinho e seco, e onde o risco de uma morte violenta é reduzido."

"Você é um sujeito sensato, então."

"Sou cauteloso, só isso. Já vi coisas."

"Você é uma pessoa afortunada, eu diria", retruca Sumner, olhando outra vez para a loja à sua volta. "Afortunada por ter tanta coisa a perder."

O homem levanta a cabeça e o encara para verificar se está sendo alvo de chacota, mas a expressão no rosto de Sumner é de pura sinceridade.

"Não é tanto assim", ele diz, "comparado a outros."

"É alguma coisa."

O farmacêutico assente, amarra o embrulho com um barbante e o empurra sobre o balcão.

"O *Volunteer* é uma boa embarcação", ele diz. "Sabe se achar no meio dos campos de gelo."

"E Brownlee? Ouvi dizer que é azarado."

"Baxter confia nele."

"É verdade", diz Sumner, pegando o embrulho, colocando debaixo do braço e se curvando para assinar o recibo. "E o que podemos dizer do sr. Baxter?"

"Podemos dizer que é rico", responde o farmacêutico, "e por essas bandas não é comum que um homem enriqueça sendo um idiota."

Sumner sorri e se despede com um rápido aceno de cabeça.

"Amém", diz.

Começou a chover, e um aroma fresco e ameno se sobrepõe ao cheiro residual de esterco de cavalo e da carne no açougue. Em vez de voltar para o *Volunteer*, Sumner vira à esquerda e encontra uma taverna. Pede uma dose de rum e leva o copo para uma pequena sala contígua, imunda, com uma lareira apagada e uma vista desagradável do pátio adjacente. Não há mais ninguém sentado ali. Ele desamarra o embrulho do farmacêutico, pega um dos frascos e derrama metade do conteúdo no copo. O rum escuro escurece ainda mais. Sumner inspira, fecha os olhos e bebe a mistura de um gole só.

Talvez ele esteja livre, pensa enquanto aguarda que a droga comece a fazer efeito. Talvez essa seja a melhor maneira de compreender a sua situação atual. Depois de tudo que o acometeu: traição, humilhação, pobreza, desonra; a morte dos pais, por tifo; a morte de William Harper, por causa da bebida; os vários esforços equivocados ou abandonados; as várias oportunidades perdidas e os planos que foram por água abaixo. Depois disso tudo, ele pelo menos segue vivo. O pior já aconteceu — não aconteceu? — e apesar disso ele continua intacto, seu corpo está quente e respira. Ele já não é nada, é bem verdade (um médico num navio baleeiro de Yorkshire — que tipo de recompensa é essa, levando em conta tudo o que passou?), mas não ser nada, quando visto por outro ângulo, também é ser qualquer coisa. Não é mesmo? Em vez de perdido, desimpedido? *Livre?* E esse medo que sente agora, esse sentimento de perpétua incerteza, só pode ser — decide ele — um sintoma inesperado desse estado irrestrito em que se encontra.

Sumner experimenta um momento de grande alívio diante dessa conclusão tão nítida e sensata, que pôde ser alcançada de maneira tão fácil e rápida, mas então, quase imediatamente depois, quase antes que tivesse a oportunidade de desfrutar daquela nova sensação, ele se dá conta de que a liberdade da qual goza é no fundo um tanto vazia — é a liberdade de um andarilho ou de um animal. Se ele é livre em sua atual condição, a mesa que tem diante de si também é livre, e o mesmo vale para o seu copo. E o que significa ser *livre*, no fim das contas? Palavras como essa são tênues, se amassam e desmancham ao menor toque. Somente as ações contam, ele pensa pela décima milésima vez, somente acontecimentos. Todo o resto é vapor, névoa. Ele toma mais um gole e lambe os lábios. Pensar demais é um erro grave, lembra a si mesmo, um erro grave. A vida não aceita ser resolvida como um quebra-cabeças nem se curva ao peso de ladainhas; ela precisa ser vivida até o fim, sobrevivida, de qualquer jeito que o homem tenha à sua disposição.

Sumner apoia a cabeça na parede caiada e fica observando a entrada do recinto com um olhar vago. Consegue ver o taberneiro lá no fundo, atrás do bar, e ouvir o tilintar dos utensílios de metal e o rangido de uma porta de alçapão se fechando. Sente surgir no peito uma nova onda confortante de clareza e alívio. É o corpo, pensa, e não a mente. É o sangue que importa, a química. Passam alguns minutos e ele se sente bem melhor consigo mesmo e com o mundo. O capitão Brownlee, ele pondera, é um bom homem, e Baxter também, à sua maneira. São homens dedicados. Acreditam em atos e consequências, captura e recompensa, na geometria simples da causa e efeito. E quem pode dizer que estão equivocados? Olha para o copo vazio e pensa se seria sábio pedir mais um. Ficar em pé não seria um problema, acha, mas *falar*? Sente a língua achatada, como se não lhe pertencesse, e não pode ter certeza do que sairia se tentasse falar — que idioma, exatamente? Que ruídos? O taberneiro, como se tivesse captado de longe o dilema, lança um olhar em sua direção, e Sumner gesticula com o copo vazio.

"Perfeitamente", diz o taberneiro.

Sumner sorri pensando na elegância simples daquela troca de mensagens — a necessidade percebida, a satisfação provida. O taberneiro adentra o recinto com uma garrafa de rum pela metade e enche seu copo. Sumner agradece com um aceno de cabeça e tudo fica bem.

A rua já está escura e parou de chover. Uma luz difusa e gasosa ilumina o pátio de amarelo. Na sala ao lado, algumas mulheres riem alto. Há quanto tempo estou aqui sentado?, Sumner se pergunta de repente. Uma hora? Duas? Ele termina a bebida, amarra de novo o embrulho do farmacêutico e levanta. O recinto, agora, parece muito menor do que quando havia entrado. Ainda não há fogo na lareira, mas alguém colocou um lampião a óleo em cima de uma banqueta, ao lado da porta de entrada. Caminha com cuidado até o salão adjacente, olha em volta por um instante, toca a aba do chapéu para as damas e retorna às ruas.

O céu noturno está repleto de estrelas — o grandioso painel do zodíaco entremeado pelo denso pontilhado brilhante das que não possuem nome. *O céu estrelado sobre mim e a lei moral dentro de mim.* Ele se lembra, caminhando, da sala de dissecação em Belfast na qual observou aquele velho blasfemo e asqueroso, Slattery, fatiar um cadáver com gosto. "Nenhum sinal da alma imortal desse camarada ainda, jovens senhores", ele brincava, cavoucando e puxando, fazendo aparecer intestinos como um ilusionista faz aparecer lenços, "nem de sua esplêndida capacidade de raciocínio, mas seguirei procurando." Lembra dos potes contendo cérebros secionados, flutuando desamparados e inúteis como couves-flores em conserva, com seus hemisférios esponjosos completamente esvaziados de pensamentos e desejos. A redundância da carne, pensa, o desamparo da carne, como podemos evocar o espírito a partir de ossos? Apesar disso tudo, esta rua é agradável: na maneira como os tijolos úmidos brilham vermelhos à luz da lua, no ecoar dos saltos das botas de couro atingindo os paralelepípedos, na elasticidade da lã fina cobrindo as costas de um homem e da flanela em torno dos quadris de uma mulher. Os turbilhões e berros das gaivotas, o ranger das rodas de carroça, risadas, xingamentos, tudo, as harmonias grosseiras da noite se entrecruzando como em uma sinfonia primitiva. Depois do ópio, é disso que ele mais gosta: desses cheiros, sons, visões, o choque e clamor dessa beleza temporária. Em toda parte, uma acuidade repentina que falta ao mundo ordinário, um ímpeto e vigor repentinos.

Ele perambula pelas praças e vielas, passando pelos barracos e pelas casas dos ricos. Não faz ideia de onde fica o norte nem da direção em que se encontra o cais, mas sabe que cedo ou tarde, de algum jeito, seu faro o conduzirá até lá.

Aprendeu que nessas ocasiões precisa parar de pensar e confiar em seu instinto. Por que Hull, por exemplo? E por que a maldita caça à baleia? Não faz sentido, e nisso está a grande genialidade. Na falta de lógica, na quase idiotice. A astúcia, pensa, não leva a lugar nenhum; apenas os tolos, os brilhantemente tolos, herdarão a terra. Adentrando a praça pública, encontra um mendigo sem pernas e maltrapilho assoviando "Nancy Dawson" e se deslocando com as mãos pelo calçamento encardido. Os dois param para conversar.

"Em que direção fica o Cais da Rainha?", pergunta Sumner, e o mendigo sem pernas aponta com seu punho encrustado de sujeira.

"Para lá", ele diz. "Qual navio?"

"O *Volunteer*."

O mendigo, que tem o rosto marcado pela varíola e um corpo atarracado que termina abruptamente logo abaixo da virilha, balança a cabeça e dá uma risadinha chiada.

"Se escolheu ir ao mar com Brownlee, acabou de foder o próprio rabo", ele diz. "Bem fodido."

Sumner considera essas palavras e discorda com a cabeça.

"Brownlee dá pro gasto", diz.

"Dá pro gasto se quer se foder completamente", responde o mendigo. "Dá pro gasto se quer voltar pra casa sem um tostão no bolso, ou talvez nem voltar. Pra isso ele dá pro gasto, aí eu concordo. Ouviu falar no *Percival*? Deve ter ouvido falar na merda do *Percival*."

O mendigo tem na cabeça um gorro escocês com pompom, imundo e disforme, costurado a partir de retalhos de vários outros adereços de cabeça velhos e de qualidade superior.

"Estive na Índia", diz Sumner.

"Pergunte a qualquer um aqui a respeito do *Percival*", diz o mendigo. "Apenas diga a palavra *Percival* e veja a reação."

"Então me conte", diz Sumner.

O mendigo faz uma breve pausa antes de começar, como se quisesse avaliar melhor a amplitude cômica da ingenuidade de Sumner.

"Virou serragem depois de ser estraçalhado por um iceberg", ele diz. "Já faz três anos. Os porões estavam cheios de gordura quando aconteceu, e não conseguiram resgatar um mísero barril. Nenhuma gota. Oito homens se afogaram e outros dez morreram de frio, e nenhum dos que sobreviveram ganhou uma mísera moedinha."

"Soa como um infortúnio. Poderia ter acontecido com qualquer um."

"Mas aconteceu com Brownlee e ninguém mais. E um capitão azarado desse jeito não costuma receber o comando de outro navio."

"Baxter deve confiar nele."

"Baxter é malandro. É tudo que vou dizer sobre o filho da mãe do Baxter. Malandro, é isso que ele é."

Sumner dá de ombros e olha para a lua.

"O que aconteceu com as suas pernas?", pergunta.

O mendigo olha para baixo e enruga a testa, como se estivesse surpreso com a ausência delas.

"Pode fazer essa pergunta pro capitão Brownlee", ele diz. "Diga que Ort Caper estava interessado em saber. Diga que a gente resolveu contar quantas pernas eu tinha, numa noite agradável, e que ficamos com a impressão de que faltavam duas. Veja o que ele tem a dizer sobre isso."

"Por que eu perguntaria a ele?"

"Porque você dificilmente vai acreditar se isso sair da boca de alguém como eu, vai achar que são apenas as sandices de um desmiolado, mas Brownlee sabe a maldita verdade tão bem quanto eu. Pergunte a ele o que aconteceu no *Percival*. Diga que Ort Caper mandou um abraço. Veja se isso terá algum efeito sobre a digestão dele."

Sumner pega uma moeda no bolso e a deposita na mão estendida do mendigo.

"O nome é Ort Caper", grita o mendigo às suas costas. "Pergunte a Brownlee o que aconteceu com a porcaria das minhas pernas."

Mais adiante, ele começa a sentir o cheiro do Cais da Rainha — seu fedor azedo e vulgar, como de carne quase estragando. Pelas frestas entre os armazéns, entre as pilhas de tábuas das madeireiras, consegue discernir o desenho silhuetado dos navios baleeiros e das chalupas. Passa da meia-noite agora e as ruas estão mais silenciosas — alguns ruídos abafados de bebedeira nas tavernas junto ao cais, na Penny Bank, na Seaman's Molly, de vez em quando o barulho de uma carruagem vazia ou o chacoalhar de uma carroça de lixo. As estrelas giraram em seu eixo, a lua inflada está parcialmente escondida atrás de uma barreira de nuvens niqueladas; Sumner enxerga o *Volunteer*, bojudo, escuro, com cordame denso, um pouco mais à frente no cais. Não há ninguém caminhando pelo convés, ninguém que ele possa ver, pelo menos, portanto o carregamento deve estar concluído. Agora esperam somente a maré e o rebocador que os puxará até o Humber.

Sua mente viaja até os campos de gelo setentrionais e as grandes maravilhas que sem dúvida avistará — o unicórnio e o leopardo dos mares, a morsa e o albatroz, o petrel do Ártico e o urso-polar. Pensa nas grandes baleias-da-groenlândia agrupadas em bandos como nuvens plúmbeas de temporal debaixo dos silenciosos lençóis de gelo. Fará esboços a carvão de todos, decide, pintará aquarelas das paisagens, talvez possa manter um diário. Por que não? Terá tempo de sobra à disposição, Brownlee deixou isso muito claro. Lerá bastante (trouxe seu Homero cheio de dobras nos cantos); praticará o seu grego enferrujado. Dane-se, por que não? Não terá muito mais a fazer — receitará alguns purgantes aqui e ali, atestará algumas mortes, mas, tirando isso, será um pouco como tirar umas férias. Foi o que Baxter insinuou, pelo menos. Insinuou que o trabalho de um médico num navio baleeiro era um detalhe da legislação, uma exigência a ser cumprida, mas na prática não havia porcaria nenhuma a fazer — daí a remuneração ridícula, é claro. E assim sendo, pensa, se dedicará a ler e a escrever, a dormir, a jogar conversa fora com o capitão quando for chamado. De modo geral, o tempo correrá macio, quase tedioso, mas Deus sabe que é disso que necessita após a insanidade na Índia: o calor imundo, a barbárie, o fedor. Seja lá como for a caça à baleia na Groenlândia, pensa, com certeza será muito diferente daquilo.

3

"O vento está aumentando", diz Baxter. "Aposto que a viagem até Lerwick será breve."

Brownlee se apoia na casa do leme e cospe uma bola de catarro verde por cima da grinalda, mirando a vasta superfície de lodo marrom do Humber. De norte a sul, uma costa indistinta solda o aço enferrujado do céu e do estuário. Na dianteira do navio, o rebocador a vapor vai resmungando tediosamente, deixando para trás uma esteira de água espumosa e gaivotas dando rasantes.

"Mal posso esperar pelo bando de paspalhos que me espera em Lerwick", diz Brownlee.

Baxter sorri.

"São bons homens", diz. "*Shetlanders* legítimos, todos eles: trabalhadores, bem-dispostos, solícitos."

"Você sabe que pretendo encher o porão principal quando chegarmos às Águas do Norte", diz Brownlee.

"Encher de quê, para ser exato?"

"De gordura."

Baxter balança a cabeça.

"Não precisa provar nada para mim, Arthur", diz ele. "Sei o que você é."

"Sou um caçador de baleias."

"Sim, e dos bons. O nosso problema não é você, Arthur, e também não sou eu: o nosso problema é a história. Trinta anos atrás, qualquer imbecil com um bote e um arpão podia ficar rico. Você lembra disso. Lembra do *Aurora* em vinte e oito? Retornou já em junho — *junho*, caralho — com pilhas de barbatana de baleia da minha altura presas às amuradas. Não estou dizendo que era fácil naquele tempo, fácil nunca foi, como você sabe. Mas podia ser feito. Agora você precisa — de quê? — de um motor a vapor de duzentos cavalos, canhões de arpão e muita sorte. Ainda assim, haverá uma boa chance de voltar para casa com as mãos vazias."

"Vou encher o porão", Brownlee insiste calmamente. "Vou comer o rabo desses desgraçados e encher o porão, você vai ver."

Baxter dá um passo em sua direção. Está vestido como um advogado, não como um marinheiro: botas pretas de pelica, colete de nanquim, lenço roxo no pescoço, um fraque azul-marinho de lã penteada. Seus cabelos são grisalhos e escassos, suas faces são avermelhadas e varicosas e seus olhos estão cheios de secreção. Parece sofrer há anos de alguma doença fatal, mas nunca falta um dia no escritório. O homem está com um pé na cova, pensa Brownlee, mas pelo amor de Deus, como fala. Palavras, palavras, palavras — o filho da puta não termina, a verbosidade jorra sem controle. Continuará cagando pela maldita boca mesmo quando estiver debaixo da terra.

"*Matamos* todas elas, Arthur", continua Baxter. "Foi formidável enquanto durou, e fabulosamente lucrativo, também. Tivemos vinte e cinco anos bons pra cacete. Mas o mundo dá voltas, e começou um capítulo novo. Pense dessa maneira. Não se trata do fim de algo, mas do começo de algo ainda melhor. Além disso, ninguém mais quer o óleo de baleia — só se fala em petróleo, agora, em gás de carvão, você sabe."

"O petróleo não vai durar", diz Brownlee. "É só uma moda. E as baleias continuam por aí — você só precisa de um capitão com o faro adequado e de uma tripulação capaz de fazer o que mandam."

Baxter balança a cabeça e chega bem perto dele, com ar conspiratório. Brownlee sente cheiro de pomada para cabelo, mostarda, cera de lacre e cravo-da-índia.

"Não faça merda dessa vez, Arthur", ele diz. "Não perca de vista aquilo que planejamos. Não se trata de uma questão de orgulho — nem para você nem para mim. E definitivamente não tem a ver com os malditos peixes."

Brownlee vira o rosto sem responder. Mantém o olhar fixo ao longe, na planura deprimente da costa de Lincolnshire. Nunca gostou da terra firme, pensa. É fixa demais, sólida demais, convicta demais.

"Mandou alguém checar as bombas?", pergunta Baxter.

"Drax", responde.

"Drax é um bom sujeito. Não fiz feio com os arpoadores, não é? Tenho certeza que você já havia reparado. Consegui para você três dos melhores. Drax, Jonas-a-baleia e, como é que era o nome do outro mesmo, Otto. Uma alegria para qualquer capitão, esses três."

"Vão dar para o gasto", admite, "os três vão dar para o gasto, mas não compensam Cavendish."

"Cavendish é necessário, Arthur. Cavendish faz sentido. Já falamos muitas vezes sobre Cavendish."

"Ouvi um burburinho na tripulação."

"Por causa de Cavendish?"

Brownlee assente.

"É má ideia colocá-lo como imediato. Todos sabem que ele é um canalha imprestável."

"Cavendish é um cagalhão e um putanheiro, é verdade, mas segue ordens à risca. E quando chegar às Águas do Norte, a última coisa que você vai desejar é algum desgraçado querendo mostrar iniciativa. De todo modo, você tem o seu segundo imediato, o jovem Master Black, para ajudá-lo se tiver dificuldades pelo caminho. Ele tem a cabeça boa."

"E o que dizer do nosso médico irlandês?"

"Sumner?" Baxter dá de ombros e ri baixinho. "Viu por quanto o contratei? Duas libras por mês, um xelim por tonelada. Deve ser um recorde, ou quase. Algo cheira mal ali, é claro, mas nada que possa nos preocupar, creio eu. Ele não quer se meter em encrenca conosco, disso estou certo."

"Acredita na história do tio falecido?"

"Pelo amor de Deus, não. E você?"

"Então acha que ele foi expulso do exército?"

"É o mais provável, mas mesmo que tenha sido, e daí? O que consideram motivo para uma expulsão hoje em dia? Trapacear no bridge? Comer o cu do corneteiro? Acho que ele nos serve."

"Não sei se você sabe, mas ele esteve em Déli, na montanha. Viu Nicholson um pouco antes de sua morte."

Baxter ergue as sobrancelhas, acena com a cabeça em aprovação e parece impressionado.

"Aquele Nicholson era um herói", ele diz. "Se tivéssemos mais gente como Nicholson para enforcar os desgraçados, e menos gente como aquele fracote de merda, Canning, concedendo perdão a torto e a direito, o império estaria mais protegido."

Brownlee assente.

"Ouvi dizer que ele conseguia partir um sipaio ao meio com um golpe de sabre", diz. "Nicholson, no caso. Como um pepino."

"Como um pepino", ri Baxter. "Seria algo incrível de se ver, não?"

Estão passando por Grimsby a estibordo, enquanto à sua frente a linha fina e amarelada de Spurn Point começa a ficar visível no horizonte. Baxter confere o relógio de bolso.

"Chegamos rápido", diz. "Bons prenúncios."

Brownlee grita para que Cavendish envie um sinal ao rebocador. Cerca de um minuto depois, o rebocador diminui a velocidade e a corda ligando as embarcações desentesa. Eles soltam a corda e Brownlee ordena que as velas grandes sejam desfraldadas. O vento sudoeste acaba de entrar e o barômetro está firme. Nuvens cinzentas coagulam a leste no horizonte. Brownlee olha de canto para Baxter, que está sorrindo para ele.

"Uma última palavrinha antes de nos despedirmos, Arthur", diz ele, acenando para baixo com o queixo.

"Recolha essa corda de merda", Brownlee grita para Cavendish, "e a mantenha firme, chega de vela."

Os dois descem juntos a escada e entram na cabine do capitão.

"Conhaque?", pergunta Brownlee.

"Já que estou pagando por ele", diz Baxter, "por que não?"

Eles sentam em lados opostos da mesa e bebem.

"Trouxe os papéis", diz Baxter. "Achei que gostaria de dar uma olhada neles." Ele retira duas folhas de pergaminho do bolso e as desdobra por cima da mesa. Brownlee as estuda por um momento. "Doze mil libras divididas por três é uma montanha de dinheiro considerável, Arthur", continua Baxter. "Você deve ter isso em mente acima de tudo. É um bocado a mais do que você poderia sonhar em ganhar matando baleias."

Brownlee assente.

"É melhor que Campbell esteja lá", diz ele. "É tudo que digo. Se Campbell não estiver lá no momento em que eu precisar dele, dou meia-volta nessa merda e navego de volta para casa."

"Ele estará lá", diz Baxter. "Campbell não é tão idiota quanto parece. Ele sabe que, se der certo dessa vez, a próxima é dele."

Brownlee balança a cabeça, negando.

"É disso que se trata", diz.

"É o dinheiro, Arthur, apenas isso. O dinheiro faz o que quer. Não dá a mínima para o que preferimos. Se você bloqueia um acesso, ele cria outro novo. Não posso controlar o dinheiro, não posso lhe dizer o que fazer ou para onde ir em seguida — quem me dera, porra, mas eu não posso."

"Melhor rezar para que haja gelo suficiente lá em cima."

Baxter termina a bebida e se levanta para ir embora.

"Ah, sempre há gelo", diz, abrindo um leve sorriso. "Sabemos muito bem disso. E se há um homem vivo com o verdadeiro tino para encontrá-lo, creio que este homem é você."

4

Eles chegam ao porto de Lerwick em primeiro de abril de 1859. O céu cinzento anuncia chuva e os morros baixos e sem árvores que cercam a cidade têm cor de serragem molhada. Dois navios de Peterhead, o *Zembla* e o *Mary-Anne*, já estão ancorados em segurança, e o *Truelove* de Dundee é esperado para o dia seguinte. Logo depois de tomar o café da manhã, o capitão Brownlee vai à cidade visitar Samuel Tait, seu agente marítimo local, e buscar os tripulantes vindos de Shetland. Sumner passa a manhã distribuindo porções de tabaco e atendendo Thomas Anderson, um ajudante de convés que sofre de uma estenose dolorida. À tarde ele se deita no beliche e adormece lendo Homero. É despertado por Cavendish, que bate na porta e explica que está reunindo um pequeno destacamento de marujos dedicados com o propósito de avaliar o desempenho da destilaria local.

"Até o momento, o destacamento expedicionário é formado por mim", diz Cavendish, "Drax, que depois de beber se torna um selvagem, admito, Black, que é um cliente tranquilo e alega beber apenas gengibirra ou leite, mas isso é o que veremos, e também Jonas-a-baleia, que é um galês, é claro, e como tal um grande mistério para todos nós. Em suma, a noite promete ser das mais aprazíveis, eu diria."

Drax e Jonas remam o bote. Cavendish fala sem parar, contando, uma atrás da outra, histórias sobre as brigas de faca sangrentas que testemunhou e as mulheres feias que fodeu em Lerwick.

"Jesus, o fedor indescritível daquela racha", ele diz. "Inacreditável, só estando lá pra entender."

Sumner está sentado ao lado de Black na popa do bote a remo. Antes de deixar sua cabine, consumiu oito grãos de láudano (a dose exata, baseada em experiências anteriores, para tornar a saída suportável sem fazê-lo parecer um completo idiota) e agora está apreciando o som da água batendo nas pás e dos remos rangendo nas forquetas (está simplesmente ignorando Cavendish). Black pergunta se essa é a sua primeira visita a Lerwick e Sumner confirma.

"Vai reparar que é um lugar meio atrasado", explica Black. "A terra aqui é pobre e os *shetlanders* não demonstram interesse em melhorá-la. São camponeses, o que lhes garante as virtudes dos camponeses, podemos dizer, mas nada além disso. Se você caminhar um pouco pela ilha e ver o estado lamentável das propriedades rurais e construções, logo entenderá o que digo."

"E os moradores da cidade? Obtêm algum lucro da caça à baleia?"

"Alguns, mas a maioria acaba apenas corrompida. A cidade como um todo é imunda e nefanda como qualquer porto — não é das piores, mas com certeza não é das melhores."

"Obrigado a Deus por isso", Cavendish comenta aos gritos. "Uma bebida que preste e uma bocetinha molhada são tudo o que um homem precisa antes se lançar à sangrenta caça da baleia, e felizmente esses são os dois únicos produtos de qualidade que Lerwick pode oferecer."

"Está corretíssimo", confirma Black. "Se o que você está procurando é uísque escocês e putas baratas, sr. Sumner, sem dúvida veio ao lugar certo."

"Tenho sorte de contar com guias tão experientes."

"Tem sorte *mesmo*", diz Cavendish. "Vamos te mostrar como funciona, não é, Drax? Vamos te dar todos os macetes. Pode ficar tranquilo quanto a isso."

Cavendish dá risada. Drax, que não abriu a boca desde que saíram do navio, desvia a atenção do remo e encara Sumner por um breve momento, como se procurasse definir quem ele é e que utilidade poderia ter.

"Em Lerwick", diz Drax, "o copo de uísque mais barato custa seis *pennies* e uma puta decente sai por um xelim, talvez dois, se você tiver um gosto mais exclusivo. Isso é tudo que se precisa saber de antemão."

"Drax é um homem de poucas palavras, como pode ver", diz Cavendish. "Mas eu gosto de falar, então formamos um bom time."

"E o que dizem do Jonas, aqui?", pergunta Sumner.

"Jonas é um galês de Pontypool, então ninguém nunca entende merda nenhuma que sai da boca dele."

Jonas se vira e manda Cavendish se foder.

"Está vendo?", diz Cavendish. "Só merda sem sentido."

Eles começam pelo Queen's Hotel, depois vão até o Commercial, a seguir até o Edinburgh Arms. Do Edinburgh Arms, vão até o estabelecimento da srta. Brown na Charlotte Street, onde Drax, Cavendish e Jonas escolhem uma garota para cada um e sobem para os quartos, enquanto Sumner (que nunca consegue desempenhar suas funções depois de consumir láudano, portanto dá a desculpa de que está se recuperando de uma gonorreia) e Black (que insiste com o semblante muito sério que prometeu permanecer fiel à noiva, Bertha) ficam no andar de baixo bebendo cerveja porter.

"Posso te fazer uma pergunta, Sumner?", diz Black.

Sumner, olhando para ele através de uma neblina densa de intoxicação, faz que sim com a cabeça. Black é jovem e entusiasmado, mas também é, Sumner acredita, um pouco arrogante além da conta. Nunca chega a ser abertamente grosseiro ou desdenhoso, mas às vezes se detecta nele uma autoconfiança desproporcional à sua posição.

"Sim", diz ele, "é claro que pode."

"O que está fazendo aqui?"

"Em Lerwick?"

"No *Volunteer*. O que um homem como você faz a bordo de um navio baleeiro rumo à Groenlândia?"

"Expliquei a minha situação na sala de oficiais na noite passada, acho — o testamento do meu tio, a fazenda de laticínios."

"Mas se é assim, por que não procura trabalho num hospital da cidade? Ou se dedica a outra atividade por algum tempo? Você deve conhecer pessoas que poderiam te ajudar. O trabalho de médico numa embarcação baleeira é desconfortável, hostil e mal pago. Costuma ser preenchido por estudantes de medicina que precisam juntar dinheiro, não por um homem com a sua idade e experiência."

Sumner sopra dois tubos de fumaça de charuto pelas narinas e pisca um olho.

"Talvez eu seja um excêntrico incorrigível", diz, "ou simplesmente um idiota. Já pensou nisso?"

Black sorri.

"Duvido das duas coisas", diz. "Já te vi lendo Homero."

Sumner dá de ombros. Está convencido a permanecer calado, a não dizer nada que possa indicar a verdade sobre o seu estado.

"Baxter me fez uma proposta e eu aceitei. Talvez eu tenha agido sem pensar, mas agora comecei a aguardar com expectativa essa experiência. Pretendo manter um diário, fazer esboços, ler."

"Pode ser que a viagem não seja tão tranquila quanto pensa. Você sabe que Brownlee tem muito a provar — ouviu falar a respeito do *Percival*, tenho certeza. Ele teve sorte de conseguir outro navio depois daquilo. Se fracassar dessa vez, será o fim dele. Você é o médico do navio, é claro, mas já vi médicos sendo forçados a participar da caça. Você não seria o primeiro."

"Não tenho medo de trabalhar, se é disso que se trata. Farei minha parte."

"Ah, tenho certeza que sim."

"E você? Por que o *Volunteer*?"

"Sou jovem, não tenho família viva nem amigos importantes; preciso correr riscos para conseguir me manter. Brownlee tem fama de inconsequente, mas caso se dê bem, pode me garantir um bom dinheiro, e caso fracasse, não levarei a culpa por isso e ainda terei o tempo a meu favor."

"Você é bastante arguto para alguém da sua idade."

"Não pretendo terminar como os outros — Drax, Cavendish, Jonas. Eles pararam de pensar. Não sabem mais o que estão fazendo, nem por quê. Mas eu tenho um plano. Daqui a cinco anos, ou antes, se a sorte olhar para mim, estarei num cargo de comando."

"Você tem um *plano*?", pergunta Sumner. "E acha que isso o ajudará?"

"Ah, sim", ele diz, abrindo um sorriso que oscila entre a deferência e a presunção. "Estou convencido de que ajudará."

Drax desce primeiro. Ele se acomoda numa cadeira ao lado de Black e solta um peido comprido e ruidoso. Os outros dois o encaram. Ele dá uma piscadinha e faz sinal para que o garçom traga outra dose.

"Por um xelim, já tive coisa pior", diz.

Dois violinistas começam a tocar no canto do salão e algumas das garotas vão dançar. Aparece um grupo de ajudantes de convés do *Zembla*, e Black vai conversar com eles. Cavendish chega, ainda abotoando as calças, mas não há sinal de Jonas-a-baleia.

"O nosso sr. Black ali é um bostinha presunçoso, não é?", diz Cavendish.

"Ele me disse que tem um plano."

"Que se dane a merda de plano dele", diz Drax.

"Ele quer ter o próprio navio", diz Cavendish, "mas não conseguirá. Não entende porra nenhuma do que está acontecendo aqui."

"E o que *está* acontecendo aqui?", pergunta Sumner.

"Nada de mais", diz Cavendish. "O de sempre."

Os homens do *Zembla* estão dançando com as putas; giram e batem os pés no piso de tábuas. A atmosfera começa a ficar repleta de serragem e fumaça de turfa. Um odor fétido e morno de tabaco, cinzas e cerveja choca ganha intensidade. Drax olha com desprezo para os dançarinos e depois pede a Sumner que lhe pague outro uísque. "Te mostro a minha nota promissória", propõe ele. Sumner dispensa o oferecimento com um gesto e pede mais uma rodada.

"Pois então, fiquei sabendo sobre Déli", Cavendish diz, se inclinando na sua direção.

"Ficou sabendo do quê?"

"Fiquei sabendo que dava para ganhar muito dinheiro. Pilhagem a torto e a direito. Conseguiu algo?"

Sumner balança a cabeça.

"Os sipaios fizeram uma limpa na cidade antes de entrarmos. Levaram tudo. Quando chegamos, sobravam apenas cachorros vadios e móveis quebrados; o lugar foi completamente saqueado."

"Nada de ouro, então?", pergunta Drax. "Joias?"

"Se eu tivesse enriquecido, será que realmente estaria aqui sentado com dois trastes como vocês?"

Drax o encara por vários segundos, como se a pergunta fosse complexa demais para responder de imediato.

"Tem ricos e ricos", diz por fim.

"Não sou nenhum dos dois."

"Mas aposto que viu umas carnificinas memoráveis", diz Cavendish. "Violência horripilante."

"Sou médico", diz Sumner. "O derramamento de sangue não me abala. Não mais."

"Não me *abala*?", repete Drax com uma cadência debochada, como se a palavra fosse afeminada e vagamente absurda.

"Não me surpreende, então, se preferir", Sumner emenda sem titubear. "O derramamento de sangue não me surpreende. Não mais."

Drax balança a cabeça e olha para Cavendish.

"O derramamento de sangue também não me surpreende muito. Você se surpreende, Cavendish?"

"Não, quase nunca, sr. Drax. De modo geral, tendo a lidar bem com um pouco de derramamento de sangue pelo caminho."

Depois de terminar sua bebida, Drax vai ao andar de cima procurar Jonas, mas não o encontra. Voltando à mesa, troca algumas palavras com um dos homens do *Zembla*. Quando está sentando novamente, o homem grita alguma coisa na sua direção, mas Drax o ignora.

"*De novo* não", diz Cavendish.

Drax dá de ombros.

Os violinistas estão tocando "Monymusk". Sumner observa os dançarinos molambentos e desordenados que rodopiam e sapateiam pelo salão. Lembra de dançar polca em Ferozepur nos dias que antecederam a rebelião, lembra do calor úmido no salão de dança do coronel e do cheiro que mesclava a fumaça dos *cheroots* com o pó de arroz e o suor impregnado de água de rosas. Começa outra música, e algumas putas sentam nas cadeiras para descansar ou se inclinam com as mãos nos joelhos para recuperar o fôlego.

Drax molha os lábios, levanta da cadeira e vai andando até a outra ponta do salão. Esgueira-se entre as mesas até ficar diante do homem com quem havia discutido minutos antes. Aguarda um momento e depois se inclina mais perto e sussurra impropérios cuidadosamente escolhidos no ouvido do homem. O homem dá um giro e Drax o soca duas vezes no rosto. Ele levanta o punho uma terceira vez, mas antes de conseguir desferir o golpe é arrastado para trás e dominado pelos outros marujos.

A música para. Em seu lugar há gritos, xingamentos, barulho de móveis quebrando e de vidro espatifando. Cavendish vai ajudar, mas é derrubado na mesma hora. São dois contra seis. Sumner fica observando e preferiria permanecer neutro — é um médico, não um lutador —, mas sabe contar bem e compreende qual é a sua obrigação. Larga o copo de cerveja e vai para o outro lado do salão.

Uma hora depois, Drax, fedendo a uísque, com os punhos em carne viva e o saco dolorido, rema o bote levando o grupo desfalcado de volta ao *Volunteer*. Jonas e Black sumiram, Sumner está encolhido na popa, gemendo, e Cavendish, que está deitado a seu lado, ronca alto. O céu acima deles está sem lua e a água que os circunda tem cor de tinta. Não fossem as lanternas do navio baleeiro e os pontinhos de luz na margem, não se veria nada — eles estariam cercados de vazio. Drax se inclina para a frente e puxa os remos para trás. Sente a água resistir e depois ceder.

Quando chegam ao navio, Drax tira Cavendish de seu estupor. Juntos, eles puxam Sumner até o convés e depois o carregam para os alojamentos. A porta da sua cabine está trancada, e eles precisam vasculhar os bolsos de seu colete para encontrar a chave. Deitam-no sobre o beliche e tiram as botas dele.

"Esse pobre infeliz parece estar precisando de um médico", diz Cavendish.

Drax não presta atenção. Ele encontrou duas chaves no bolso do colete de Sumner e está se perguntando que fechadura a outra chave destranca. Passa os olhos pelo interior da cabine e repara no baú com cadeado que está ao lado da maleta de remédios, embaixo da cama. Ele se agacha e tateia o baú com a ponta do indicador.

"O que está fazendo?", pergunta Cavendish.

Drax lhe mostra a segunda chave. Cavendish funga e limpa o sangue que ainda escorre do lábio cortado.

"Não deve ter nada aí", diz. "Só as merdas de sempre."

Drax puxa o baú debaixo da cama, destranca o cadeado com a segunda chave e começa a investigar o seu conteúdo. Retira uma calça de lona, uma balaclava, um exemplar d'*A Ilíada* com encadernação barata. Encontra um estojo fino de mogno e o abre.

Cavendish assovia baixinho.

"Cachimbo de ópio", diz. "Ora, ora."

Drax pega o cachimbo, o estuda por um momento, cheira o fornilho e depois o coloca de volta no lugar.

"Não é isso", diz.

"Não é o quê?"

Ele retira do baú um par de botas de marinheiro, uma caixa de aquarelas, um jogo de roupas de cama, um colete de lã, três camisas de flanela, apetrechos para barbear. Sumner se vira para o lado e geme. Os dois homens interrompem o que estão fazendo e se voltam para ele.

"Dê uma olhada bem no fundo", diz Cavendish. "Pode ter algo escondido bem no fundo."

Drax enfia a mão e examina. Cavendish boceja e começa a esfregar uma mancha de mostarda no cotovelo do casaco.

"Tem alguma coisa aí?", pergunta.

Drax não responde. Coloca a outra mão bem no fundo do baú e saca um envelope gasto e com os cantos dobrados. Retira um documento do envelope e o entrega para que Cavendish leia.

"Documentos de expulsão do exército", diz Cavendish, e um momento depois completa: "Sumner foi levado à corte marcial, saiu sem pensão, enxotado".

"Por quê?"

Cavendish balança a cabeça.

Drax sacode o envelope e o vira de ponta-cabeça. Cai um anel. É de ouro e tem duas pedras de tamanho considerável.

"Imitação", diz Cavendish. "Só pode."

Um espelho pequeno e retangular com bordas chanfradas está afixado com presilhas de metal à antepara que fica acima da cabeça de Sumner, traço da vaidade de algum ocupante anterior. Drax pega o anel e, depois de lambê-lo, arranha a superfície do espelho. Cavendish observa e logo em seguida se aproxima para conferir o risco produzido — comprido, cinza e ondulante, como um fio de cabelo arrancado da cabeça de uma velha. Ele lambe o indicador e limpa o pó para avaliar melhor a profundidade do sulco. Faz sinal positivo com a cabeça. Eles se entreolham com cautela; depois olham para Sumner, que está respirando pesadamente pelo nariz e parece mergulhado no sono.

"Um tesouro saqueado em Déli", diz Cavendish. "Que filho da puta mentiroso. Mas por que não vendeu?"

"Por garantia", explica Drax, com se a resposta fosse óbvia. "Ele acredita que está mais seguro assim."

Cavendish ri e balança a cabeça, espantado com a tolice de tal ideia.

"Uma viagem de caça à baleia é repleta de perigos", diz. "Uns poucos desafortunados entre nós não voltarão para casa vivos. É apenas um fato."

Drax assente e Cavendish continua: "E, é claro, se acontecer de um homem perder a vida a bordo, é tarefa do imediato leiloar suas posses em benefício da pobre viúva. Estou enganado?"

Drax balança a cabeça.

"Você tem razão", ele diz. "Mas não agora. Não em Lerwick."

"Não, caralho. Ainda não. Eu não quis dizer agora."

Drax devolve o anel e os documentos de expulsão ao envelope. Coloca o envelope de volta no fundo do baú e arruma os demais itens exatamente como estavam. Fecha o cadeado com um clique e empurra o baú de novo para debaixo da cama.

"Não esqueça as chaves", diz Cavendish.

Drax torna a colocar as chaves no bolso do colete de Sumner e os dois saem da cabine e sobem a escada. Antes de cada um ir para o seu lado, permanecem um instante parados.

"Você acha que Brownlee está sabendo?", pergunta Cavendish.

Drax balança a cabeça.

"Ninguém mais sabe", diz. "Só eu e você."

5

Eles navegam para o norte a partir de Lerwick enfrentando dias longos de nevoeiro, chuva com neve e ventos cortantes, dias sem pausa nem descanso nos quais o mar e o céu se mesclam numa única parede de umidade cinzenta, revoltosa e impenetrável. Sumner permanece dentro da sua cabine vomitando sem parar, sem conseguir ler nem escrever, tentando entender por que se meteu nisso. São atingidos duas vezes por ventanias de leste. Os cabos chiam e o navio corcoveia e arfa por cima das colinas espumantes de um mar indomável. No décimo primeiro dia, o tempo fica firme e eles encontram banquisas: blocos de gelo afastados uns dos outros e pouco profundos, com vários metros de largura, subindo e descendo na ondulação calma. O frio no ar é novo, mas o céu começa a limpar e eles conseguem entrever à distância o pico vulcânico esbranquiçado da ilha de Jan Mayen. As sacolas de provisões são trazidas ao convés e é feita a distribuição da pólvora, das cápsulas e das espingardas. A tripulação começa a carregar projéteis e a afiar facas, preparando-se para caçar focas. Dois dias mais tarde avistam pela primeira vez o bando principal e no dia seguinte, assim que amanhece, descem os botes.

Drax trabalha sozinho no gelo, indo e voltando de um agrupamento a outro com tenacidade e paciência, dando tiros e distribuindo pauladas pelo caminho. Os filhotes berram quando ele se aproxima e tentam fugir rebolando, mas são lentos e bobos demais para escapar. Nos adultos, dá logo um tiro. Depois que mata uma foca, ele a vira de barriga para cima, corta as nadadeiras traseiras e a abre do pescoço até os genitais. Enfia a lâmina da faca no espaço entre a carne e a gordura e começa a separar e a arrancar as camadas externas. Ao terminar, prende a pele numa corda com ganchos e deixa para trás a carcaça cheia de sangue e estrias de carne, parecendo uma placenta hedionda sobre a neve, para ser bicada por gaivotas ou devorada pelos filhotes de urso. Após horas disso, o banco de gelo está sujo e tingido de vermelho como o avental de um açougueiro e as cinco baleeiras ficam carregadas até o limite com pilhas fedorentas de peles de foca. Brownlee sinaliza para que os homens retornem. Drax iça a sua última carga, se alonga e depois mergulha a faca de cortar gordura e o porrete na água salgada para enxaguar os coágulos de sangue e pedaços de cérebro que se acumularam.

Enquanto as peles são içadas ao convés em fardos gotejantes, Brownlee as conta e calcula o seu valor. Quatrocentas peles fornecerão nove toneladas de óleo, ele estima, e cada tonelada vendida renderá, com sorte, algo em torno de quarenta libras. É um começo animador, mas eles precisam continuar. O bando de focas está começando a se dividir e se espalhar, e há uma flotilha de outros navios baleeiros holandeses, norueguses, escoceses e ingleses reunidos com alguma distância uns dos outros ao longo da banquisa, todos competindo por fatias do mesmo tesouro. Antes que a luz vá embora, ele sobe no cesto da gávea com um telescópio e escolhe o local mais promissor para a caçada do dia seguinte. Esse ano o bando está maior que de costume, e o gelo, embora irregular e estreito em determinados pontos, continua navegável. Cinquenta toneladas seriam uma meta possível caso ele dispusesse de uma tripulação minimamente capaz, e acredita que mesmo com a corja insuficiente de vagabundos que Baxter lhe providenciou poderá obter trinta com facilidade, ou mesmo trinta e cinco.

Decide enviar um barco adicional no dia seguinte, um sexto barco. Qualquer miserável que esteja respirando e consiga segurar uma espingarda estará no gelo matando focas.

Às quatro da manhã já clareou e eles descem os botes novamente. Sumner vai no sexto bote com Cavendish, o despenseiro, o ajudante de convés e vários dos tripulantes que vinham alegando doença para não trabalhar. A temperatura é de oito graus negativos, uma brisa está soprando e o mar tem a cor e a consistência da neve derretida nas ruas de Londres. Sumner, temendo sofrer queimaduras de gelo, vestiu seu gorro e um cachecol de lã. Leva a espingarda presa entre os joelhos. Depois de remarem para sudeste por meia hora, eles avistam uma mancha escura de focas à meia distância. Ancoram o bote no gelo e desembarcam. Assoviando "The Lass of Richmond Hill", Cavendish vai à frente e os outros o seguem numa fila irregular. Quando estão a sessenta metros das focas, se espalham e começam a atirar. Matam três focas adultas a tiro e seis filhotes a pauladas, mas as outras escapam ilesas. Cavendish escarra, recarrega a espingarda, sobe no topo de uma crista de pressão e olha ao redor.

"Lá", grita para os outros, apontando em várias direções, "lá e lá também."

O ajudante de convés fica para trás arrancando a pele das focas mortas e os demais se separam. Sumner caminha para o leste. Por cima dos rangidos e lamentos constantes do gelo em movimento, ele ouve o estampido ocasional de um disparo. Acerta tiros em mais duas focas e faz o melhor que pode para arrancar a pele delas. Perfura ilhós nas peles com a ponta da faca, passa uma corda pelos orifícios, amarra-as todas juntas e começa a fazer o caminho de volta para o navio com a corda no ombro.

Ao meio-dia ele já matou mais seis focas e se encontra a um quilômetro e meio do navio, arrastando cinquenta quilos de pele retalhada por uma sucessão de blocos de gelo amplos e oscilantes. A fadiga o tonteia. A fricção da corda deixou seus ombros esfolados e doloridos e o ar congelante castiga seus pulmões. Levanta a cabeça e avista Cavendish a uns cem metros de distância, e à direita, um pouco mais longe, há outro homem usando trajes escuros e caminhando na mesma direção, também arrastando peles atrás de si. Grita tentando chamá-los, mas o vento leva embora a sua voz e nenhum deles interrompe a marcha ou vira a cabeça para procurá-lo. Sumner continua em frente, pensando, à medida que avança com dificuldade, no calor e na proteção de sua cabine e nas cinco garrafas de gargalo curto cheias de láudano que estão guardadas uma ao lado da outra na maleta de remédios, como soldados em desfile. Tem consumido vinte e um grãos todas as noites após a ceia. Os outros acreditam que ele está estudando grego e por isso zombam dele, mas na verdade, enquanto eles jogam *cribbage* ou discutem as condições climáticas, ele está deitado no beliche num estado de êxtase desagregado e quase indescritível. Nessas horas, pode estar em qualquer lugar e ser qualquer um. Sua mente desliza aqui e ali na vizinhança indistinta do tempo e do espaço — Galway, Lucknow, Belfast, Londres, Bombaim —; um minuto dura uma hora e uma década passa correndo num instante. Será que o ópio é uma mentira, ele se pergunta às vezes, ou será que é o mundo à nossa volta, esse mundo de sangue e de angústia, de tédio e de interesse, que é uma mentira? Sabe acima de tudo que os dois não podem ser verdadeiros ao mesmo tempo.

Sumner depara com uma fenda de um metro de largura entre dois blocos de gelo e fica um tempo parado. Arremessa a ponta da corda para o outro lado, dá um passo para trás e prepara o salto. Começou a nevar, e a neve que vem de todos os lados o fustiga no rosto e no peito. O melhor, sabe por experiência, é dar o impulso com a perna ruim e aterrissar com a boa. Dá um passo curto à frente e depois outro, mais rápido e amplo. Dobra o joelho e se lança à frente, mas seu pé de apoio escorrega no gelo: em vez de transpor a fenda com facilidade, ele cai para a frente de maneira ridícula, como um palhaço — de cabeça para baixo e com os braços girando — dentro da água escura e congelante.

Por um momento longo e desconcertante ele permanece cego e submerso. Debate-se até conseguir endireitar o corpo com a cabeça para cima, estica um braço para fora e agarra a beirada do gelo. O golpe feroz do frio arrancou todo o ar do seu corpo; tenta desesperadamente respirar enquanto o sangue ruge dentro dos ouvidos. Tenta usar a outra mão para se agarrar melhor e faz esforço para se erguer para fora d'água, mas não consegue. O gelo é escorregadio demais e ele perdeu a força dos braços depois de passar a manhã toda arrastando a corda. Está com água até o pescoço e a neve começou a cair com mais intensidade. Deslocado pela ondulação suave, o gelo range e boceja à sua volta. Sabe que se os blocos se aproximarem ficará esmagado entre eles. Se permanecer tempo demais dentro d'água, provavelmente perderá a consciência e morrerá afogado.

Firma melhor as mãos e faz força para se erguer uma segunda vez. Fica suspenso numa agonia imóvel por um instante, nem dentro nem fora d'água, mas as duas mãos escorregam no gelo e ele despenca de novo. A água do mar enche sua boca e suas narinas; cuspindo e tossindo, bate as pernas até emergir. De repente, a força com que suas roupas molhadas o puxam para baixo parece gigantesca. A barriga e a virilha já começaram a latejar de frio e seus pés e mãos estão ficando dormentes. Onde está o desgraçado do Cavendish?, pensa. Cavendish deve tê-lo visto cair. Grita uma vez pedindo ajuda, depois outra, mas ninguém aparece. Está sozinho. A corda está ao alcance, mas sabe que as peles amarradas na outra ponta não pesam o suficiente para aguentar o seu peso. Precisa se erguer com as próprias forças.

Agarra a beirada do gelo uma terceira vez e, batendo as pernas com mais vigor, tenta dar impulso para cima. Consegue fincar o cotovelo direito na superfície, depois a palma esquerda. Firma melhor o cotovelo e, arfando e gemendo devido ao esforço descomunal, faz força para se erguer um pouco mais, até que o queixo e o pescoço, e depois uma pequena porção do peito, estejam acima da beirada. Pressiona para baixo com a mão esquerda tanto quanto pode, usando o cotovelo como suporte, e conquista mais alguns centímetros. Por um breve momento, crê que o equilíbrio está mudando a seu favor e que está prestes a conseguir, mas assim que pensa isso o bloco no qual está apoiado se desloca abruptamente para o lado, seu cotovelo escorrega e ele cai, batendo com força a mandíbula no canto afiado do gelo. Encara por um instante o céu branco e revolto, e então, aturdido e indefeso, cai outra vez de costas e é tragado pela água escura.

6

Brownlee sonha que está bebendo sangue de dentro de um sapato velho. É o sangue de O'Neill, mas agora O'Neill está morto de frio e de tanto engolir água salgada. Os homens vão passando o sapato de mão em mão, tremendo quando chega a sua vez de beber. O sangue é morno e mancha seus lábios e dentes como o vinho. Mas que merda é essa, pensa Brownlee, que merda é essa. Cabe ao homem sobreviver, nem que seja mais uma hora, ou mesmo mais um minuto. O que mais há para fazer? Há barris de pão flutuando no porão, ele sabe, e de cerveja também, mas ninguém tem a força ou a habilidade necessárias para trazê-los. Se lhes tivesse restado mais tempo — mas foi um pandemônio no meio da escuridão. Quatro metros de água no porão e em quinze minutos o barco tinha afundado e apenas a proa de estibordo despontava acima das ondas revoltas. O'Neill está morto, mas seu sangue continua morno. O último homem lambe a palmilha e passa os dedos pelo lado interno do calcanhar. A cor é insólita. Tudo no mundo é cinza, preto ou marrom, mas não o sangue. É uma dádiva de Deus, pensa Brownlee. Ele diz em voz alta: "*É uma dádiva de Deus*". Os homens o encaram. Ele se vira para o médico e lhe passa instruções. Sente o sangue de O'Neill em sua garganta e seu estômago, se alastrando por dentro, lhe trazendo mais vida. O médico faz uma sangria em cada um deles e depois em si mesmo. Alguns misturam seu próprio sangue com farinha para formar uma pasta, outros o bebem sofregamente direto do sapato, como bêbados. Não é pecado, ele diz a si mesmo, já não há pecado, há apenas sangue, água e gelo; há apenas vida, morte e os espaços cinza-esverdeados entre uma e outra. Ele não morrerá, repete consigo, não morrerá agora nem nunca. Quando tiver sede, beberá o próprio sangue; quando tiver fome, comerá a própria carne. O banquete o deixará enorme, ele se expandirá até preencher o céu vazio.

7

Quando Black encontra Sumner, ele parece já estar morto. Seu corpo está encaixado na fenda estreita que separa dois blocos de gelo; sua cabeça e seus ombros estão para fora d'água, mas todo o resto está imerso. Seu rosto está branco como osso, exceto pelos lábios, azulados a ponto de não parecerem reais. Será que ele está respirando? Black se agacha para verificar, mas não consegue ter certeza — o vento está ruidoso demais e o gelo range e chia por todos os lados, ao sabor das ondas. A aparência geral do médico é a de algo sólido e congelado. Black prende a corda de arrastar focas em torno do peito de Sumner. Duvida que poderá arrastá-lo sozinho, mas tenta. Primeiro, puxa-o para o lado até desencaixá-lo da fenda, depois firma os calcanhares na neve e ergue-o com toda a força. O corpo endurecido e inerte de Sumner sobe com surpreendente facilidade, como se o mar tivesse chegado à conclusão de que, no fim das contas, não estava assim tão interessado nele. Black solta a corda, se inclina para a frente, agarra as dragonas encharcadas do casaco de Sumner e puxa o restante de seu corpo para cima da superfície do gelo. Vira o médico de lado e dá dois tapas em seu rosto. Sumner não reage. Black o golpeia com ainda mais força. Uma pálpebra tremula e abre.

"Meu Deus, você está vivo", diz Black.

Dispara a espingarda para o alto duas vezes. Dez minutos depois, Otto chega com mais dois homens no time de resgate.

Cada homem agarra um membro de Sumner e os quatro o carregam até o navio o mais rápido que podem. Expostas ao vento ártico, as roupas molhadas do médico congelaram e endureceram, o que lhes dá a sensação de estar transportando sobre o gelo um móvel pesado em vez de um ser humano. Quando chegam ao navio, Sumner é içado a bordo com o auxílio de uma talha e deitado sobre o convés. Em pé a seu lado, Brownlee o observa.

"Esse pobre desgraçado ainda está mesmo respirando?", pergunta.

Black faz sinal afirmativo. Brownlee balança a cabeça, incrédulo.

Carregam-no até a sala dos oficiais e recortam suas roupas congeladas com tesouras. Black põe mais carvão na estufa e manda o cozinheiro ferver água. Esfregam sua pele com gordura de ganso e o enrolam em toalhas escaldantes. Ele não se move nem fala: ainda está vivo, mas em coma. Black continua sempre a seu lado; os outros aparecem ocasionalmente para ficar olhando ou dar sugestões. Perto da meia-noite seus olhos piscam e se entreabrem por um breve momento e os homens lhe oferecem um gole de conhaque, que ele cospe de volta junto com uma bolota de sangue marrom-escuro. Ninguém espera que ele sobreviva até o fim da noite. Ao amanhecer, verificam que ainda respira e o transferem da sala dos oficiais para a sua própria cabine.

Quando volta a si, Sumner acredita durante algum tempo que está de novo na Índia, que está deitado em sua barraca úmida na encosta da montanha que assoma sobre Déli e que o barulho dos blocos de gelo se chocando contra a quilha do *Volunteer* é na verdade o barulho da artilharia se deslocando entre os bastiões e as tropas. Por um momento, é como se nada terrível ou irrevogável tivesse lhe acontecido, como se ele tivesse recebido, inacreditavelmente, uma segunda chance.

Fecha os olhos e volta a dormir. Quando os abre uma hora depois, enxerga Black parado ao lado de sua cama, olhando de cima.

"Consegue falar?", pergunta Black.

Sumner o encara por um instante e balança a cabeça, negando. Black o ajuda a sentar e começa a lhe dar na boca o caldo de carne que trouxe numa xícara. O gosto e o calor do caldo são esmagadores. Depois de duas colheradas, Sumner fecha a boca e deixa o líquido escorrer pelo queixo até o peito.

"Era para você estar morto", diz Black. "Você ficou dentro d'água por três horas. Um homem normal não sobrevive a um mergulho desses."

A ponta do nariz de Sumner, bem como partes da sua face logo abaixo dos olhos, estão escurecidas por queimaduras de gelo. Sumner não se lembra do gelo, do frio nem da aterrorizante água esverdeada, mas lembra de olhar para cima, antes de seja lá o que tenha acontecido, e ver o céu tomado por um bilhão de flocos de neve.

"Láudano", diz.

Lança um olhar cheio de esperança a Black.

"Está tentando dizer alguma coisa?", pergunta Black, aproximando mais a cabeça.

"Láudano", repete Sumner, "para a dor."

Black assente com a cabeça e abre a maleta de remédios. Mistura o láudano com rum e ajuda Sumner a beber. O líquido queima a garganta de Sumner e por um instante ele pensa que vai vomitar, mas consegue segurar. O esforço de falar o deixou exausto e ele não sabe quem é nem onde está (já que com certeza não está na Índia). Sente fortes tremores e começa a chorar. Black o deita novamente na cama e o cobre com um cobertor de lã áspero.

Aquela noite, durante a ceia na sala dos oficiais, Black informa que o médico apresenta sinais de melhora.

"Ótimo", diz Brownlee, "mas a partir de agora não haverá mais um sexto bote. Não quero a morte de mais um filho da mãe atormentando minha consciência."

"Foi só azar", diz Cavendish, fazendo pouco-caso. "Escorregar no gelo no meio de uma nevasca é normal, pode acontecer com qualquer um."

"Se querem minha opinião, saiu barato pra ele", diz Drax. "Era pra esse desgraçado ter morrido esmagado ou afogado. Depois de cair nessa água, em dez minutos o sangue empedra e o coração para de bater, mas o médico tá vivo, vai saber como. Foi abençoado."

"*Abençoado?*", diz Black.

Brownlee ergue a palma da mão.

"Abençoado ou não", diz, "estou dizendo que não haverá mais um sexto bote. E enquanto nós marinheiros nos ocupamos dos peixes, o médico ficará protegido na sua cabine lendo seu Homero, mexendo na piroca ou seja lá o que fica fazendo lá dentro."

Cavendish faz cara de impaciência.

"Pra alguns é fácil", diz.

Brownlee fixa o olhar nele.

"O médico tem a função dele nesse navio, Cavendish, e você tem a sua. E a merda do assunto está encerrada."

Drax e Cavendish se encontram de novo à meia-noite, durante a troca de vigia. Cavendish puxa o arpoador para um canto e olha em volta antes de falar.

"Pode ser que ainda morra", diz. "Viu a aparência dele?"

"Já eu acho que ele é um desses filhos da puta que não se entregam tão fácil", responde Drax.

"Ele tem o couro grosso, disso não há dúvida."

"Você devia ter metido uma bala nele quando teve a chance."

Cavendish balança a cabeça e espera que um *shetlander* passe por eles.

"Isso nunca teria colado", diz. "Brownlee é todo querido com ele e Black também."

Drax olha noutra direção enquanto acende o cachimbo. O céu acima está animado por estrelas inquietas; uma camada preto-azulada de gelo aderiu ao cordame e cobriu o convés.

"Quanto acha que vale o anel, afinal?", pergunta Cavendish. "Eu diria uns vinte guinéus, ou até vinte e cinco, quem sabe."

Drax balança a cabeça e torce o nariz, como se a questão fosse fútil demais para ele.

"O anel não te pertence", diz.

"Não pertence a Sumner também. Eu diria que pertence ao desgraçado que está com as mãos nele."

Drax se vira para Cavendish e assente.

"É mais ou menos por aí", diz.

Dentro da cabine escura, embrulhado numa pilha grossa de peles de urso e cobertores, Sumner, febril e frágil como um recém-nascido, dorme, acorda e volta a dormir. Enquanto o navio avança para noroeste enfrentando mares altos e atravessando nevoeiros e chuviscos com o casco revestido por meio metro de um gelo que também se acumula no convés e nas amuradas, de onde é retirado pelos marujos com o auxílio de espichas e marretas, a mente opiácea de Sumner se vê livre das amarras e flutua à deriva, balançando de um lado a outro, percorrendo fluidas paisagens oníricas que parecem tão temíveis e povoadas por formas de vida desconhecidas quanto as águas esverdeadas do Ártico que comprimem e golpeiam os trinta centímetros de madeira que as separa da cabeça do médico. Ele poderia estar em qualquer lugar, em qualquer época, mas seus pensamentos, como o ferro atraído por um ímã, retornam sempre ao mesmo local.

Um grande prédio amarelo do outro lado da quadra de tênis, o barulho assombroso e o fedor de carne e excrementos, lembrando um matadouro, como numa cena do inferno. Trinta ou mais padiolas chegando de hora em hora, cada uma trazendo, de uma só vez, três ou quatro mortos ou feridos. Cadáveres de jovens estraçalhados ou explodidos sendo despejados em galpões pestilentos. As contorções dos feridos e os berros dos moribundos. O barulho de membros amputados caindo em tinas de metal. O ruído incessante, como o de uma oficina ou serraria, do aço roendo os ossos. O piso molhado e grudento de sangue derramado, o calor inclemente, os baques surdos e os tremores causados pelos disparos de artilharia e as nuvens de moscas pretas em toda parte, pousando em cima de tudo, sem trégua ou distinção — olhos, ouvidos, bocas, feridas abertas. A imundície inacreditável daquilo tudo, os uivos e as súplicas, o sangue e a merda, e a dor, a dor interminável.

Sumner trabalha a manhã toda examinando, serrando, suturando, até ficar tonto de clorofórmio e nauseado com a carnificina generalizada. É muito pior do que tudo o que já conheceu ou imaginou. Homens que, como ele viu horas antes, estavam contando vantagem e dando risada no cume da montanha, agora eram colocados diante dele em pedaços. Ele precisa cumprir seu dever, é o que diz a si mesmo, precisa trabalhar com dedicação. É o que é possível fazer agora, o que se poderia esperar de qualquer homem nessa situação. Assim como ele, os outros médicos assistentes — Wilkie e O'Dowd — estão encharcados de suor e mergulhados em sangue até os cotovelos. O término de uma cirurgia é o início de outra. Price, o servente, checa as padiolas à medida que vão chegando, descarta os que já morreram e passa os estropiados para uma fila de espera. Corbyn, o médico-chefe, decide quais membros precisam ser amputados imediatamente e quais podem ser salvos. Ele esteve com os Coldstream Guards em Inkerman, com uma espingarda numa das mãos e um bisturi na outra, dois mil mortos em dez horas. Está com sangue espirrado no bigode.

Para aguentar o fedor, masca araruta. Isso aqui não é nada, diz para os outros; isso aqui é fichinha. Eles cortam, serram e escarafuncham atrás de balas de mosquete. Suam, praguejam e sentem vontade de vomitar por causa do calor. Os feridos gritam sem parar pedindo água, mas nunca há o bastante para matar a sede deles. A sede deles é obscena, as carências são intoleráveis, mas Sumner precisa atendê-las de toda maneira, precisa continuar fazendo o que faz até o limite de sua capacidade. Não possui tempo para sentir raiva, nojo ou medo, não possui tempo nem energia para nada que não seja o trabalho propriamente dito.

Ao fim da tarde, em torno das três ou quatro horas, o combate arrefece e o fluxo de vítimas primeiro diminui, depois cessa por completo. Rumores dizem que as tropas inglesas encontraram um grande depósito de bebidas perto do Portão de Lahore e se embriagaram, entrando em torpor coletivo. Seja qual for a razão, o avanço foi interrompido, pelo menos por enquanto, e pela primeira vez em muitas horas Corbyn e seus assistentes conseguem ter uma folga de suas funções. Mandam trazer cestos de comida e garrafões de água, e uma parte dos feridos é transferida para os hospitais de seus regimentos no cume. Sumner, depois de se limpar do sangue e comer um prato de pão e carne fria, se deita numa *charpoy* e adormece. É despertado pelo barulho de uma discussão violenta. Um homem de turbante apareceu na porta do hospital de campanha carregando uma criança ferida; está pedindo atendimento enquanto O'Dowd e Wilkie, aos berros, o recusam.

"Tirem ele daqui", diz Wilkie, "antes que eu mesmo ponha uma bala na sua cabeça."

O'Dowd pega um sabre no canto da sala e ameaça tirá-lo da bainha. O homem não sai do lugar. Corbyn se aproxima e pede a O'Dowd que se acalme. Examina a criança rapidamente e balança a cabeça.

"A ferida é grave demais", diz. "O osso se espatifou. Ele não sobreviverá por muito tempo."

"Você pode cortar fora", insiste o homem.

"Quer um filho com uma perna só?", pergunta Wilkie.

O homem não responde. Corbyn balança a cabeça outra vez.

"Não podemos ajudá-lo", diz. "Esse hospital é somente para soldados."

"Soldados britânicos", diz Wilkie.

O homem não sai do lugar. O sangue da perna estraçalhada da criança pinga no chão que acabou de ser limpo. Nuvens de moscas ainda voejam ao redor da cabeça deles e de vez em quando um dos soldados feridos geme ou grita pedindo ajuda.

"Você não está ocupado", o homem diz, olhando em volta. "Você tem tempo agora."

"Não podemos ajudá-lo", Corbyn repete. "É melhor você ir embora."

"Não sou um sipaio", diz o homem. "Meu nome é Hamid. Sou um empregado. Trabalho para Farook, o agiota."

"Por que você ainda está na cidade? Por que não fugiu com os outros antes do início do ataque?"

"Preciso proteger a casa do meu patrão e tudo que está guardado nela."

O'Dowd balança a cabeça e ri.

"É um mentiroso descarado", diz. "Qualquer homem que ainda esteja na cidade é um traidor por definição e merece apenas ser enforcado."

"E a criança?", pergunta Sumner.

Os outros o encaram.

"A criança é uma vítima da guerra", diz Corbyn. "E nós não temos ordens, isso é certo, de dar apoio à prole do inimigo."

"Não sou seu inimigo", diz o homem.

"É o que você diz."

O homem volta a atenção a Sumner, esperançoso. Sumner senta de novo e acende o cachimbo. O sangue da criança continua pingando sem parar no chão.

"Posso mostrar tesouros", diz o homem. "Se me ajudar agora, posso mostrar tesouros."

"Que tesouros?", diz Wilkie. "Quanto valem?"

"Dois laques", ele diz. "Ouro e joias. Olha aqui."

Ele deita a criança com cautela em cima de uma mesa montada sobre cavaletes e retira de dentro da túnica uma bolsinha de pele de bode. Estende a bolsinha a Corbyn, que a apanha e abre. Ele derrama as moedas na palma da mão, analisa-as por um instante, mexe nelas com a ponta do indicador e depois as passa a Wilkie.

"Muitas mais que nem essa", diz o homem. "Muitas mais."

"Onde está esse tesouro?", pergunta Corbyn. "A que distância daqui?"

"Não é longe. Muito perto. Posso mostrar agora."

Wilkie passa as moedas a O'Dowd, e O'Dowd as passa a Sumner. As moedas estão mornas e um pouco gordurosas. As bordas não são fresadas e as faces estão gravadas com os traços elegantes da caligrafia árabe.

"Não está acreditando nele, eu espero", diz Wilkie.

"Quantas dessas?", pergunta Corbyn. "Cem? Duzentas?"

"Eu falei, duas mil", diz o homem. "Meu patrão é um famoso agiota. Eu mesmo as enterrei antes de ele partir."

Corbyn se aproxima do menino e afasta a bandagem ensanguentada da perna. Olha mais de perto e cheira a ferida aberta.

"Poderíamos tirar na altura do quadril", diz. "Mas ele provavelmente morrerá do mesmo jeito."

"Você faz agora?"

"Agora não. Quando você voltar aqui com esse tesouro todo."

O homem parece descontente, assente e então se inclina e sussurra alguma coisa para o menino.

"Vão com ele, vocês três", diz Corbyn, "e levem Price. Vão armados, e se desconfiarem de qualquer coisa, matem esse desgraçado e voltem imediatamente. Vou ficar aqui com o menino."

Ninguém se move por um instante. Corbyn mantém o olhar fixo neles.

"Quatro partes iguais, e um décimo de cada parte vai para Price", diz. "Se os fiscais de espólio não ficam sabendo, mal não faz."

Eles deixam o hospital de campanha e entram na cidade propriamente dita, atravessando os destroços fumegantes do Portão da Caxemira. Abrem caminho em meio a montes de alvenaria despedaçada e pilhas de cadáveres chamuscados que são focinhados e mordicados por cães vadios. Acima da cabeça deles, abutres de penas esfarrapadas batem asas e reclamam enquanto os assovios dos morteiros terminam em estouros. Um mau cheiro de cordite e carne queimada empesta o ar, os tiros de mosquete ressoam à distância. Eles avançam por ruas estreitas e devastadas, entupidas de móveis destruídos, animais eviscerados e armamento abandonado. Sumner imagina que atrás de cada barricada e brecha há um sipaio agachado e pronto para atirar. Pensa que o risco que correm é grande demais e que o tesouro provavelmente não passa de uma mentira, mas sabe que seria tolice contrariar um homem como Corbyn. O exército britânico é construído em torno da influência e quem deseja subir de posição deve estar atento às relações. Corbyn tem amigos no Conselho de Medicina do Exército e seu cunhado é inspetor hospitalar. O homem propriamente dito é prepotente e raso, sem dúvida, mas ligar-se a ele e a esse segredo compartilhado, a essa pilha de despojos ilegais, não seria nem um pouco ruim para Sumner. Pode até ser, ele pensa, sua porta de saída do Sexagésimo Primeiro de Infantaria para um regimento de mais respeito. Mas isso, é claro, apenas se o tesouro realmente existir.

Eles viram uma esquina e encontram uma plataforma de artilharia e um bando ruidoso de soldados de infantaria bêbados. Um deles está tocando o acordeão, outro abaixou as calças para evacuar dentro de um balde de madeira; há garrafas de conhaque vazias espalhadas por toda parte.

"Quem vem lá?", grita um deles.

"Médicos", diz Wilkie. "Algum homem aqui precisa de cuidados?"

Os soldados se entreolham e caem na risada.

"Cotteslow, aquele ali, precisa que examinem sua cabeça", diz um deles.

"Onde estão os oficiais?"

O mesmo homem se levanta e, ajustando a vista, se aproxima com passos trôpegos. Decide parar a cerca de meio metro deles e cospe no chão. Seu uniforme está esfarrapado e sujo de sangue e da fumaça dos disparos. Ele fede a vômito, mijo e cerveja.

"Todos mortos", diz. "Não sobrou um só."

Wilkie absorve a informação acenando lentamente com a cabeça e olha para a rua que se prolonga a partir da plataforma de artilharia.

"E o inimigo?", pergunta. "Está por perto?"

"Ah, está mais perto do que gostaríamos", diz o homem. "Se olhar naquela direção, talvez ele te mande um beijinho."

Os outros soldados riem de novo. Wilkie os ignora e se vira para debater com os companheiros.

"Isso aqui é uma vergonha", diz. "Esses homens deveriam ser enforcados por abandono de suas funções."

"Daqui não podemos passar", diz O'Dowd. "É o limite do avanço."

"Estamos muito perto agora", diz Hamid. "Mais dois minutos."

"Perigoso demais", diz O'Dowd.

Wilkie esfrega o queixo e cospe no chão.

"Podemos enviar Price", diz ele. "Ele pode ir na frente e voltar com informações. Se parecer seguro, nós também vamos."

Todos olham para Price.

"Por uma porcaria de dízimo, nem fodendo", diz ele.

"E se dobrarmos?", sugere Wilkie. Ele troca olhares com os outros dois, que concordam com a cabeça.

Price, que estava agachado, levanta devagar, ajeita a espingarda no ombro e se aproxima de Hamid.

"Vá na frente", diz.

Os outros sentam no lugar e esperam. Os soldados bêbados não lhes dão atenção. Sumner acende o cachimbo.

"É um filho da puta ganancioso, esse Price", diz O'Dowd.

"Se ele acabar morto, teremos de inventar alguma história", diz Wilkie. "Corbyn não vai gostar."

"Corbyn", diz O'Dowd. "Sempre a merda do Corbyn."

"É o irmão ou o cunhado dele?", pergunta Sumner. "Nunca lembro."

O'Dowd dá de ombros e balança a cabeça.

"Cunhado", diz Wilkie. "Sir Barnabas Gordon. Assisti às suas aulas de química em Edimburgo."

"Não contem com Corbyn pra nada", O'Dowd diz a Sumner, "seria um erro. Ele é ex-membro da Guarda Real e a esposa dele é baronesa."

"Depois disso ele ficará em dívida", diz Sumner.

"Homens como Corbyn não ficam em dívida por nada. Vamos receber nossa parte do butim, se ele realmente existir, mas ouça bem, não vai passar disso."

Sumner escuta, assente e reflete por um instante.

"Você já tentou obter algo dele?"

Ao ouvir isso, Wilkie abre um sorriso, mas O'Dowd permanece calado.

Dez minutos depois, Price retorna e informa que eles encontraram a casa e que a rota parece segura, dentro do possível.

"Você viu o tesouro com os próprios olhos?", O'Dowd pergunta.

"Ele disse que está enterrado no pátio interno da casa. Me mostrou o local e mandei que começasse a cavar."

Eles seguem Price por um caminho complicado de ruelas estreitas e chegam a uma rua mais larga em que as lojas foram saqueadas e as casas estão silenciosas e com as janelas fechadas. Não há ninguém à vista, mas Sumner tem certeza de que há pessoas dentro dessas construções — famílias aterrorizadas, encolhidas na escuridão tépida, jihadistas e gazis lambendo as feridas, se preparando em segredo. Escutam uma algazarra nos arredores e em seguida o disparo de um canhão. O sol está começando a se pôr, mas o calor excruciante não cede. Atravessam a rua, escolhendo bem o caminho através das pilhas fumegantes de ossos, trapos e móveis quebrados, e depois andam mais duzentos metros, até que Price se detém diante de uma porta aberta e acena com a cabeça.

O pátio é pequeno e quadrado, as paredes caiadas estão sebentas e encardidas, e há partes em que o reboco caído deixa os tijolos expostos. Cada parede possui duas passagens em forma de arco, e acima dos arcos fica uma varanda de madeira gasta. Hamid está agachado bem no centro. Ele deslocou uma das lajotas e está removendo a terra solta que havia por baixo.

"Me ajudem, por favor", ele diz. "Precisamos ir rápido agora."

Price se ajoelha a seu lado e começa a cavar com as mãos.

"Estou vendo uma caixa", ele diz pouco tempo depois. "Olhem, aqui."

Os outros se reúnem em volta. Price e Hamid retiram a caixa do solo e O'Dowd a rebenta com a coronha da espingarda. A caixa contém quatro ou cinco sacos de lona cinza.

Wilkie escolhe um deles, olha dentro e começa a rir. "Jesus Cristo", diz.

"É um tesouro?", pergunta Price.

Wilkie mostra o saco para O'Dowd e O'Dowd sorri, depois começa a rir e a dar tapas nas costas de Wilkie.

Price retira os outros três sacos de dentro da caixa e abre um a um. Dois estão cheios de moedas, e o terceiro contém um sortimento de pulseiras, anéis e joias.

"Puta que me pariu", Price sussurra consigo mesmo.

"Deixa eu ver essas belezinhas", diz Wilkie. Price lhe entrega o saco menor e Wilkie despeja o seu conteúdo sobre as lajotas empoeiradas. Ajoelhados, os três médicos assistentes se reúnem em volta da pilha cintilante como colegiais jogando bolinha de gude.

"Vamos arrancar todas as pedras preciosas e derreter o ouro", diz O'Dowd. "Fazer do jeito mais simples."

"Precisamos voltar agora", Hamid insiste. "Pelo meu filho."

Ainda vidrados no tesouro, eles o ignoram completamente. Sumner se inclina e pega um dos anéis.

"Que pedras são essas?", pergunta. "São diamantes?" Ele se dirige a Hamid. "São diamantes?", repete, mostrando o anel. "É verdadeiro?"

Hamid não responde.

"Ele está pensando naquele menino", diz O'Dowd.

"O menino está morto", diz Wilkie, sem erguer os olhos. "O menino estava morto desde o início."

Sumner olha para Hamid, que continua calado. Seus olhos estão arregalados de medo.

"O que foi?", pergunta Sumner.

Ele balança a cabeça como se a resposta fosse complicada demais, como se o momento das explicações houvesse expirado e eles já tivessem adentrado, quer percebessem ou não, um estágio mais sombrio e conclusivo.

"Vamos agora", ele diz. "Por favor."

Hamid agarra a manga de Price e tenta puxá-lo em direção à rua. Price livra o braço com um movimento enérgico e prepara um soco.

"Cuidado aí", ele diz.

Hamid recua e levanta as duas mãos acima da cabeça, mostrando as palmas — é um gesto de recusa silenciosa, mas também, percebe Sumner, de rendição. Mas de rendição a quem?

Da varanda acima vem o estampido de um mosquete e a parte de trás da cabeça de Price explode num cravo efêmero de sangue e osso. Wilkie gira sobre os calcanhares, aponta a espingarda e atira a esmo para cima, sem atingir nada, até ser alvejado duas vezes — primeiro no pescoço e depois no alto do peito. Caíram numa emboscada; o local está pululando de sipaios. O'Dowd agarra Sumner pelo braço e o arrasta para a segurança e escuridão do interior da casa. Wilkie fica estrebuchando sobre as lajotas do pátio; o sangue escapa em jorros vermelhos do seu pescoço. Sumner empurra a porta da frente com o bico da bota e um disparo vindo da rua atinge a moldura. Um dos agressores salta por cima da varanda bamba e arremete, gritando, na sua direção. O'Dowd atira nele, mas erra. O sabre do sipaio vai de encontro ao abdome de O'Dowd e ressurge, avermelhado e gotejante, bem no meio de suas costas. O'Dowd cospe sangue, se engasga e parece chocado com o que acabam de fazer com ele. Enquanto empurra a espada cada vez mais fundo, o sipaio mantém no rosto uma expressão urgente e fervorosa. Seus olhos negros como piche parecem querer saltar das órbitas, tresloucados; sua pele marrom reluz de suor. Sumner está parado a meio metro dele, não mais que isso; ele apoia a espingarda no ombro e dispara. O rosto do homem desaparece instantaneamente e é substituído por uma concavidade rasa, em formato de tigela, cheia de carne, cartilagem e pedaços esmigalhados de língua e dentes. Sumner larga a espingarda e abre a porta da frente com um chute. Assim que ganha a rua, uma bala morde sua panturrilha e outra atinge a parede centímetros acima de sua cabeça. Ele tropeça, dá um grunhido e cambaleia para trás por um instante, mas em seguida consegue se endireitar e sai em disparada, meio desequilibrado, em busca de um lugar seguro. Outra bala passa zunindo. A cada pisada, sente a bota esquerda se alagando de sangue morno. Ouve gritos atrás de si. A rua está entulhada de pedaços de paredes, lascas de cerâmicas, panos grosseiros, ossos e poeira. Lojas e quiosques nos dois lados estão com as prateleiras vazias e as *shamianas* cobertas de tecidos frouxos, perfurados e apodrecidos. Ele escapa da rua por uma saída lateral e penetra no labirinto excêntrico de becos e vielas.

As paredes altas de estuque estão rachadas e engorduradas. Predomina um cheiro de esgoto e o rugido das varejeiras. Sumner avança mancando, desembestado e sem rumo, até que a dor o força a parar. Ele se agacha na entrada de uma porta e arranca fora a bota. A bala entrou e saiu, mas a tíbia ficou esfacelada. Rasga uma tira de flanela da parte de baixo da camisa e amarra o ferimento com toda a força que consegue para estancar o sangramento. Enquanto faz isso, é atingido por uma onda quente de náusea e tontura. Fecha os olhos e ao abri-los de novo enxerga um vórtice negro de pombos que rodopiam e se aglomeram como esporos levados pelo vento no céu crepuscular. A lua já surgiu; os estrondos constantes e temíveis da artilharia chegam de todos os lados. Pensa em Wilkie e O'Dowd e começa a tremer. Inspira bem fundo e diz a si mesmo que é preciso se manter alerta ou morrerá como eles. A cidade cairá com certeza amanhã, tenta acreditar; quando as tropas britânicas ficarem sóbrias, retomarão o avanço. Se conseguir se manter firme e permanecer vivo, elas o encontrarão e o levarão de volta para casa.

Fica em pé e procura um lugar para se esconder. A porta em frente está aberta. Vai até ela mancando, deixando uma trilha de pingos de sangue. Do outro lado da porta há uma sala com tapetes empoeirados e um divã quebrado que foi encostado numa das paredes. Num dos cantos há um jarro d'água não esmaltado, vazio, e uma chaleira e copos estão espalhados no chão. Uma única janela elevada dá para a viela e não deixa entrar muita luz. Na parede oposta, um arco protegido por uma cortina fornece acesso a uma sala menor com uma claraboia e um fogão. Há um armário de cozinha de madeira, mas está vazio. A sala recende a manteiga *ghee* envelhecida, cinzas e madeira queimada. Num dos cantos há um menininho encolhido em cima de um cobertor imundo.

Sumner o observa por alguns instantes, tentando entender se ele está vivo ou morto. Está escuro demais para verificar se ele respira. Com dificuldade, Sumner se agacha e encosta no rosto do menino. O toque deixa uma suave impressão digital vermelha. O menino se mexe, passa a mão pelo rosto como se espantasse uma mosca e então desperta. Ao ver Sumner ali parado, toma um susto e grita. Sumner o acalma. O menino para de gritar, mas continua parecendo assustado e desconfiado. Lentamente, Sumner dá um passo para trás, mantendo os olhos no menino, e senta aos poucos no chão de terra batida.

"Preciso de água", diz. "Veja. Estou ferido." Aponta para a perna gotejante. "Aqui."

Coloca a mão no bolso do casaco para ver se acha uma moeda e percebe que ainda está com o anel. Não lembra de tê-lo colocado no bolso, mas ali está. Mostra o anel para o menino e faz um gesto para que venha pegá-lo.

"Preciso de água", repete. "*Pani.*"

O menino olha para o anel sem se mover. Tem dez ou onze anos — rosto fino, peito nu e pés descalços, veste um *dhoti* sujo e um colete de lona.

"*Pani*", ele ecoa.

"Sim", Sumner acena afirmativamente com a cabeça. "*Pani*, mas não diga a ninguém que estou aqui. Amanhã, quando os soldados britânicos chegarem, vou te ajudar. Vou te proteger."

Depois de uma pausa, o menino responde em hindustâni: uma longa sequência de sílabas vazias e trepidantes, como o balido de um bode. O que faz uma criança dormindo num lugar desses, pergunta-se Sumner. Uma sala vazia no meio de uma cidade que foi transformada em campo de batalha. Será que todos os seus familiares estão mortos? Não sobrou ninguém para protegê-lo? Ele se lembra de quando, há vinte anos, ficou deitado na escuridão da cabana abandonada depois de seus pais terem sido removidos para o hospital do tifo em Castlebar. Sua mãe havia prometido que eles retornariam em breve, tinha segurado suas duas mãos com força e prometido, mas eles nunca retornaram. Apenas William Harper, o médico, acabou lembrando da criança abandonada e voltou a cavalo no dia seguinte para encontrar o menino deitado no mesmo lugar em que o haviam deixado. Harper vestia seu paletó de tweed verde naquele dia; suas botas de couro suíno estavam molhadas e cobertas de lama após a viagem. Ele ergueu o menino do catre imundo e o carregou para fora. Sumner lembra até hoje dos aromas de lã e de couro, do calor úmido no hálito regular do médico e de suas imprecações suaves e reconfortantes, como se fossem uma recém-inventada forma de oração.

"Quando os soldados britânicos chegarem aqui, vou te proteger", Sumner assegura outra vez. "Vou te proteger. Entendeu?"

O menino o encara mais um instante, faz que sim com a cabeça e sai da sala. Sumner coloca o anel de volta no bolso, fecha os olhos, encosta a cabeça na parede e espera. A carne em volta do ferimento está quente e muito inchada. A perna pulsa de dor e a sede começa a ficar insuportável. Fica pensando se o menino irá traí-lo, se a próxima pessoa a surgir será o seu assassino. Não seria nada difícil matá-lo no presente estado: está sem armas para se defender e, mesmo que as tivesse, sem forças para lutar.

O menino retorna com um jarro d'água. Sumner bebe a metade e usa o resto para limpar o ferimento. Logo acima do tornozelo, a tíbia está entortada para trás. O pé inutilizado pende abaixo. Comparado às abominações do hospital de campanha, seu caso é moderado, mas a aparência da perna ainda assim o apavora. Ele se move com dificuldade até o fogão e escolhe dois tocos compridos na pilha de lenha ao lado. Pega o canivete no bolso da túnica, abre a lâmina e começa a aparar e nivelar a madeira. O menino o observa sem reação. Sumner coloca um pedaço de madeira em cada lado da perna e aponta para o cobertor sobre o qual o menino dormia. O menino lhe traz o cobertor e ele o rasga em tiras. O menino não abre a boca nem se move. Sumner se inclina para a frente e começa a amarrar as talas com os pedaços do cobertor sujo. Com a firmeza necessária, diz a si mesmo, mas sem apertar demais.

Não demora para que fique encharcado de suor e ofegante. Sente o gosto azedo do vômito subir pela garganta. O suor faz seus olhos arderem e seus dedos estão trêmulos. Ele posiciona a segunda tira de cobertor embaixo da perna e une as pontas em cima. Tenta dar um nó, mas a dor é aguda demais. Desiste, espera um pouco, tenta e fracassa novamente. Abre a boca num grito mudo, geme e deita de costas no chão. Fecha os olhos e espera até conseguir recuperar o fôlego. Seu coração bate como se fosse uma porta pesada sendo fechada com força à distância, repetidas vezes. Continua esperando até que a dor lancinante fique um pouco menos intensa. Nauseado, vira-se de lado e procura o olhar do menino.

"Você precisa me ajudar", diz.

O menino não reage. Pequenas moscas pretas pousam em seus lábios e sobrancelhas, mas ele não se dá ao trabalho de espantá-las. Sumner aponta a perna.

"Amarre para mim", ordena. "Apertado, mas não muito."

O menino fica em pé, olha para o ferimento e diz alguma coisa em hindustâni.

"Apertado, mas não muito", repete Sumner.

O menino ajoelha, segura a bandagem e começa a apertar o nó. As terminações do osso raspam uma na outra. Sumner berra. O menino se detém, mas Sumner faz gestos impacientes para que vá em frente. Ele termina de dar o nó e vai amarrando as próximas bandagens. Quando a tala está pronta, o menino vai até o poço nos fundos da casa, reabastece o jarro d'água e o traz de volta. Sumner bebe e adormece. Quando acorda, o menino está deitado ao seu lado. Ele tem cheiro de serragem molhada e não é maior que um cachorro; sua respiração é curta e vagarosa. Na sala quase sem luminosidade, seu corpo esparramado aparenta ser apenas um adensamento da escuridão reinante. Sem movimentar a perna ferida, Sumner estende a mão e acaricia o menino com a maior suavidade possível. Não sabe bem que parte de seu corpo está tocando. A escápula, será? A coxa? O menino não se mexe nem acorda.

"Você é um bom menino", Sumner sussurra. "Um bom menino, é isso que você é."

Ao raiar do dia, o bombardeio recomeça. No início as explosões são distantes, mas depois, à medida que os artilheiros melhoram a pontaria e as tropas britânicas avançam pela cidade de rua em rua, elas vão ficando mais próximas e mais barulhentas. A sala estremece, e uma rachadura nova risca o teto em zigue-zague. Eles escutam o zumbido feroz das balas de canhão passando por cima da casa e em seguida o estrépito seco e grave das paredes desmoronando.

"Vamos ficar aqui", diz Sumner ao menino. "Vamos ficar aqui e esperar."

O menino assente e começa a se coçar. Ele encontrou um pedaço de casca de árvore para mascar, e também o que parecem ser folhas de nabo. Sumner acende o cachimbo e reza em silêncio para que Tommy Atkins chegue antes que a casa seja atingida por um disparo de artilharia ou atropelada por sipaios em fuga. Algum tempo mais tarde, eles escutam o chacoalhar dos mosquetes e depois vozes. Tem alguém praguejando e dando ordens em frente à casa. Escutam passos no telhado e o barulho de portas batendo. De repente Sumner é tomado pelo sentimento apavorante de que é um invasor e está exposto; sente uma necessidade urgente de se encolher e ficar escondido. O menino o acompanha com olhar expectante. Sumner se agarra ao fogão e fica em pé. A dor na perna é atordoante, mas suportável. Ele se apoia no menino e eles avançam juntos, com dificuldade, até a porta. Uma bala de canhão explode, sucedida por gritos. O menino se aperta ao corpo de Sumner, que abre uma fresta na porta e espia a rua. Vê um sipaio morto encostado numa parede e, através de uma abertura estreita no final da viela, a passagem rápida de um uniforme britânico. O ar está impregnado de fumaça de artilharia, repleto de poeira amarela e agitado pelo estrépito de pânico e selvageria vindo dos combates.

"Rápido", ele diz ao menino, "rápido, antes que nos deixem para trás."

Eles cambaleiam pela viela na direção dos gritos e disparos, mas os ruídos já começam a se distanciar. A batalha segue avançando. Quando chegam à rua principal, veem somente as pilhas de destroços e os cadáveres ensanguentados que ficaram espalhados por toda parte. Um soldado britânico surge de uma porta com uma pistola numa das mãos e um saco de objetos pilhados na outra. Sumner grita pedindo ajuda. O soldado se vira abruptamente para vê-los. Seus olhos estão alucinados e o vermelho de seu uniforme está tingido de suor e terra. Ao reparar no menino, o soldado enrijece por um instante, ergue a pistola e atira. A bala atinge o menino em cheio no peito e o arremessa para trás. Sumner se agacha e pressiona o ferimento pulsante com força, usando as mãos. O projétil da pistola esmigalhou o esterno e atravessou o coração. Borbulhas de sangue escorrem pelos lábios cinzentos do menino, seus olhos negros se reviram nas órbitas, e um minuto depois ele está morto.

O soldado cospe no chão, treme o olho e começa a recarregar a pistola. Ele olha para Sumner e abre um sorriso.

"Minha mira é boa pra cacete", diz. "Sempre foi."

"Você é um imbecil", responde Sumner.

O soldado ri e balança a cabeça.

"Sou aquele que salvou a sua vidinha preciosa", ele diz. "Pense nisso."

Deitam Sumner numa padiola que acaba de chegar. Ele é carregado pela cidade devastada até o hospital de campanha que fica do outro lado da quadra de tênis. No início ninguém o reconhece em meio à horda de feridos, mas assim que Corbyn o identifica, ele é levado às pressas para o andar de cima e acomodado sozinho em um quarto anexo.

Recebe comida, água e uma dose de láudano, e um médico assistente é enviado para refazer a tala e o curativo. Fica entrando e saindo de um sono profundo. Escuta o ribombo constante dos canhões e os gritos intermitentes dos feridos no andar de baixo. Quando Corbyn vem vê-lo, já escureceu. Chega trazendo um lampião e fumando um *cheroot*. Trocam um aperto de mão e Corbyn o encara por um momento com um olhar de triste incompreensão, como se Sumner fosse um experimento planejado com todo o cuidado, mas que fracassou contra todas as expectativas.

"Quer dizer que os outros estão todos mortos?", ele pergunta.

Sumner assente.

"Fomos pegos de surpresa", diz.

"Você tem sorte de estar vivo, então." Ele ergue o cobertor e dá uma olhada na perna de Sumner.

"A bala saiu e a fratura não é das piores. Talvez eu tenha que usar bengala por um tempo, mas só."

Corbyn assente e abre um sorriso. Sumner o observa com expectativa. Logo ele me oferecerá algo, pensa, proporá uma recompensa à altura do que sofri.

"Você deve ter imaginado que eu também estava morto", diz Sumner. "Quando ninguém retornou."

"De fato", diz Corbyn, "foi o que todos presumiram." E acrescenta, depois de uma pausa: "Estou contente de saber que estávamos enganados, é claro".

"O tesouro existia, mas havia sipaios escondidos na casa."

"Então vocês caíram numa armadilha. Cometeram um erro grave."

"Não era armadilha", diz Sumner, "foi um acidente. Ninguém podia ter adivinhado que os sipaios estariam lá."

"Quando um médico abandona seu posto, isso é uma coisa grave."

O olhar de Corbyn fica mais sério e ele observa Sumner atentamente. Sumner abre a boca para falar, mas se detém.

"Tenho certeza de que sabe do que estou falando", diz Corbyn. "Fico feliz de ver que está vivo, é claro, mas a sua situação, de qualquer modo, não é das melhores. Provavelmente haverá uma acusação."

"Uma acusação?" Confuso, Sumner se pergunta se isso não faria parte de um plano maior, bolado por Corbyn na sua ausência. Uma estratégia mais ampla em mútuo benefício.

"As circunstâncias tornam isso inevitável", prossegue Corbyn. "A investida atravessava um momento crucial. Perder três médicos numa hora dessas..." Ele ergue as sobrancelhas e exala preguiçosamente volutas de fumaça cinza-parda no breu do quarto.

Sumner sente uma pontada aguda no peito e um princípio de desorientação, como se inesperadamente, por mais impossível que fosse, o quarto tivesse começado a girar em torno dele.

"Se houver uma acusação", diz, "espero poder contar com o seu apoio, sr. Corbyn."

Corbyn franze o cenho e balança a cabeça com desdém.

"Não consigo imaginar que tipo de apoio eu poderia lhe oferecer", ele diz calmamente. "Os fatos são claros."

"Me refiro à sua versão do que ocorreu ontem", diz Sumner. "Os detalhes. O menino e tudo mais."

Corbyn colocou o lampião sobre uma mesinha lateral e fica caminhando de um lado para outro em frente à cama. Antes de responder, ele se aproxima da janela aberta e fica um tempo ali parado, como se aguardasse um convidado atrasado para o jantar.

"É improvável que o general vá se preocupar com os pequenos detalhes", diz Corbyn. "Em um momento em que precisávamos de você aqui, você abandonou o hospital em busca de um tesouro. Três homens morreram e você retornou com um ferimento grave. Na sua ausência, seus companheiros feridos, entre eles vários oficiais, ficaram sem tratamento, em alguns casos em agonia extrema. Isso, receio, é tudo o que ele deseja ou precisa saber para compreender o que se passou."

"Você espera que eu mantenha o bico fechado, então? Que aceite minha punição? É bem provável que eu vá ser expulso."

"Meu conselho é que não transforme uma situação ruim em algo ainda pior, só isso. Envolver meu nome nisso não vai te ajudar. Isso eu posso garantir."

Há uma pausa durante a qual os dois homens mantêm o olhar fixo um no outro. A expressão de Corbyn é severa, mas ao mesmo tempo calma e segura de si. Por trás da formalidade típica das questões militares existe uma autoconfiança despojada que deriva da riqueza e do bem-estar, uma noção de que o mundo é maleável e se moldará às suas vontades.

A cabeça de Sumner começou a doer. Ele se sente inundado por uma mistura azeda de raiva e reprovação pelos próprios atos.

"Quer dizer que não vai me oferecer nada para compensar o que tive que passar?"

"Ofereço meu conselho, que é aceitar as consequências infelizes dos seus próprios atos. Você teve azar, concordo, mas apesar disso está vivo, enquanto os outros estão mortos, então talvez possa se sentir grato em alguma medida."

"Ainda estou com o tesouro", diz Sumner.

Corbyn faz uma expressão de desagrado e balança a cabeça.

"Não, isso é mentira. Você chegou aqui sem nada."

"Quer dizer, então, que você verificou", Sumner afirma com convicção, "antes de decidir qual seria a sua postura."

Corbyn trava a mandíbula e, pela primeira vez desde o início da conversa, parece contrariado.

"Não me provoque. Isso não vai melhorar a sua defesa."

"Eu não tenho uma defesa. Você sabe disso tão bem quanto eu. Se tiver de me explicar ao general, será o fim da minha carreira."

Corbyn dá de ombros.

"Você será transferido para o hospital do regimento mais tarde, hoje à noite, e receberá a acusação oficial amanhã ou depois. Nos veremos de novo na audiência."

"Por que está fazendo isso comigo?", pergunta Sumner. "Qual é a sua intenção?"

"Minha intenção?"

"Você está me destruindo, e a troco de quê?"

Corbyn balança a cabeça e sorri de canto.

"Há uma propensão melancólica na alma celta que vê o martírio como algo atraente, isso eu entendo. Mas no seu caso, sr.

Sumner, a carapuça não serve. Apenas cumpro o meu dever; teria sido melhor se você tivesse cumprido o seu."

Com isso, ele se despede com um ligeiro aceno de cabeça e caminha em direção à porta. Sumner observa a sua partida, escuta o som de suas botas descendo as escadas de madeira e o balbucio assonante de seu sotaque inglês ao proferir mais uma ordem. Ali deitado, assimilando enfim a realidade da sua situação, o médico sente que os traços definidores de sua personalidade — entusiasmo, convicção, obstinação; um certo orgulho velado e desesperado — começam a esmorecer. Quando William Harper morreu sem lhe deixar nada — pois àquela altura todas as suas posses haviam sido vendidas, penhoradas ou desperdiçadas em troca de bebida —, ele teve forças para persistir, sua determinação não definhou. Ele já não tinha como pagar as aulas e o alojamento em Belfast, mas encontrou no exército um outro caminho para subir na vida. Seria bem mais lento e difícil, ele sabia, mas não impossível. Acreditava que ainda era capaz, que de alguma maneira ainda conseguiria. Agora, porém, aquelas reservas de resiliência e tenacidade guardadas havia tanto tempo tinham sido eliminadas de um só golpe. Todos aqueles anos de esforço, os anos de obstinação, paciência e malícia. Algo assim é possível? Caso seja, o que isso implica? Ao pensar no que Corbyn lhe fez, sente um ódio escaldante que logo é sucedido por uma enxurrada gélida de vergonha, tão intensa quanto, porém mais vasta e brutal, como uma onda turva e extensa que vinha acumulando força até finalmente atingir a margem.

8

Três semanas da ilha Jan Mayen até o cabo Farvel. Céu azul e limpo, mas o vento é intermitente e variável, soprando do sul nos dias bons, com força e constância, e noutros dias tornando-se tempestuoso e instável ou parando completamente. A tripulação se mantém ocupada passando as cordas nos guindastes dos botes, amarrando as arpoeiras, revisando as lanças e arpões. Depois do sucesso com as focas, os ânimos estão elevados. Brownlee detecta um otimismo geral nos marujos, uma crença de que a sorte está a seu lado esse ano, de que a temporada será produtiva. Os murmúrios descontentes que havia escutado em Hull silenciaram: Cavendish, embora continue sendo um pulha irritante, demonstra competência no trabalho, e Black, seu substituto, exibe uma louvável ambição e uma astúcia incompatível com a sua pouca idade. Depois da queda na água que quase o matou, o médico se restabeleceu de maneira notável. Está recuperando a aparência saudável e a energia, e seu apetite voltou ao normal. Embora continue com ulcerações das queimaduras de gelo nas maçãs do rosto e na ponta do nariz, pode ser visto quase todos os dias no convés, caminhando para se exercitar ou tomando notas no diário. Campbell está à espera deles a bordo do *Hastings* num local mais acima do estreito, em algum ponto para além da ilha Disko, mas os dois navios não se encontrarão nem farão tentativas de se comunicar até que chegue o momento ideal. Os inspetores de seguros estão atentos, hoje em dia, a qualquer vestígio de conspiração, e um navio protegido por uma apólice tão elevada e desproporcional quanto o *Volunteer* já atrai suspeitas o bastante. Sua última viagem, então. Não é o fim que ele escolheria se pudesse, mas é melhor assim, sem dúvida, do que passar outros cinco anos naquela balsa de carvão resmungando como um palerma, indo e voltando de Middlesbrough a Cleethorpes. Nenhum outro sobrevivente retornou ao mar depois do *Percival* — cérebros embaralhados, membros faltando, espasmos e contorções de pavor —, ele foi o único que conseguiu. O único suficientemente teimoso ou idiota para continuar. É preciso olhar em frente, não para trás, era o conselho no qual Baxter insistia. O que importa é o que acontece *a seguir*. E embora Baxter seja sem dúvida nenhuma um filho da puta, um patife e um charlatão de marca maior, há uma pequena verdade a ser levada em consideração aí, ele pensa.

Os icebergs em torno do cabo estão densos e perigosos como de costume. Para evitar colisões, o *Volunteer* precisa desviar uns trezentos quilômetros para o oeste, com as velas da gávea abertas, e então virar para nor-nordeste e acessar a porção mediana do estreito de Davis. Do convés de proa, onde senta-se quando não está frio demais, Sumner observa as aves — maçaricos, lagópodes, tordas, mobelhas, pardelas do ártico, êider-edredãos. Sempre que avista um deles, chama o timoneiro para saber uma estimativa da latitude e faz uma anotação no caderno. Se a ave está próxima o suficiente e há uma espingarda por perto, ele às vezes arrisca um disparo, mas erra na maioria das tentativas. Sua falta de mira logo se torna piada entre os marujos. Sumner não se interessa pela história natural; quando a viagem terminar, ele se livrará do caderno sem pensar duas vezes. Observa as aves apenas para matar o tempo, dar a impressão de estar ocupado e parecer normal.

Às vezes, se não há aves para dar tiros ou descrever, ele conversa com Otto, o arpoador alemão. Apesar da profissão, Otto é um pensador profundo e tem inclinações especulativas e místicas. Ele acredita que, nas várias horas em que Sumner esteve perdido no gelo, sua alma provavelmente abandonou seu corpo material e viajou para outros planos mais elevados.

"Mestre Swedenborg descreve um Lugar Espiritual", ele explica, "um grande vale verdejante cercado de penhascos e montanhas, onde as almas falecidas se reúnem antes de serem divididas entre as salvas e as condenadas."

Sumner não quer desapontá-lo, mas consegue se lembrar apenas da dor e do medo, seguidos por um nada duradouro, escuro e desagradável.

"Se esse plano fantasioso existe em algum lugar, não vi sinal dele", diz.

"Talvez você tenha ido direto para o céu. Isso também é possível. O céu é inteiramente feito de luz. Os prédios, os parques, as pessoas, tudo é feito da luz divina. Você vê arco-íris em toda parte. Incontáveis arco-íris."

"Isso também é de Swedenborg?"

Otto assente.

"Lá você teria encontrado os mortos e conversado com eles. Com seus pais, por exemplo. Lembra disso?"

Sumner faz que não com a cabeça, mas Otto não se deixa desanimar.

"No céu eles teriam a mesma aparência que em vida", ele diz, "mas seus corpos seriam feitos de luz em vez de carne."

"E como um corpo pode ser feito de luz?"

"A luz é o que verdadeiramente somos, é a nossa essência imortal. Mas o brilho da verdade só transparece depois que a carne se esvai."

"Então você não está descrevendo um corpo", diz Sumner, "e sim uma alma."

"Tudo precisa ter a sua forma. Os corpos dos mortos no céu são as formas assumidas pelas almas que eles possuíam."

Sumner balança de novo a cabeça. Otto é um teutão descomunal, de peito largo, com um rosto cheio e carnudo e punhos que mais parecem peças de presunto. Consegue lançar um arpão a cinquenta metros sem grunhir. É estranho ouvi-lo dizer essas leviandades.

"Por que acredita nessas coisas?", pergunta Sumner. "Que bem isso lhe faz?"

"O mundo que vemos com nossos olhos não é a verdade completa. Sonhos e visões são tão reais quanto a matéria. O que podemos imaginar ou pensar existe da mesma forma que as coisas que podemos tocar ou cheirar. De onde vêm os nossos pensamentos, se não de Deus?"

"Eles vêm da nossa experiência", diz Sumner, "do que ouvimos, vimos e lemos, e daquilo que nos contaram."

Otto discorda.

"Se isso fosse verdade, nenhum crescimento ou avanço seria possível. O mundo seria estagnado e inerte. Estaríamos condenados a passar nossa vida olhando para trás."

Sumner observa ao longe a linha angulosa formada pelos icebergs e pelo gelo em terra firme, o pálido céu aberto, o sobe e desce melancólico e impaciente do mar. Depois de recobrar a consciência, ele passou uma semana inteira deitado no beliche, mal podendo falar ou se mexer. Seu corpo era como um diagrama, um rascunho que podia ser apagado e reiniciado, enquanto a dor e o vazio eram como mãos que o modelavam e remodelavam, sovando e esticando sua alma.

"Não morri dentro d'água", ele diz. "Se tivesse morrido, eu seria alguém novo, mas não sinto nada novo em mim."

Um pouco antes de chegar à ilha Disko, o navio fica preso numa banquisa. Eles prendem âncoras no bloco de gelo mais próximo e tentam rebocar o navio à frente usando espias grossas fixadas ao cabrestante. As barras que fazem girar o cabrestante comportam dois marujos cada, mas mesmo assim o trabalho é demorado e exaustivo. Levam a manhã toda para avançar míseros dez metros, e, depois da ceia, Brownlee decide, com relutância, desistir e esperar que o vento mude ou que um novo acesso se abra.

Drax e Cavendish pegam picaretas e descem para remover as âncoras do gelo. O dia está quente e sem nuvens. O perpétuo sol ártico palpita no alto, irradiando um calor intratável como o de uma fornalha. Os dois arpoadores, já imunes a essa altura, desamarram as cordas, quebram com picaretas o gelo molhado ao redor das âncoras e as arrancam a pontapés. Cavendish ergue as peças de ferro no ombro e começa a assoviar "Londonderry Air". Drax não lhe dá atenção e, em vez disso, levanta a mão direita para proteger os olhos do sol e, momentos depois, aponta para algo em terra. Cavendish para de assoviar.

"O que foi?"

"Urso", Drax fala. "Na próxima banquisa."

Cavendish protege os olhos e se ajoelha para ver melhor.

"Vou buscar um bote", diz, "e uma espingarda."

Descem uma das baleeiras sobre o gelo, e então Drax, Cavendish e dois outros marujos a arrastam até águas desimpedidas. A banquisa tem quatrocentos metros de largura e uma superfície coberta de montículos. O urso está caminhando na extremidade norte, mordiscando o ar e farejando focas.

Através da luneta, Cavendish detecta um filhote no encalço.

"Mãe e cria", diz. "Dê uma olhada."

Ele passa a luneta para Drax.

"Aquele pequeno vivo vale umas vinte libras", ele diz. "Podemos tirar a pele da mãe."

Os quatro homens discutem finanças por um minuto e, assim que chegam a um acordo, se aproximam devagar da banquisa.

Quando estão a cinquenta metros, param de remar e alinham o bote. Cavendish, com os joelhos apoiados na proa, faz mira.

"Aquele guinéu que guardo no armário diz que vou meter um chumbo bem no olho dela", sussurra. "Quem aposta?"

"Se você tem um guinéu no armário, tenho uma racha no lugar do pau", retruca um dos homens.

Cavendish abafa uma risadinha.

"Agora, agora", ele diz. "*Agora, agora.*"

"Acerte o coração", diz Drax.

"No coração será", assente Cavendish, "e lá vamos nós."

Ele fecha um olho, ajusta a mira uma última vez e dispara. A bala atinge a ursa no alto do traseiro. O sangue espirra e ela dá um rugido.

"Merda", diz Cavendish, olhando desconfiado para a espingarda. "A mira deve estar torta."

A ursa aflita está andando em círculos, sacudindo o lombo, uivando e mordendo o ar como se atacasse um oponente imaginário.

"Atire de novo", fala Drax, "antes que ela fuja."

Antes que Cavendish consiga recarregar a espingarda, a ursa os avista. Em vez de correr, ela fica um instante parada, como se pensasse no que fazer, depois salta da beirada do gelo e desaparece no mar. O filhote a segue.

Os homens remam à frente, atentos à superfície, esperando os ursos subirem. Cavendish mantém a espingarda preparada e Drax empunha uma corda para laçar o filhote.

"Ela pode ter voltado por baixo do gelo", diz Cavendish. "Está cheio de rachaduras e buracos."

Drax concorda com a cabeça.

"Quero mesmo o pequeno", diz. "O pequeno vale vinte libras, fácil. Conheço um sujeito no zoológico."

Eles remam lentamente em círculos. O vento para de soprar e o ar fica parado. Drax puxa o ar pelo nariz e escarra.

Cavendish resiste à tentação de assoviar. Nada se move, o silêncio impera, até que, a apenas um metro da popa do bote, a cabeça da ursa emerge na água escura como o protótipo alvo de uma arcaica divindade submarina. Após um instante de comoção furiosa, tropeços, gritos, palavrões, Cavendish mira e dispara. A bala passa com um silvo rente à orelha de um dos remadores e atinge o peito da ursa. A ursa se eleva, berrando. Suas enormes patas cheias de garras, largas e ásperas como tocos de árvores, atingem em cheio a amurada da baleeira, raspando e estraçalhando as tábuas na tentativa desesperada de encontrar apoio. O bote se inclina violentamente e parece prestes a emborcar. Cavendish tomba para a frente e deixa cair a espingarda, e um dos remadores é lançado ao mar.

Drax empurra Cavendish para o lado e retira do estojo lateral uma pá de corte com lâmina de vinte centímetros. Desistindo do bote, a ursa vai para cima do remador que continua se debatendo na água. Ela crava os dentes no cotovelo do homem e, com um movimento displicente de seu enorme pescoço, arranca a maior parte do braço direito. Drax, equilibrado em pé no bote que ainda balança, ergue a pá de corte e afunda a lâmina com força nas costas da ursa. Há uma sensação de resistência que cede logo em seguida, e a lâmina afiada atravessa, inevitável e indelével, a espinha da ursa. Ele extrai a pá e golpeia de novo e de novo, cada vez mais fundo. Com o terceiro golpe, perfura o coração da ursa, e um jorro intenso de sangue violáceo borbulha na superfície e se espalha como nanquim na farta pelagem branca. Uma lufada fétida de carnificina e excrementos empesteia o ar. A proeza faz Drax sentir prazer, excitação, o orgulho do artífice. A morte, ele acredita, é uma espécie de artesanato, de urdidura. O que era uma coisa, pondera ele, está se tornando outra.

Depois de ficar algum tempo berrando, o remador mutilado desmaiou de dor e está começando a afundar. Os restos sangrentos do braço decepado continuam nas presas da ursa morta. Cavendish pega o gancho do bote e puxa o remador de volta a bordo. Eles cortam um pedaço de corda de arpão e aplicam um torniquete ao toco.

"É o que eu chamo de uma tremenda de uma cagada", diz Cavendish.

"Ainda temos o pequeno", diz Drax, apontando. "Tem vinte libras ali."

O filhote de urso está nadando ao lado do cadáver da mãe, miando e cutucando o corpo com o focinho.

"Um homem acabou de perder a porra do braço", diz Cavendish.

Drax pega a corda em laço e, com o auxílio do gancho do bote, envolve o pescoço do filhote e o aperta com força. Eles fazem um furo na mandíbula da ursa morta, passam uma corda pelo furo e fixam a outra ponta da corda no cabeço de amarração. O trajeto até o navio é lento e difícil, e antes da chegada o remador não resiste aos ferimentos.

"Já ouvi falar de algo assim", diz Cavendish. "Mas até hoje nunca tinha visto acontecer."

"Se você soubesse atirar em linha reta, ele ainda estaria vivo", diz Drax.

"Acertei dois tiros bem dados nela, e ainda assim ela tinha forças para arrancar o braço de um homem. Que tipo de urso era esse, me diga?"

"Urso é urso", diz Drax.

Cavendish nega com a cabeça e funga.

"Um urso é uma merda de um urso", repete, como se nunca tivesse pensado nisso antes.

Quando chegam de volta ao *Volunteer*, prendem a ursa morta a uma talha e içam o corpo para fora d'água até que esteja suspenso sobre o convés, balançando no lais da verga, flácida e sem vida, com sangue escorrendo pela boca. Ainda dentro d'água, e agora separado da mãe, o filhote fica enfurecido e nada de um lado a outro, possesso e com raiva nos olhos, mordendo o gancho na ponta da vara e tentando se desvencilhar da coleira de corda. Drax, em pé na baleeira, pede que lhe tragam um barril de gordura vazio e, com a ajuda de Cavendish, cutuca e empurra o filhote até que ele entre. Os outros lançam uma rede em torno do barril, agora preenchido por um ursinho que grita e se debate, e o içam até o convés. Brownlee, que está no convés de ré, observa enquanto o filhote tenta escapar do barril e Drax, munido de um bastão, o empurra novamente para dentro.

"Baixem o corpo da mãe", grita Brownlee. "É o único jeito de acalmar a fera."

Esparramada sobre o convés como uma massa de pelos ensanguentados, a ursa exala vapor como se fosse o gigantesco prato principal de um banquete que desafia a imaginação. Brownlee derruba o barril com um pontapé e o filhote de urso escapa, raspando com as garras e procurando apoio no convés de madeira. Após um momento inicial de desorientação, durante o qual fica dando giros assustados (e os homens, rindo, trepam no cordame para fugir), ele enxerga o corpo da mãe e vai correndo até ele. O filhote roça o lado do corpo com seu focinho e começa a lamber incontrolavelmente os pelos sujos e ensanguentados. Brownlee observa. O ursinho geme, cheira, depois se aninha ao abrigo do cadáver da mãe, flanco a flanco.

"Esse filhote vale vinte libras", diz Drax. "Conheço um sujeito no zoológico."

Brownlee o encara.

"O ferreiro vai fixar uma grade no barril para que você possa mantê-lo ali dentro", diz. "O mais provável é que ele morra antes de voltarmos para casa, mas se não morrer, cada centavo que derem por ele será entregue à família do morto."

Drax confronta o olhar de Brownlee por um instante, como se estivesse pronto para discordar, depois assente e se vira para o outro lado.

Mais tarde, depois que o remador morto foi costurado dentro do pano de vela e empurrado por cima da amurada com rispidez e uma cerimônia mínima, Cavendish esfola a ursa com uma machadinha e uma faca de gordura. O filhote, agora preso dentro do barril, observa trêmulo enquanto Cavendish golpeia, corta e arranca pedaços da carcaça.

"O urso é comestível?", Sumner lhe pergunta.

Cavendish faz que não com a cabeça.

"A carne do urso tem um gosto horrendo e o fígado é nada menos que venenoso. A única serventia de um urso é a pele."

"Como ornamento, então?"

"Na sala de estar de algum ricaço. O preço seria melhor caso Drax não tivesse caprichado além da conta com a pá de corte, mas acho que o rasgo pode ser consertado."

"E o filhote será vendido para o jardim zoológico se sobreviver?"

Cavendish confirma.

"Um urso adulto transmite uma temível beleza. As pessoas estão dispostas a pagar meio centavo para dar uma olhadinha num urso adulto, e ainda acham barato."

Sumner se agacha e espia a escuridão dentro do barril.

"Talvez esse aqui morra de desolação antes de chegarmos em casa", diz.

Cavendish dá de ombros e interrompe o trabalho. Seus olhos encontram os de Sumner e ele abre um sorriso. Seus braços estão tingidos de vermelho vivo até os cotovelos e suas calças e seu colete estão cheios de respingos da chacina.

"Ele vai esquecer da ursa morta rapidinho", diz. "O afeto é uma coisa passageira. O animal não é diferente da pessoa nesse sentido."

9

Eles o procuram querendo tratar feridas e contusões, dores de cabeça, úlceras, hemorroidas, dores de estômago e testículos inchados. Ele prescreve cataplasmas e emplastros, unguentos e lenitivos: sais de Epsom, calamina, ipecacuanha. Se nada mais funciona, aplica sangrias e vesicantes, induz vômitos dolorosos e diarreias explosivas. Eles agradecem por esses atendimentos, esses gestos de cuidado, mesmo quando lhes causa desconforto ou coisa pior. Acreditam que ele é um homem instruído e que deve, portanto, saber o que faz. Demonstram uma espécie de fé nele — tola e primitiva, talvez, mas verdadeira.

Para Sumner, os homens que o procuram não passam de corpos: pernas, braços, torsos e cabeças. A carne deles constitui o início e o fim de suas preocupações. Com respeito ao resto — seu caráter moral, suas almas —, cultiva uma sólida indiferença. Não é dever seu, pensa, educá-los ou guiá-los na direção da virtude, tampouco é dever seu julgá-los, consolá-los ou estabelecer amizade com eles. Ele é um médico, e não um padre, juiz ou esposa. Está disposto a tratar suas lesões, a curá-los de suas doenças sempre que possível, mas eles não estão em posição de lhe exigir mais nada, enquanto ele, com seu espírito tão abatido, não está em condições de confortá-los de maneira alguma.

Certa noite, após o término da ceia, Sumner recebe em sua cabine a visita de um dos camaroteiros. Seu nome é Joseph Hannah. Treze anos, magricela, cabelos pretos, uma testa ampla e pálida, olhos fundos. Sumner já havia reparado nele e lembra de seu nome. Sua aparência, como a de quase todos os camaroteiros, é suja e debilitada, e ao surgir na porta ele parece acometido por um ataque de timidez. Está retorcendo o gorro entre as mãos e franzindo o rosto de vez em quando, como se a ideia de se dirigir ao médico já fosse dolorosa o bastante.

"Quer falar comigo, Joseph Hannah?", Sumner pergunta. "Está se sentindo mal?"

O menino assente com a cabeça duas vezes e pisca antes de responder.

"Minha barriga tá ruim", confessa.

Sumner, que está sentado na prateleira dobrável estreita que lhe serve de escrivaninha, fica em pé e faz sinal para que o menino entre.

"Quando começou o problema?", Sumner pergunta.

"Ontem à noite."

"E consegue me descrever essa dor?"

Joseph aperta os olhos e parece confuso.

"Qual a sensação?", Sumner pergunta.

"Me dói", ele diz. "Me dói bastante."

Sumner assente e esfrega o caroço escuro de tecido ulceroso na ponta do nariz.

"Suba no beliche", ele fala. "Vou te examinar aqui."

Joseph não se move. Olha para os pés e treme de leve.

"É um exame simples", explica Sumner. "Só preciso checar o ponto de origem da dor."

"Minha barriga tá ruim", diz Joseph, erguendo a cabeça de novo. "Preciso de uma dose de piperina."

Sumner ri pelas narinas diante da presunção do menino e faz sinal negativo com a cabeça.

"Eu decido o que você precisa ou não", diz. "Agora deite-se no beliche, por gentileza."

Joseph obedece com relutância.

Sumner desabotoa o casaco e a camisa do menino, depois levanta o colete de flanela. O abdome, ele logo repara, não está dilatado e não há sinais de descoramento ou inchaço.

"Dói aqui?", pergunta Sumner. "E aqui?"

Joseph faz que não.

"Onde dói, então?"

"Em tudo."

Sumner dá um suspiro.

"Se não é aqui, nem aqui, nem aqui", ele diz, usando as pontas dos dedos com impaciência para apertar a barriga do menino, "então como a dor pode estar em tudo, Joseph?"

Joseph não responde. Sumner fareja um odor suspeito.

"Algum vômito?", pergunta. "Ou diarreia?"

Joseph faz que não.

O odor úmido e fecal que emana da região da virilha do menino indica que ele está mentindo. Sumner se pergunta se ele é ruim da cabeça ou se é apenas mais tapado que a média.

"Você sabe o que significa uma diarreia?", pergunta.

"O fluxo", diz Joseph.

"Tire as calças, por favor."

Joseph fica em pé, desamarra os cadarços, tira as botas, depois desafivela o cinto e baixa as calças de lã cinza. O odor desagradável fica mais intenso. Lá fora da cabine, Black grita alguma coisa e Brownlee tosse escandalosamente. Sumner verifica que as cuecas do menino, que descem até os joelhos, estão manchadas e endurecidas no traseiro com sangue e fezes.

Hemorroidas, pelo amor de Deus, pensa Sumner. Está claro que o menino não sabe a diferença entre a barriga e o cu.

"Tire isso também", diz, apontando para as cuecas, "e tome cuidado para não as encostar em mais nada quando o fizer."

Hesitante, Joseph baixa as cuecas infectas. Suas pernas são esguias, quase desprovidas de músculos, e há um arco de pelos ralos em torno da pálida pureza do pau e das bolas. Sumner ordena que ele se vire para o outro lado e ponha os cotovelos sobre o beliche. Normalmente ele seria jovem demais para ter hemorroidas, mas Sumner presume que a deficiente dieta de bordo, composta de carne salgada e biscoitos, pode ter sido a responsável.

"Vou lhe dar um unguento", diz, "e uma pílula. Logo você vai melhorar."

Sumner afasta as nádegas do menino e espia para confirmar. Olha por alguns segundos, se afasta e olha outra vez.

"O que é isso?", diz.

Joseph não se mexe nem fala. Sofre tremores intermitentes, como se a cabine (que está aquecida) estivesse gelada. Depois de refletir um pouco, Sumner sobe a escada e grita ao cozinheiro para que lhe traga uma bacia de água quente e um pano. Assim que são entregues, ele lava a área entre as nádegas do menino e aplica uma mistura de cânfora e banha nas lesões. O esfíncter está distorcido e lacerado em algumas partes. Há sinais de ulceração.

Ele seca o menino com uma toalha, retira um par de cuecas limpas do próprio armário e lhe entrega. Lava as mãos com a água que sobrou.

"Pode vestir suas roupas agora, Joseph", diz.

O menino se veste lentamente, tomando o cuidado de não cruzar o olhar com o do médico. Sumner abre o armarinho de remédios, seleciona um frasco com o número quarenta e quatro no rótulo e o sacode para extrair uma pílula azul.

"Engula isso aqui", diz. "E volte amanhã para que eu lhe dê outra."

Joseph faz cara feia ao sentir o gosto e em seguida engole de uma vez. Sumner dá uma boa olhada nele — as faces encovadas, o pescoço fino com tendões aparentes, os olhos embaçados e perdidos.

"Quem fez isso com você?", pergunta.

"Ninguém."

"Quem fez isso com você, Joseph?", repete.

"Ninguém fez isso comigo."

Sumner assente e depois coça com força a maçã do rosto.

"Pode ir agora", diz. "E volte amanhã para tomar a outra pílula."

Depois que o menino parte, Sumner retorna para o refeitório vazio, abre a estufa de ferro e enterra as cuecas sujas bem fundo nas brasas. Fica olhando até que peguem fogo, depois fecha a estufa e retorna à sua cabine. Serve uma dose de láudano, mas não bebe. Em vez disso, pega seu volume da *Ilíada* na prateleira acima da escrivaninha e tenta ler. O navio empina; as madeiras rangem e rilham. Não consegue segurar um aperto na garganta e a sensação de algo líquido e quente se avolumando no peito, como se estivesse prestes a chorar. Espera mais um minuto e então fecha o livro e volta para o refeitório. Cavendish está em pé ao lado do fogão, fumando cachimbo.

"Onde está Brownlee?", pergunta Sumner.

Cavendish aponta com a cabeça para o lado, na direção da cabine do capitão.

"Cochilando, provavelmente."

Sem dar importância a isso, Sumner bate na porta. Após uma pausa, Brownlee pede que ele entre.

O capitão está debruçado sobre o diário de bordo, com a pena na mão. Seu colete está desabotoado e seus cabelos grisalhos estão em pé. Ao ver Sumner, faz sinal para que se aproxime. Sumner senta e espera enquanto Brownlee rabisca algumas palavras finais e aplica o mata-borrão com todo o cuidado.

"Quase nada a relatar, suponho", diz Sumner.

Brownlee assente.

"Quando alcançarmos as Águas do Norte, avistaremos mais baleias", ele diz. "Pode ter certeza. E também mataremos algumas, se depender de mim."

"As Águas do Norte são o lugar ideal."

"Hoje em dia, são. Vinte anos atrás, as águas nessa região aqui também viviam cheias de baleias, mas elas se deslocaram para o norte agora — para longe dos arpões. Quem pode culpá-las? A baleia é uma criatura sagaz. Elas sabem que estão mais seguras onde o gelo é mais abundante e onde é mais perigoso ir no seu encalço. O vapor é o futuro, claro. Com um navio a vapor potente o bastante, poderíamos caçá-las até os confins da terra."

Sumner assente. Ele já ouviu as teorias de Brownlee sobre a caça à baleia. O capitão acredita que quanto mais ao norte se navega, mais baleias aparecem, e baseado nesse fato chegou à conclusão lógica de que no topo do mundo deve haver um grande oceano sem gelo, um lugar ainda não desbravado pelo homem, onde as baleias-da-groenlândia nadam desimpedidas e em incontável profusão. O capitão, Sumner tem fortes razões para suspeitar, é um otimista à sua maneira.

"Joseph Hannah veio me procurar hoje reclamando de dor de barriga."

"Joseph Hannah, o camaroteiro?"

Sumner faz que sim.

"Quando o examinei, descobri que foi sodomizado."

Brownlee se encolhe por um momento ao receber a informação, depois esfrega o nariz e franze o cenho.

"Ele mesmo lhe disse isso?"

"Ficou evidente quando o examinei."

"Tem certeza?"

"Os machucados eram graves e há sinais de doença venérea."

"E quem, pelo amor de Deus, foi o responsável por essa abominação?"

"O menino se recusa a dizer. Está com medo, imagino. Talvez também seja um pouco tonto da cabeça."

"Ah, ele é burro, mesmo", lamenta Brownlee. "Disso não há dúvida. Conheço o pai e o tio dele, e também são dois tremendos abobados."

Brownlee franze ainda mais o cenho e comprime os lábios.

"E tem certeza de que isso aconteceu a bordo deste navio? De que os machucados apareceram agora?"

"Sem dúvida. As lesões são bem recentes."

"Então esse menino é muito idiota", diz Brownlee. "Por que não gritou ou se queixou se isso estava sendo feito contra a vontade dele?"

"Talvez você possa perguntar pessoalmente a ele", sugere Sumner. "Ele se recusa a falar comigo, mas se você ordenar que ele aponte o culpado, é possível que se sinta obrigado a fazer isso."

Brownlee concorda com um ligeiro aceno de cabeça, depois abre a porta de sua cabine e pede a Cavendish, que ainda está fumando ao lado do fogão, que vá buscar o menino no castelo da proa.

"O que esse bostinha fez agora?", pergunta Cavendish.

"Apenas traga-o até aqui", diz Brownlee.

Enquanto esperam, eles bebem um copo de conhaque. Quando o menino chega, está pálido de terror, e Cavendish traz um sorriso no rosto.

"Não há nada a temer, Joseph", diz Sumner. "O capitão só quer lhe fazer algumas perguntas."

Brownlee e Sumner estão sentados lado a lado; Joseph Hannah fica parado em pé, nervoso, do outro lado da mesa de centro redonda, e Cavendish está posicionado atrás dele.

"Devo permanecer ou me retirar, capitão?", pergunta Cavendish.

Depois de pensar um pouco, Brownlee faz um gesto para que ele se sente com eles.

"Você conhece os hábitos e as personalidades dos marujos melhor do que eu", diz. "Sua presença poderá ser útil."

"Com certeza conheço a personalidade dessa praguinha aí", diz Cavendish, acomodando-se alegremente na banqueta estofada.

"Joseph", diz Brownlee, projetando-se à frente e tentando, na medida do possível, suavizar o tom severo que lhe é característico, "o sr. Sumner, nosso médico, nos disse que machucaram você. É verdade?"

Por um longo momento, parece que Joseph não ouviu ou não entendeu a pergunta, e Brownlee está prestes a repetir quando ele faz que sim com a cabeça.

"Que machucado foi esse?", Cavendish pergunta com desconfiança. "Não me falaram de machucado algum."

"O sr. Sumner examinou Joseph no começo da noite", explica Brownlee, "e encontrou evidências, evidências claras, de que ele foi maltratado por outro membro da tripulação."

"Maltratado?", pergunta Cavendish.

"Sodomizado", diz Brownlee.

Cavendish ergue as sobrancelhas, mas não dá nenhum outro sinal de alarme. A expressão de Joseph Hannah permanece imutável. Seus olhos, já normalmente fundos, parecem querer entrar no crânio, e ele está ofegando a intervalos curtos e audíveis.

"Como isso ocorreu, Joseph?", Brownlee lhe pergunta. "Quem é o responsável?"

O lábio inferior de Joseph pende da boca, luzidio e avermelhado. Sua sensualidade berrante contrasta de maneira perturbadora com o cinza funéreo das faces e da mandíbula e com a depressão sombria e impotente de seus olhos. Ele não responde.

"Quem é o responsável?", Brownlee repete.

"Foi um acidente", sussurra Joseph.

Cavendish sorri ao ouvir isso.

"É muito escuro no castelo da proa, sr. Brownlee", ele diz. "Não é possível que o menino tenha simplesmente escorregado à noite e caído de bunda numa posição infeliz?"

Brownlee busca o olhar de Sumner.

"A intenção era a de fazer alguma espécie de piada, suponho", diz o médico.

Cavendish faz que não ouviu.

"Aquele lugar é muito apertado e cheio de tralhas. Mal sobra espaço para se mexer. Seria muito fácil tropeçar."

"Não foi um acidente", insiste Sumner. "Essa ideia é ridícula. Só há uma maneira de provocar os ferimentos que vi."

"Você caiu, Joseph", pergunta Brownlee, "ou alguém te machucou de propósito?"

"Eu caí", diz Joseph.

"Não foi um acidente", Sumner fala mais uma vez. "Isso é completamente impossível."

"É estranho, então, que o menino pense que foi", aponta Cavendish.

"É porque ele está com medo."

Brownlee se afasta da mesa e observa por um momento cada um dos homens e depois o menino.

"De quem você está com medo, Joseph?", ele pergunta.

Sumner se espanta com a estupidez da pergunta.

"O menino está com medo de todos", diz. "Como não estaria?"

Brownlee suspira ao ouvir isso, balança a cabeça e encara o retângulo de nogueira polida emoldurado por suas mãos estendidas.

"Sou um sujeito paciente", ele diz. "Mas a minha paciência sem dúvida tem limites. Se você foi agredido, Joseph, o homem que agrediu você será punido por isso. Mas você precisa me dizer toda a verdade agora. Está entendendo?"

Joseph faz que sim.

"Quem fez isso com você?"

"Ninguém."

"Podemos te proteger", Sumner fala rápido. "Se não nos disser quem é o responsável, pode acontecer de novo."

O queixo de Joseph está encostado no peito e ele mantém o olhar fixo no chão.

"Tem algo a me dizer, Joseph?", pergunta Brownlee. "Não vou perguntar outra vez."

Joseph balança a cabeça, negativamente.

"Estar aqui na cabine do capitão fez ele perder a língua", diz Cavendish. "É só isso. Quando o encontrei no castelo da proa, estava feliz e fazendo graça com os amigos. Os machucados que teve, se é que teve, não produziram nenhum efeito sobre o seu ânimo, isso eu posso dizer."

"Esse menino foi violentamente abusado", diz Sumner, "e o homem responsável por isso está a bordo deste navio."

"Se o menino não está disposto a identificar o agressor e se insiste dessa maneira em dizer que não foi agredido, que apenas sofreu alguma espécie de acidente, então nada mais pode ser feito", diz Brownlee.

"Podemos procurar testemunhas."

Cavendish não contém uma risadinha.

"Estamos em um navio baleeiro", ele diz.

"Pode ir, Joseph", diz Brownlee. "Se eu quiser falar com você de novo, mando chamar."

O menino se retira da cabine. Cavendish boceja, se espreguiça, levanta e também começa a se retirar.

"Vou orientar os homens a manter seus aposentos bem-arrumados daqui em diante", ele diz, lançando um olhar engraçadinho a Sumner, "para evitar outros acidentes dessa natureza."

"Vamos retirar o menino do castelo da proa", Brownlee assegura a Sumner após a saída de Cavendish. "Ele pode dormir nos alojamentos por um tempo. É uma questão desagradável, mas se ele se recusa a apontar o dedo, o melhor é deixar pra lá."

"E se o próprio Cavendish for o culpado?", diz Sumner. "Isso explicaria o silêncio do menino."

"Cavendish tem defeitos de sobra", diz Brownlee, "mas com certeza não é um sodomita."

"Ele parecia estar se divertindo com a situação."

"Ele é um patife e um ignorante, mas o mesmo vale para metade dos homens nesse navio. Se procura indivíduos gentis e refinados, Sumner, a atividade baleeira na Groenlândia não é um bom lugar para começar."

"Vou conversar com os outros camaroteiros", propõe Sumner. "Vou descobrir o que sabem sobre Cavendish e Joseph Hannah e voltar aqui para contar."

"Não vai, não", Brownlee retruca com firmeza. "A não ser que o menino mude a história, o assunto está encerrado. Estamos aqui para matar baleias, não para arrancar o pecado pela raiz."

"Um crime foi cometido."

Brownlee nega com a cabeça. Está começando a se irritar com a insistência indevida do médico.

"Temos um menino com o traseiro dolorido. Isso é tudo. É uma infelicidade, concordo, mas ele vai se recuperar logo."

"As lesões eram mais graves do que isso. O reto estava distendido, havia sinais..."

Brownlee se levanta e já não tenta disfarçar a impaciência.

"Seja lá que lesões específicas ele tenha, é a sua função como médico tratá-las com sucesso, sr. Sumner", ele diz. "E estou certo de quem tem a habilidade e os recursos necessários para isso."

Sumner fixa o olhar no capitão — em suas sobrancelhas pesadas, seus olhos cinzentos e penetrantes, no nariz amassado, na papada volumosa e coberta de barba por fazer — e decide, após não mais que um breve instante de hesitação, aceder. O menino, no fim das contas, sobreviverá. Quanto a isso ele tem razão.

"Se me faltar alguma coisa, irei comunicá-lo", diz.

De volta à cabine, ele ingere o láudano e se deita no beliche. Está esgotado depois de tanto argumentar e amargurado com a sensação de fracasso. Por que o menino não quis se ajudar? Que poder o criminoso teria sobre ele? As perguntas mordem e atormentam Sumner até que, um ou dois minutos depois, o ópio começa a fazer efeito e ele se sente deslizando para um estado de despreocupação macio, acolhedor e familiar. Que importa, ele pensa, estar cercado de selvagens, de babuínos morais? O mundo seguirá sua marcha como bem entender, como sempre seguiu, com ou sem a sua aprovação. A raiva e o nojo que sentiu de Cavendish minutos antes são agora como borrões no horizonte distante — ideias, meras sugestões, nada mais importante ou perceptível do que isso. Vou cuidar de tudo no seu devido tempo, ele pensa vagamente, não há necessidade de correr ou se apressar.

Algum tempo mais tarde, batem na porta da cabine. É o arpoador Drax, reclamando de um corte na mão direita. Sumner, abrindo os olhos com dificuldade, o convida para entrar. Drax, atarracado e de ombros largos, com uma barba densa e um pouco ruiva, parece preencher quase completamente o espaço exíguo. Sumner, ainda um pouco zonzo e leve por causa do láudano, examina o corte, limpa-o com algodão e aplica um curativo.

"Não é grave", Sumner lhe assegura. "Mantenha esse curativo por um ou dois dias. Depois disso vai sarar rápido."

"Ah, já tive coisa pior", diz Drax. "Coisa muito pior que isso."

O cheiro de curral de Drax, denso e quase comestível, domina o ambiente. Ele é como um animal repousando em sua baia, pensa Sumner. Uma força da natureza, temporariamente confinada e pacificada.

"Ouvi dizer que um dos camaroteiros se machucou."

Sumner terminou de enrolar o que restou da bandagem e está guardando a tesoura e o algodão na maleta de remédios.

Os cantos de sua visão estão um pouco borrados e ele sente os lábios e as bochechas frios e dormentes.

"Quem te disse isso?"

"Cavendish me disse. Ele disse que você tinha suspeitas."

"São mais do que suspeitas."

Drax olha para a mão enfaixada e em seguida a usa para assoar o nariz.

"Joseph Hannah é conhecido por ser um mentiroso. Não deveria acreditar no que ele diz."

"Ele ainda não me disse nada. Se recusa a falar comigo. Esse é o problema. Está assustado demais."

"Não bate bem da cabeça, o menino."

"Você o conhece bem?"

"Conheço o pai dele, Frederick Hannah", diz Drax, "e conheço o irmão também, Henry."

"De todo modo, o capitão Brownlee decidiu que o assunto está encerrado. A não ser que o menino mude de ideia, nada mais será feito."

"Vai ficar nisso, então?"

"Provavelmente."

Drax o observa com cautela.

"Por que escolheu ser médico, sr. Sumner?", ele pergunta. "Um irlandês como você. Tenho curiosidade."

"Porque queria subir na vida. Deixar para trás minhas origens humildes."

"Queria subir na vida, mas aqui está você num baleeiro de Yorkshire, esquentando a cabeça por causa de camaroteiros. Onde foram parar, eu queria saber, todas aquelas grandes ambições?"

Sumner fecha a maleta de remédios e tranca a fechadura. Coloca a chave no bolso e olha rapidamente a própria imagem no espelho da parede. Parece ter bem mais idade do que os seus vinte e sete anos. Sua testa é cheia de linhas e suas olheiras são pronunciadas.

"Eu as simplifiquei, sr. Drax", diz Sumner.

Drax ronca de satisfação. Seus lábios se esticam numa pantomima de sorriso.

"Posso dizer que fiz o mesmo", ele diz. "Sim, foi o que fiz."

10

Eles adentram as Águas do Norte na última semana de junho e no dia seguinte, quando está quase amanhecendo, Black arpoa a primeira baleia. Sumner é arrancado do sono por gritos e pelas botas pisando no convés e acompanha o progresso da caçada do topo do cesto da gávea. Vê a entrada do primeiro arpão e o mergulho da baleia ferida. Vinte minutos depois, a baleia retorna à superfície mais perto do navio, porém a um quilômetro e meio de onde havia mergulhado antes. O arpão de Black, ele vê através da luneta, continua preso ao enorme flanco e o sangue claro verte em profusão da pele plúmbea.

O bote de Otto é o que está mais próximo agora. Os remadores recolhem os remos e o piloto mantém o curso estável à frente. Otto se agacha na proa com o cabo de madeira do arpão firme em mãos. Com um relincho trovejante, audível do cesto da gávea, a baleia expira um jato de vapor cinzento em formato de V. O bote e a tripulação ficam temporariamente encobertos, mas, quando ressurgem, Otto está em pé com o arpão posicionado acima da cabeça — a seta está apontada para baixo e o cabo forma uma hipotenusa escura contra o céu carregado. Do ponto de vista do ninho ocupado por Sumner, o dorso da baleia parece uma ilha submersa, uma corcunda irregular de rocha vulcânica espreitando abaixo das ondas. Otto arremessa com toda a força, o ferro penetra fundo, até a alça da arpoeira, e a baleia se retorce na mesma hora. Seu corpo se dobra e entra em convulsão, a cauda com nadadeiras de dois metros e meio irrompe na superfície e desce com uma pancada na água. O bote de Otto sacode com violência e os remadores caem dos assentos. A baleia mergulha de novo, mas por apenas um minuto. Quando emerge, os outros botes já estão a postos: Cavendish está lá, Black, Drax. Dois outros arpões entram fundo no flanco escuro da baleia e a partir daí eles recorrem às lanças. A baleia continua viva, mas Sumner percebe que já está ferida para além de toda esperança. Os quatro arpoadores cortam e espetam. A baleia, numa resistência agora inútil, sopra um jato de vapor quente misturado com sangue e muco. Em toda a volta, as águas agitadas e tingidas de sangue espumam e borbulham.

Drax, no âmago do pandemônio da matança, pressiona com força a base do cabo de sua lança e sussurra uma torrente de sórdidas palavras de carinho.

"Quero ouvir um último gemidinho", ele diz. "Isso, querida. Um último arrepio pra me ajudar a achar o lugar certo. Isso, meu amor. Mais um centímetro e deu."

Ele bota ainda mais peso em cima da lança e a empurra, procurando os órgãos vitais. A lança penetra mais algumas dezenas de centímetros. Instantes depois, com um derradeiro rugido, a baleia espirra nas alturas um jato potente de puro sangue cardíaco e tomba para o lado, sem vida, com sua grande nadadeira erguida como uma bandeira de rendição. Encarnados, catinguentos e ensopados da sanguinolência fumegante expectorada pelo peixe, os homens ficam em pé em cima dos botes frágeis e comemoram o sucesso. No tombadilho, Brownlee agita o chapéu-coco em círculos acima da cabeça. Os marujos no convés urram e dão cambalhotas. Sumner, assistindo a tudo isso de cima, também experimenta uma breve exaltação vitoriosa, uma sensação repentina de vantagem compartilhada, de obstáculos superados e progresso conquistado.

Eles fazem dois furos na cauda e prendem a baleia morta na popa do bote de Cavendish. Amarram as nadadeiras juntas, recolhem e enrolam as arpoeiras e começam a rebocar o cadáver até o navio. Cantam enquanto remam. De volta ao convés, Sumner escuta as vozes roucas e melódicas dos marujos flutuando ao longe, trazidas pelo vento úmido e gelado. "Randy Dandy O", "Leave Her, Johnny". Três dúzias de homens cantando em uníssono. Volta a sentir, dessa vez quase contra a sua vontade, que faz parte de algo maior e mais poderoso do que ele próprio, de um empenho conjunto. Virando para o outro lado, vê Joseph Hannah em pé ao lado da escotilha da proa, conversando animadamente com os outros camaroteiros. Estão recriando o abate que acaba de ocorrer, lançando arpões imaginários, manejando lanças imaginárias. Um deles é Drax, outro é Otto, outro é Cavendish.

"Como está, Joseph?", Sumner lhe pergunta.

O menino o recebe com um olhar desinteressado, como se nunca tivessem se conhecido.

"Estou bem, senhor", ele responde. "Obrigado."

"Você precisa passar na minha cabine hoje à noite para buscar a sua pílula", Sumner lembra.

O menino faz que sim com a cabeça, acabrunhado.

Sumner fica imaginando o que ele terá dito aos amigos a respeito de suas lesões. Terá inventado alguma história ou será que eles conhecem a verdade? Ele se dá conta de que deveria interrogar também os outros meninos. Deveria examiná-los. E se estiverem sofrendo da mesma maneira? E se o segredo não for exclusivo de Joseph, e sim compartilhado por todos eles?

"Vocês dois", ele diz apontando para os outros meninos. "Depois da ceia, venham com Joseph à minha cabine. Quero fazer algumas perguntas."

"Faço a vigia, senhor", diz um deles.

"Então diga ao comandante das vigias que o médico, sr. Sumner, pediu para falar com você. Ele entenderá."

O menino assente. Percebe que os três preferem ser deixados em paz agora. A brincadeira continua vívida na imaginação deles, e ele é a voz da amolação e da autoridade.

"Voltem a se divertir", diz a eles. "Vejo os três depois da ceia."

A barbatana direita é presa à amurada de bombordo, com a cabeça da baleia voltada para a popa. Seu olho morto, não muito maior que o de uma vaca, aponta cegamente para as nuvens cambiantes acima. Cordas resistentes são amarradas à cauda e à ponta da cabeça, e sua barriga é erguida quase meio metro fora da água por um guindaste preso ao mastro principal e por uma corda que passa em torno do pescoço da baleia e é tensionada com o molinete. Brownlee, após medir o comprimento do cadáver com uma corda marcada com nós, estima que ele renderá até dez toneladas de óleo e meia tonelada, ou mais, de barbatanas — um valor de quase novecentas libras no mercado, se os preços permanecerem estáveis.

"Ainda podemos ficar ricos, sr. Sumner", diz ele com uma piscadela.

Depois de terem descansado e tomado um trago, Otto e Black prendem grampos de ferro às solas das botas para aumentar a aderência e descem até a barriga da baleia. Cortam tiras de gordura com facas de cabo longo e extraem as barbatanas e as mandíbulas. Decepam a cauda e as nadadeiras, depois soltam a cauda e a cabeça do guindaste e deixam a carcaça roxa e dilapidada à deriva para afundar sob o próprio peso ou ser devorada por tubarões. A retalhação da baleia leva quatro horas e é marcada pelo odor constante de sangue e gordura e pelo alvoroço das pardelas-brancas e outras aves comedoras de carniça. Ao final, com os blocos de gordura já acondicionados no porão, o convés coberto por uma camada esbranquiçada e as facas e pás de corte limpas e guardadas, Brownlee manda servir uma dose extra de rum para cada marujo. Clamores de comemoração chegam do castelo da proa após o anúncio, e um pouco depois escuta-se o toque de um violino escocês e os gritos e passos dos marinheiros entregues a suas dancinhas.

Nem Joseph Hannah nem seus amigos atendem ao pedido de Sumner para que aparecessem em sua cabine após a ceia. Sumner considera a ideia de procurá-los no castelo da proa, mas desiste. Não é nada que não possa esperar até a manhã seguinte e, na verdade, toda essa coisa de bobalhão sofredor de Joseph está começando a lhe dar nos nervos. O menino é um caso perdido, ele pensa: devagar da cabeça, um mentiroso contumaz de acordo com Drax, sem dúvida propenso a doenças hereditárias (mentais e corporais) de toda espécie. Há evidências de que foi vítima de um crime, mas ele se recusa a identificar o abusador, sequer admite que foi abusado — talvez tenha se esquecido de quem foi o responsável, talvez estivesse escuro demais para saber, ou talvez ele não considere o ocorrido um crime, e sim uma outra coisa. Sumner tenta imaginar como seria habitar a mente de um menino desses, tenta apreender como seria ver o mundo através dos olhinhos de esquilo, profundos e nervosos, de Joseph Hannah, mas o esforço lhe parece ao mesmo tempo absurdo e vagamente aterrorizante — como um pesadelo de se ver transformado numa árvore ou nuvem. Sente um calafrio ao pensar nessas transformações ovidianas, e em seguida, com alívio, reabre a *Ilíada* e enfia a mão no bolso do casaco para retirar a pequena chave de metal que dá acesso à maleta de remédios.

No dia seguinte, duas outras baleias são mortas e retalhadas. Já que está desocupado, Sumner recebe um gancho manual e um avental de couro comprido. Depois que as fatias de gordura foram içadas até o navio e cortadas em blocos de uns trinta centímetros quadrados, cabe agora ao médico levar os blocos do convés da proa até o porão e arremessá-los aos homens que trabalham lá embaixo, e que serão responsáveis por acondicioná-los no compartimento adequado até a hora do demorado processo de limpar e cortar a gordura. É um trabalho sujo e exaustivo. Cada bloco de gordura pesa dez quilos ou mais, e o convés não tarda a ficar escorregadio de sangue e gordura. Ele escorrega várias vezes e numa ocasião quase despenca dentro do porão, sendo salvo a tempo por Otto. Chega ao fim do dia cheio de dores e machucados, mas também com um raro sentimento de satisfação: o prazer bruto e físico da tarefa cumprida, do corpo testado e submetido a provações. Pela primeira vez em muito tempo dorme sem a ajuda do láudano e de manhã, apesar das contraturas horrendas nos ombros, no pescoço e nos braços, devora um farto desjejum de mingau de cevada e peixe salgado.

"Ainda vamos transformar você num caçador de baleias, sr. Sumner", Cavendish brinca enquanto fumam seus cachimbos no refeitório, sentados e com os pés aquecidos ao lado do fogão. "Alguns médicos são refinados demais pra manejar o gancho, mas eu diria que você se saiu bem."

"Cortar gordura é parecido com cortar turfa", diz Sumner, "e fiz muito disso quando era garoto."

"Então é isso", observa Cavendish, "está no seu sangue."

"Acha que a caça à baleia está no meu sangue?"

"O trabalho", Cavendish diz, sorrindo. "O irlandês abriga o trabalho pesado no coração; é a sua verdadeira vocação."

Sumner cospe dentro do fogão e fica escutando o chiado. Ele já conhece Cavendish bem demais a essa altura para tomar suas provações ao pé da letra e seu espírito está leve demais nessa manhã para morder a isca.

"Fico me perguntando qual seria a verdadeira vocação do inglês, sr. Cavendish", retruca. "Engordar em cima do trabalho pesado dos outros, talvez?"

"Há quem tenha nascido para a labuta e há quem tenha nascido para ser rico", diz Cavendish.

"Entendi. E qual dos dois é o seu caso?"

O imediato se reclina na cadeira de maneira autocomplacente e projeta o lábio inferior rosado.

"Ah, eu diria que a minha hora está chegando, sr. Sumner", ele responde. "Eu diria que vai chegar logo, logo."

É uma manhã tranquila. Nenhuma outra baleia é avistada, e as horas que restam até o meio-dia são aproveitadas para limpar o convés, passar as cordas nas roldanas e reabastecer os botes de caça. Sumner, que não viu nem falou com Joseph Hannah desde que o viu se divertindo com os amigos perto da escotilha da proa, decide ir atrás do menino. Encontra um dos outros camaroteiros no convés e o questiona sobre o paradeiro de Joseph.

"Disseram pra gente que ele ia dormir nas cobertas agora", diz o menino. "Não vejo ele desde ontem."

Sumner se aventura na coberta da proa, onde encontra uma colcha de lã suja estendida entre um baú de velas e uma pilha de aduelas, mas não há nenhum outro sinal do menino. Sobe as escadas novamente e procura em volta. Depois de conferir se Joseph não está fora de vista atrás dos botes de reserva, do molinete ou da cabine de convés, ele espia dentro do castelo da proa. Alguns homens estão dormindo em seus beliches, outros estão sentados em cima de seus baús, fumando, lendo ou esculpindo em madeira.

"Estou procurando Joseph Hannah", grita. "O menino está aí embaixo?"

Os homens sentados se viram para ele e fazem que não.

"Não vimos ele", responde um. "Pensávamos que ele estava lá atrás com você, sr. Sumner."

"Comigo?"

"Nos aposentos dos oficiais. Porque estava doente."

"E quem te disse isso?"

O homem dá de ombros.

"Foi o que ouvi falar", ele responde.

Sumner, afetado pelos primeiros sinais de impaciência, retorna à sua cabine e pega uma vela com a intenção de explorar os porões (embora lhe escapem as razões que poderiam levar o menino a se esconder em alguma parte deles). Vê Black sair da cabine do capitão trazendo o sextante de metal.

"Estou procurando Joseph Hannah", Sumner lhe diz. "Não viu o menino por aí?"

"Aquele com a bunda doída?", diz Black. "Não vi, não."

Sumner nega com a cabeça e suspira.

"O *Volunteer* não é uma embarcação muito grande. Me surpreende que um menino possa sumir com tanta facilidade."

"Há milhares de cantinhos e esconderijos num navio como este", diz Black. "Ele deve estar brincando com o pinto em algum lugar. Por que precisa dele?"

Sumner hesita, ciente de que sua preocupação com a saúde do traseiro do menino já começa a se tornar piada entre os oficiais.

"Quero passar uma tarefa a ele", diz Sumner.

Black assente.

"Bem, ele vai aparecer logo, pode ter certeza. Esse menino vive arranjando desculpas pra não trabalhar, mas não vai perder sua porção quando servirem a comida."

"Talvez você tenha razão", diz Sumner, olhando para a vela e guardando-a no bolso do casaco. "Por que me dar ao trabalho de encontrar alguém que não deseja ser encontrado?"

"Há outros camaroteiros", Black concorda. "Peça a eles."

Naquela mesma tarde, como não há baleias à vista e o tempo está ameno, Brownlee ordena aos homens que comecem o trincho da gordura. Eles reduzem as velas e começam a abrir o porão principal. Oito ou dez barris previamente abastecidos com água para fornecer lastro são trazidos ao convés, expondo o nível mais inferior de barris, a camada-base, que será a primeira a ser preenchida com a gordura trinchada. Os homens no convés preparam os equipamentos (cuba de retalhos, tubo de lona, tábuas de corte e facas) necessários para separar a gordura do músculo e da pele e cortá-la em pedaços pequenos o bastante para atravessarem o buraco de um barril. Sumner fica de olhos abertos, acreditando que o alvoroço espantará Joseph Hannah de seu esconderijo e que o menino deverá surgir a qualquer momento.

"Onde se meteu aquele merdinha do Hannah?", grita Cavendish. "Preciso que levem umas facas para afiar."

"Está sumido", diz Sumner. "Eu o procurei a manhã toda."

"É um folgado, esse aí", diz Cavendish. "Assim que eu botar as mãos nele, vou mostrar o que é um cu arregaçado de verdade."

Os barris cheios d'água trazidos ao convés são esvaziados um a um com o auxílio de uma bomba de ferro manual. Otto se encarrega dessa operação, inserindo a extremidade da bomba no buraco de cada barril, drenando a água e passando um pano para secá-lo. A água do lastro que encharca o convés e escorre pelos sulcos da proa exala um fedor sulfuroso e insalubre, provocado pelo contato prolongado com os resíduos de gordura apodrecidos que restaram de viagens anteriores. Outros marujos escalam o cordame para fugir desse miasma que os faz lacrimejar ou amarram lenços para proteger o nariz enquanto trabalham, mas Otto, com seu rosto betumado e ombros largos, e com seus gestos sempre lentos e calculados, parece imune ao odor repelente. Depois de esvaziar quatro barris, ele descobre que o quinto está danificado. O tampo está parcialmente rebentado e a maior parte da água parece já ter vazado. Ele chama o tanoeiro e pergunta se o barril pode ser consertado. O tanoeiro se ajoelha, retira um pedaço do tampo e o examina.

"Não apodreceu", ele diz (tapando o nariz com a mão enquanto fala). "Não tinha como ter rachado sozinho."

"Mas tá bem rachado", diz Otto.

O tanoeiro concorda com a cabeça.

"Melhor abrir ele todo e montar de novo", diz.

Ele descarta o pedaço de madeira rachada e espia, com indiferença e sem expectativas, o interior do barril semivazio. Encolhido lá dentro, parcialmente submerso na água de lastro que ainda resta, como um nódulo fúngico monstruoso alimentado na placa de Petri fétida do porão, está o corpo morto e despido do camaroteiro Joseph Hannah.

II

Eles carregam o corpo de Hannah até o refeitório e o deitam sobre a mesa para que Sumner o examine. O ambiente está lotado, mas o silêncio impera. Sumner, sentindo o calor do hálito dos outros homens e percebendo a intensidade austera de sua concentração, tenta entender o que, exatamente, esperam dele. Que traga o menino de volta à vida? O fato de ser um médico já não faz a menor diferença. Agora ele é tão impotente e inútil quanto eles. Trêmulo, ele segura o queixo imberbe de Joseph Hannah e o levanta com delicadeza para exibir melhor a corrente de hematomas escuros que envolve seu pescoço.

"Estrangulado", diz Brownlee. "É uma atrocidade."

Os outros homens presentes emitem um murmúrio de concordância. Sumner, com certo grau de vergonha e relutância, vira o menino de lado e afasta as nádegas brancas. Alguns espectadores se inclinam para ver melhor.

"Igual a antes ou pior?", pergunta Brownlee.

"Pior."

"Merda."

Sumner lança um olhar para Cavendish, que desviou a atenção e está cochichando algo para Drax. Desvira o corpo do menino e aperta suas costelas para contar as fraturas. Abre sua boca e repara que faltam dois dentes.

"Quando isso aconteceu?", berra Brownlee. "E como é possível, pelo amor de Deus, que ninguém tenha notado?"

"Vi o menino pela última vez anteontem", diz Sumner. "Um pouco antes da primeira retalhação."

Uma balbúrdia de outras vozes toma conta do ambiente à medida que os homens começam a relembrar seus últimos encontros com o menino morto. Brownlee ordena que se calem.

"Não todos ao mesmo tempo", diz ele. "Jesus amado."

O capitão está pálido e furioso; seu estado de agitação é profundo. Ele nunca ouviu sequer falar de um assassinato ocorrido em um navio baleeiro — há brigas entre tripulantes, é claro, brigas aos montes, até mesmo facadas em alguns casos raros, mas não um assassinato propriamente dito, muito menos de uma *criança*. É uma coisa estarrecedora, ele pensa, asquerosa, nauseante. Ainda mais acontecendo agora, na sua última viagem, como se o *Percival* não tivesse bastado para manchar a sua reputação para sempre. Ele dá uma olhada nos vinte ou trinta marujos agrupados à sua volta no refeitório — todos eles amarrotados e barbudos, com as faces queimadas e escurecidas pelo sol setentrional e as mãos unidas na frente do corpo como se rezassem, ou metidas dentro dos bolsos. Isso é obra de Jacob Baxter, ele diz a si mesmo, aquele canalha maldito, ele que escolheu essa tripulação de imbecis, que colocou em marcha todo esse esquema abominável, ele que é responsável pelas consequências calamitosas, não eu.

"O culpado por isso será trazido de volta à Inglaterra em correntes e enforcado", diz Brownlee, perscrutando os rostos inexpressivos e tremelicantes. "Isso é uma promessa."

"A forca é pouco pra um filho da puta desses", diz um homem. "O certo seria arrancar as bolas dele primeiro. Seria meter um tição em brasa no cu dele."

"Ele deveria ser chicoteado", sugere alguém, "chicoteado até mostrar o osso."

"Seja quem for, seja o que for, ele será punido de acordo com a lei", diz Brownlee. "Onde está o veleiro?"

O veleiro, um homem taciturno e de olhos azuis meio perdidos, com seu gorro de castor seboso entre as mãos, dá um passo à frente.

"Pode costurar o menino dentro da mortalha agora", diz Brownlee. "Vamos sepultá-lo sem demora." O veleiro dá um aceno positivo e dá uma fungada. "Os demais podem retornar às suas funções."

"Vamos continuar com o trincho agora, capitão?", pergunta Cavendish.

"Sim, vamos. Essa atrocidade não é desculpa para ficar à toa."

Os homens assentem docilmente. Um deles, um piloto de bote chamado Roberts, levanta a mão para falar.

"Vi o menino no castelo da proa depois que retalhamos a primeira baleia", diz ele. "Estava ouvindo o violino e vendo os homens dançando."

"É verdade", diz outro homem. "Eu também o vi por lá."

"Alguém viu Joseph Hannah mais tarde?", pergunta Brownlee. "Alguém o viu ontem? Digam o que sabem."

"Ele estava dormindo nas cobertas", diz alguém. "É o que todo mundo achava."

"Alguém aqui sabe o que aconteceu com ele", afirma Brownlee. "O navio não é grande o bastante para que possam matá-lo sem ninguém ouvir nada e sem deixar qualquer rastro."

Ninguém comenta. Brownlee balança a cabeça.

"Vou encontrar o responsável e tomar todas as providências para que seja enforcado", diz. "Podem ter certeza. Podem contar com isso."

Ele se dirige ao médico.

"Gostaria de falar com você na minha cabine agora, Sumner."

Dentro da cabine, o capitão se acomoda, retira o chapéu e começa a esfregar o rosto com as palmas das mãos. Faz isso até ficar com o rosto avermelhado e os olhos injetados e úmidos.

"Não sei se ele agiu por pura maldade ou por medo de ter suas perversões expostas", diz Brownlee. "Mas quem sodomizou o menino também o matou. Isso está claro."

"Concordo."

"E você ainda suspeita de Cavendish?"

Sumner hesita antes de fazer que não com a cabeça. Sabe que o imediato é um cretino, mas não está assim tão certo de que possa ser um assassino.

"Pode ser qualquer um", admite. "Se Hannah estava dormindo nas cobertas duas noites atrás, praticamente qualquer homem neste navio poderia ter entrado lá, estrangulado o menino e levado o corpo até o porão sem muito risco de ser percebido."

Brownlee faz uma careta desolada.

"Eu o tirei do castelo da proa para afastá-lo dos problemas, mas terminei por cooperar com seu assassinato."

"Era uma criança miserável e desafortunada em todos os sentidos", diz Sumner.

"Sim, maldição."

Brownlee assente e serve doses de conhaque para os dois. Sumner sente-se humilhado e enfraquecido diante de mais essa indignidade, como se a morte cruel do menino fizesse parte do seu próprio processo mais profundo e demorado de definhamento. Sua mão direita treme enquanto ele bebe o conhaque. Fora da cabine, o veleiro assovia "The Bonnie Boat" enquanto costura o corpo do menino morto dentro de seu caixão de lona.

"Restam trinta e oito homens e meninos a bordo desse navio", diz Brownlee. "Se excluirmos nós dois e os outros dois camaroteiros, são trinta e quatro. Quando o trincho estiver concluído falarei com cada um deles, individualmente se necessário, e descobrirei o que cada um sabe, o que viu e ouviu, que suspeitas guarda. É impossível que um homem desenvolva inclinações tão medonhas da noite para o dia. Deve ter havido sinais e rumores, e o castelo da proa é um ninho de fuxicos."

"O homem que procuramos, seja quem for, provavelmente é louco", diz Sumner. "Não há outra explicação. Deve ter alguma doença ou defeito no cérebro."

Brownlee estala a mandíbula para um lado e depois para o outro, e enche outra vez o copo de conhaque antes de responder. Fala com uma voz grave e retesada.

"Que tipo de tripulação aquele judeu desgraçado do Baxter foi me arranjar?", desabafa. "Incompetentes e selvagens. A escória e o esgoto das docas. Sou um baleeiro, mas a pesca da baleia não é isso, sr. Sumner. A pesca da baleia não é isso, posso lhe assegurar."

O trincho continua pelo resto do dia. Quando o trabalho termina e os barris de gordura já estão acondicionados em segurança, eles sepultam Joseph Hannah no mar. Brownlee resmunga um punhado de versos apropriados da Bíblia ao lado do corpo, Black puxa um hino que os homens cantam de modo tosco, e então a mortalha de lona, com o peso aumentado por chumbinhos, é arremessada por cima da popa e engolida pelas ondas cintilantes.

Sumner está sem apetite para a ceia. Em vez de ir comer com os outros, vai caminhar no convés, fumar um cachimbo e respirar um pouco. O filhote de urso está rosnando e gemendo dentro da sua jaula de madeira, mordendo a pata e se coçando sem parar. Sua pelagem já está emaranhada e sem brilho, ele fede a excrementos e a óleo de peixe e já parece descarnado e esquelético como um galgo. Sumner pega um punhado de biscoitos na cozinha, equilibra os pedaços na lâmina de uma faca de gordura e os insere através da grade de metal. Os biscoitos são instantaneamente devorados. O ursinho rosna, lambe o focinho e o encara de volta. Sumner coloca um copo d'água em cima do convés, a uns trinta centímetros da entrada do barril, e depois empurra o barril com o bico da bota até que esteja próximo o bastante para que o urso consiga beber com sua língua comprida e rosada. Sumner se demora ali, apenas observando. Otto, que está comandando a vigia, vem lhe fazer companhia.

"Por que se dar ao trabalho de capturar e enjaular um urso se o único plano é deixá-lo morrer de fome?", pergunta Sumner.

"Se o urso for vendido, todo o dinheiro irá para a viúva do homem que morreu", diz Otto. "Mas a viúva do homem que morreu não está aqui para alimentá-lo, e Drax e Cavendish não sentem obrigação nenhuma de fazê-lo. Poderíamos libertar o urso, é claro, mas a mãe dele está morta e ele é jovem demais para sobreviver sozinho."

Sumner assente, recolhe o copo vazio e o reabastece, depois o coloca no chão e o empurra com a ponta do pé. O urso bebe mais um pouco, depois para e se encolhe no fundo do barril.

"Qual a sua opinião sobre os acontecimentos recentes?", pergunta Sumner. "O que o seu mestre Swedenborg diria dessa atrocidade?"

Otto mantém um ar solene por alguns instantes. Antes de responder, alisa a barba comprida e fica acenando positivamente com a cabeça.

"Ele nos diria que o grande mal consiste na ausência do bem e que o pecado é uma forma de esquecimento. Nos afastamos do Senhor porque o Senhor nos permite fazê-lo. Esta é a nossa liberdade, mas também o nosso castigo."

"E você acredita nele?"

"Deveria acreditar no quê?"

Sumner dá de ombros.

"Que o pecado é uma forma de lembrança", arrisca. "Que o bem é a ausência do mal."

"Alguns homens acreditam nisso, é claro, mas se fosse verdade o mundo seria um caos, e o mundo não é um caos. Olhe em volta, Sumner. A confusão e a estupidez são nossas. Não entendemos a nós mesmos, somos muito vaidosos e muito estúpidos. Fazemos uma grande fogueira para nos aquecer e depois reclamamos que as chamas são muito quentes e incontroláveis, que a fumaça nos cega."

"Mas por que matar uma criança?", pergunta Sumner. "Como dar algum sentido a isso?"

"As perguntas mais importantes são as que nunca poderemos responder com palavras. Palavras são como brinquedos: nos divertem e educam por algum tempo, mas depois de adultos seria melhor abandoná-las."

Sumner discorda com a cabeça.

"As palavras são tudo o que temos", diz. "Se as abandonamos, passamos a ser apenas animais."

Otto reage sorrindo à visão equivocada de Sumner.

"Então você precisa encontrar as explicações sozinho", diz ele. "Se é isso que realmente pensa."

Sumner se curva para olhar o urso órfão. Ele está agachado no fundo do barril, respirando ruidosamente e lambendo uma poça da própria urina.

"Eu preferiria *não* pensar", diz. "Seria mais prazeroso e mais fácil, tenho certeza. Mas aparentemente não consigo evitar."

Pouco tempo depois do sepultamento, Cavendish pede para conversar com Brownlee na sua cabine.

"Andei fazendo perguntas", ele diz. "Apertei os desgraçados até conseguir um nome."

"Que nome?"

"McKendrick."

"Samuel McKendrick, o carpinteiro?"

"O próprio. Disseram que ele já foi visto trocando amassos com as bichas nos pubs em terra firme. E nessa última temporada da pesca, quando ele trabalhou a bordo do *John o'Gaunt*, correu a notícia de que ele estava dividindo o beliche com um piloto de bote, um homem chamado Nesbet."

"E isso aconteceu à vista de todos?"

"O castelo da proa é um lugar escuro, como você sabe, sr. Brownlee, mas digamos que foram ouvidos alguns barulhos noturnos. Barulhos de natureza inquestionável."

"Traga-me Samuel McKendrick", diz Brownlee. "E encontre Sumner também. Quero que o médico ouça o que ele terá a dizer."

McKendrick é um sujeito mirrado, de pele clara e constituição delicada. Sua barba é rala e amarelada; tem um nariz delgado, uma boca estreita e quase sem lábios, e orelhas grandes e avermelhadas de frio.

"Você conhecia bem Joseph Hannah?", Brownlee lhe pergunta.

"Eu mal conhecia ele."

"Mas você deve tê-lo visto no castelo da proa."

"Vi ele, mas não conheço. É só um camaroteiro."

"E você não gosta de camaroteiros?"

"Não de maneira especial."

"Você é casado, McKendrick? Tem uma esposa aguardando por você em casa?"

"Não, senhor, não sou e não tenho."

"Mas deixou uma namorada lá, imagino."

McKendrick nega com a cabeça.

"Talvez você não goste muito de mulheres, é isso?"

"Não é isso, não, senhor", diz McKendrick. "É que eu ainda não encontrei uma mulher que me sirva."

Cavendish ri pelo nariz. Brownlee se vira e o encara por um instante, e somente depois prossegue o interrogatório.

"Ouvi dizer que você prefere a companhia dos homens. Foi o que chegou até mim. É verdade?"

A expressão de McKendrick não se altera. Ele não parece assustado nem agitado, tampouco especialmente surpreso com essa acusação de conduta antinatural.

"Não é verdade, não, senhor", diz ele. "Tenho o sangue tão vermelho quanto o de qualquer um aqui."

"Joseph Hannah foi sodomizado antes de ser morto. Imagino que já saiba disso."

"É o que toda gente no castelo da proa está dizendo, senhor, sim."

"Foi você quem o matou, McKendrick?"

McKendrick enruga a testa como se a pergunta não fizesse o menor sentido.

"*Foi* você?"

"Não fui eu, senhor", ele diz com serenidade. "Não sou o homem que você procura."

"Ele é um mentiroso convincente", diz Cavendish. "Mas tenho meia dúzia de homens que darão testemunho de sua conhecida reputação de devorador de garotinhos."

Brownlee olha para o carpinteiro, que pela primeira vez desde o início do interrogatório parece ligeiramente desconfortável.

"Não ficará bonito para o seu lado se descobrirmos que está mentindo, McKendrick", diz ele. "Aviso desde já. Serei severo."

McKendrick assente e olha para o teto da cabine antes de responder. Seus olhos estão embaçados e inquietos, e um indício de sorriso passeia por seus lábios finos.

"Nunca foi com meninos", ele diz. "Não tenho gosto por meninos."

Cavendish dá uma risada sarcástica.

"Realmente espera que acreditemos que você é tão seletivo assim na hora de escolher que rabo vai encurralar? Pelo que sei, depois de uma ou duas doses de uísque você enrabaria o próprio avô."

"Não se trata de encurralar coisa alguma", diz McKendrick.

"Você é uma desgraça", diz Brownlee, colocando o dedo na cara de McKendrick. "Assassino ou não, eu deveria mandar chicoteá-lo."

"Não sou assassino."

"Mas está provado que é um mentiroso", diz Brownlee. "Isso já podemos estabelecer sem dúvida alguma. E se mente a respeito de uma coisa, por que não mentiria a respeito de todas as outras?"

"Não sou um maldito assassino", repete McKendrick.

"Se me permite fazer um exame rápido nele, sr. Brownlee", diz Sumner, "pode ser que encontre algum tipo de sinal."

Brownlee parece perplexo.

"Que sinal poderia haver?"

"O menino tinha uma porção de feridas em torno do ânus, se lembra bem. Se as feridas forem de doença venérea, o que é provável, o culpado pode tê-las também. Além disso, pode haver irritações ou lesões no pênis do culpado. O traseiro de uma criança é bastante apertado afinal de contas."

"Ah, me poupe", diz Cavendish.

"Muito bem", diz Brownlee. "McKendrick, dispa-se."

McKendrick não se mexe.

"Agora", diz Brownlee, "ou prometo que o faremos à força."

Com relutância e sem a menor pressa, McKendrick se despe na frente deles. Seus braços e pernas parecem fortes, apesar de esqueléticos; entre seus mamilos vermelho-escuros há um pequeno tufo de pelos castanhos. Para um homem tão mirrado e pálido, ele possui, Sumner repara ao iniciar seu exame, uma genitália excepcionalmente grande e vistosa. O saco é pesado, escuro e pendular; a verga, embora não tenha um comprimento descomunal, é grossa como o focinho de um cão e tem uma cabeça volumosa e reluzente como um rim.

"Não há cancros visíveis", informa Sumner. "Tampouco sinais de irritação ou lesão."

"Pode ser que ele tenha usado um pouco de banha pra facilitar a entrada", diz Cavendish. "Você por acaso checou se havia sinais de lubrificação no ânus de Hannah?"

"Chequei e não encontrei nenhum tipo de resíduo."

Cavendish sorri.

"Você não deixa escapar quase nada, sr. Sumner", diz ele. "Por Deus."

"Não vejo também nenhum corte ou arranhão recente nos braços ou no pescoço, que pudessem indicar luta", diz Sumner. "Pode vestir suas roupas de novo, McKendrick."

McKendrick obedece. Brownlee observa em silêncio enquanto ele se veste e depois ordena que aguarde em frente à porta do refeitório até que seja chamado de volta.

"Não precisa mais procurar o assassino", diz Cavendish. "Pau esfolado ou não, ele é o culpado, estou dizendo."

"É possível, mas não temos provas convincentes", diz Sumner.

"Ele é um sodomita confesso. Precisa mais o quê?"

"De uma confissão", diz Brownlee. "Mas se ele não confessar, estou decidido a algemá-lo da mesma forma e a deixar que os magistrados lidem com ele quando ancorarmos no porto."

"E se não for ele?", diz Sumner. "Não se importa de saber que o verdadeiro assassino pode estar circulando livremente pelo navio?"

"Se não foi McKendrick, então quem diabo seria?", pergunta Cavendish. "Quantos sodomitas você acha que enfiaram dentro deste navio?"

"Eu teria mais certeza de sua culpa caso alguém os tivesse visto juntos", diz Sumner.

"Algeme McKendrick por enquanto, Cavendish", diz Brownlee. "Depois avise ao restante da tripulação que desejamos saber se alguém o viu conversando com Hannah ou dando qualquer espécie de atenção ao menino. O mais provável é que Sumner tenha razão. Se ele é culpado, deve haver uma testemunha."

12

Na sala dos oficiais, Drax escuta a conversa alheia. Estão discutindo de novo sobre o menino, embora o menino esteja definitivamente morto. Naquela tarde enrolaram seu corpo numa lona e o jogaram da popa; ele viu o corpo afundar na água. Agora o menino não é nada. Nem mesmo uma ideia ou pensamento, ele não é nada, mas continuam falando sobre ele. Falam e falam. Sem parar. De que merda serve isso? Drax mastiga seu ensopado de carne e dá um gole grande na caneca de chá. A carne está salgada e azeda, mas o chá é doce. Há uma marca de mordida no seu antebraço, com mais de um centímetro de profundidade. Sente a ferida latejar e coçar. Teria sido mais rápido e mais fácil, ele sabe, cortar a garganta do menino, mas não havia uma faca por perto. Ele não planeja esse tipo de coisa. Apenas age, e cada ação permanece isolada e completa em si mesma: foder, matar, cagar, comer. Poderiam acontecer em qualquer ordem. Nenhuma antecede ou excede a outra. Drax ergue o prato de comida à frente do rosto como uma luneta e lambe todo o molho.

Escuta.

"É McKendrick", diz Cavendish. "Com toda a certeza, sei reconhecer um assassino quando vejo um, mas Brownlee acha que precisa de mais provas."

Drax conhece McKendrick. É um sujeito frágil, cagarolas, uma mocinha, não conseguiria matar alguém nem se colocassem uma pistola na sua mão, o ajudassem a mirar e se oferecessem para pressionar o gatilho no seu lugar.

"Por que McKendrick?", pergunta.

"Porque todos sabem que é um sodomita. É visto todas as noites nos bares das docas, pagando michês e dando risadinhas com as outras bichas."

Drax assente. Então McKendrick será seu substituto, pensa, seu bode expiatório. Terá a corda colocada no pescoço enquanto Drax apenas assiste e aplaude.

"Que tipo de prova Brownlee procura?", pergunta.

"Ele quer uma testemunha. Alguém que tenha visto os dois juntos."

Drax limpa os restos de comida da barba, libera um peido e põe a mão dentro do bolso para procurar seu pacote de fumo barato.

"Eu vi os dois juntos", diz.

Todas as atenções se voltam para ele.

"Quando?", diz Sumner.

"Vi os dois parados na frente da cabine do convés, tarde da noite. McKendrick ficava tentando se aproximar do menino, sussurrando, se esfregando, passando os dedos no pescoço, tentando dar beijinhos. O menino não parecia estar gostando muito. Isso foi mais ou menos uma semana atrás."

Cavendish bate palmas e ri.

"Não precisamos de mais nada", diz.

"Por que não mencionou nada disso antes?", pergunta Sumner. "Você estava presente quando o capitão pediu que relatássemos o que tínhamos visto."

"Deve ter me escapado na hora", diz Drax. "Acho que a minha cabeça não é afiada como a sua, sr. Sumner. Sou dessas pessoas esquecidas, sabe."

Sumner olha para Drax e ele o encara de volta. Sente-se tranquilo e confiante. Conhece muito bem o tipo do médico — vai pentelhar e fazer perguntas o dia inteiro, porém nunca se atreverá a agir. Sabe falar bem, mas não sabe fazer.

Os dois vão juntos à cabine de Brownlee, e Drax relata ao capitão o que viu. Brownlee manda trazerem McKendrick do porão, algemado, e manda Drax repetir cada palavra do que disse em frente ao prisioneiro.

"Eu o vi colocando as mãos no menino que está morto", ele diz com toda a calma. "Ficava tentando beijar e fazer carinhos. Foi na frente da cabine do convés."

"E por que não me contou nada disso antes?"

"Não dei importância antes, mas quando comentaram que McKendrick podia ser o assassino, a menção do nome me ajudou a lembrar de tudo."

"É uma mentira desavergonhada", diz McKendrick. "Nunca encostei no menino."

"Vi o que vi", diz Drax. "Ninguém me convencerá do contrário."

Percebe que a mentira sai fácil, como esperado. Palavras não passam de ruídos em determinada ordem, pode usá-las como bem entender. Os porcos roncam, os patos grasnam e os homens mentem: costuma ser assim.

"E está disposto a jurar?", pergunta Brownlee. "Diante de um juiz?"

"Sobre a Bíblia Sagrada", responde Drax. "Sim, estou disposto."

"Vou incluir seu relato no diário de bordo e pedir que imprima sua marca abaixo", diz Brownlee. "É melhor deixar registrado por escrito."

A essa altura, a calma que vinha sendo exibida por McKendrick já se dissolveu. Seu rosto pálido e fino está crivado de manchas vermelhas e ele começou a tremer de raiva.

"Não tem uma só palavra de verdade nisso", diz ele. "Nem uma só. Ele tá mentindo descaradamente."

"Não tenho nenhuma razão pra mentir", diz Drax. "Por que me daria ao trabalho?"

Brownlee se dirige a Cavendish.

"Há algum rancor entre esses dois homens?", ele pergunta. "Alguma razão para crer que a história seja falsa ou maliciosa?"

"Não que eu saiba", responde Cavendish.

"Vocês dois já trabalharam juntos no mesmo navio?", Brownlee lhes pergunta.

Drax nega com a cabeça.

"Mal conheço o carpinteiro", diz. "Mas sei o que vi em frente à cabine do convés. E estou contando o que ocorreu."

"Mas eu sei quem você é, Henry Drax", McKendrick retruca com ódio. "Sei onde você esteve e sei o que fez."

Drax solta ar pelas narinas e balança a cabeça, negando.

"Você não sabe nada sobre mim", diz.

Brownlee se dirige a McKendrick.

"Se tem alguma acusação a fazer, deve fazê-la agora", diz. "Se não vai fazer, eu o aconselho a fechar a matraca e a mantê-la fechada até que o juiz peça para abri-la."

"Jamais encostei no menino. Não tenho preferência por meninos, e com relação ao que fiz ou deixei de fazer com meus companheiros adultos, nunca recebi acusações ou reclamações. Este homem aqui, o que está mentindo a meu respeito, que parece decidido a me ver balançando na forca, cometeu crimes muito piores e mais desnaturados do que qualquer coisa que eu possa ter feito na vida."

"A única coisa que vai conseguir com essa conversa fiada é cavar um buraco ainda mais fundo", Cavendish diz em tom de aviso.

"Mais fundo do que morto não existe", diz McKendrick.

"De que crimes está falando?", diz Sumner.

"Pergunte a ele o que fez nas Marquesas", diz McKendrick, olhando Drax nos olhos. "Pergunte o que fez quando andou por lá."

"Consegue entender?", diz Brownlee. "Do que ele está falando agora?"

"Passei algum tempo com os pretos dos Mares do Sul", explica Drax, "é só isso. Eles me deram algumas tatuagens nas costas e uma coleção de histórias boas e interessantes pra contar, nada mais."

"Em que navio esteve?", Brownlee pergunta.

"O *Dolly*, que saiu de New Bedford."

"Prefere aceitar a palavra de um canibal ou a de um homem branco, honesto e temente a Deus?", grita McKendrick. "Que juiz com a cabeça no lugar preferiria isso?"

Drax apenas ri.

"Não sou canibal, coisa nenhuma", diz. "Não deem bola pra esse monte de lorotas."

Brownlee balança a cabeça, inconformado.

"Nunca ouvi asneiras tão sem pé nem cabeça", desabafa. "Levem esse cachorro sem-vergonha ao porão e o acorrentem ao mastro principal antes que eu perca a calma."

Depois que McKendrick foi retirado, Brownlee anexa o relato de Drax ao diário de bordo e pede que ele o certifique com sua marca.

"Você será chamado para testemunhar no tribunal, sem dúvida, quando McKendrick for a julgamento", diz Brownlee. "E o diário de bordo também será exibido como prova. Suspeito que o advogado de McKendrick, caso ele possa bancar um, tentará manchar o seu nome. É o que esses abutres costumam fazer. Mas você fará frente a ele, tenho certeza."

"Não gosto que me acusem ou falem comigo daquele jeito", admite Drax. "Não me agrada nem um pouco."

"A palavra de um sodomita desamparado não irá muito longe, disso você pode ter certeza. Tudo que precisa fazer é manter a sua versão."

Drax assente.

"Sou um homem honesto", diz. "Vou contar o que vi."

"Então você não tem nada a temer."

13

A notícia da culpa de McKendrick se espalha instantaneamente pelo navio. Aqueles poucos que se consideram amigos do carpinteiro acham difícil acreditar que ele seja um assassino, mas suas dúvidas são logo esmagadas pela extensão e pelo peso da certeza mais amplamente aceita de que apenas ele pode ter sido o responsável. Depois do segundo interrogatório feito por Brownlee ele é mantido algemado no porão de carga da proa, comendo sozinho e fazendo as necessidades dentro de um balde que um camaroteiro esvazia todos os dias. Após a situação ter se prolongado por cerca de uma semana, sua identidade de criminoso e pervertido está tão arraigada nas mentes dos tripulantes que fica difícil crer que ele já foi um deles. Lembram dele como um homem isolado e estranho, e presumem que tudo que havia de ordinário nele não passava de artimanhas para disfarçar depravações mais profundas. De vez em quando um ou dois homens entram no portão para provocá-lo ou questioná-lo sobre o crime que cometeu. Quando isso acontece, os visitantes estranham que McKendrick ainda mantenha uma atitude impenitente, ríspida, desconcertada e beligerante, como se mesmo agora ele ainda não tivesse compreendido a dimensão de seus próprios atos.

Brownlee só quer voltar a se ocupar da matança das baleias, mas nos dias seguintes eles são castigados por um mau tempo — chuva incessante e névoa densa — que esconde a presa e inviabiliza a pesca. Oprimidos e encurralados pelo aguaceiro e pela penumbra, rumam laboriosamente para o sul, abrindo caminho numa polpa de água do mar cristalizada e coberta por um mosaico de placas de gelo. Quando o céu finalmente se abre, já passaram pelo estreito de Jones e pelo cabo Horsburgh a oeste, e podem avistar a entrada da baía de Pond. Brownlee está ansioso para prosseguir, mas o gelo marítimo apresenta uma densidade acima do normal para a estação, e eles se veem forçados a esperar um pouco mais. O *Hastings* atraca ao lado deles, assim como o *Polynia*, o *Intrepid* e o *Northerner*. Como não há trabalho a fazer enquanto esperam os ventos mudarem, os capitães transitam livremente entre os cinco navios, jantando nas cabines uns dos outros e aproveitando o tempo livre para conversar, discutir e trocar reminiscências. Brownlee repete suas velhas histórias com facilidade: a balsa de carvão, o *Percival*, tudo antes daquilo. Não tem vergonha de quem foi ou do que fez: todo homem tem seu quinhão de erros, gosta de dizer, todo homem tem seu quinhão de sofrimento, mas o que importa é a sua prontidão para o que está por vir.

"E então, você está pronto?", Campbell lhe pergunta casualmente. Eles estão a sós na cabine de Brownlee. Os pratos e travessas já foram recolhidos e os outros retornaram aos seus navios. Campbell é um sujeito astuto e experiente, amistoso até certo ponto, mas às vezes também exibe um ar superior e dissimulado. Há uma pitada de deboche na pergunta, pensa Brownlee, uma insinuação nítida de que lhe coube a parte mais vantajosa na armação arquitetada por Baxter.

"Soube que se tudo correr bem você será o próximo", diz Brownlee. "Ouvi isso do próprio Baxter."

"Baxter crê que a pesca da baleia está com os dias contados", diz Campbell. "Ele quer sossegar agora, adquirir alguma pequena fábrica."

"Sim, mas ele está enganado. Os mares continuam fervilhando de peixes."

Campbell dá de ombros. Ele possui um nariz empinado, bochechas largas e suíças compridas; seus lábios finos formam um bico quase permanente, dando a Brownlee a impressão desconfortável de que, mesmo quando em silêncio ou imerso em seus pensamentos, ele está sempre prestes a dizer algo.

"Se eu fosse um apostador, botaria algum dinheiro no cavalo de Baxter. Ele não derruba muitas barreiras; salta por cima delas com folga, eu diria."

"É espertinho, o filho da puta, disso não tenho como discordar."

"E então, você *está* pronto?"

"Temos tempo suficiente para matar mais algumas baleias. Não há motivo para pressa, há?"

"As baleias são troco miúdo dentro desse esquema", Campbell ressalta. "E pode ser que você não tenha muitas oportunidades de afundá-lo do jeitinho certo, passando a impressão correta. O que mais importa é a impressão que vai ficar, não esqueça. Não podemos deixar nada muito óbvio, ou então os inspetores de seguros vão começar a fazer perguntas, e isso ninguém quer. Especialmente você."

"Tem um bocado de gelo esse ano. Não será tão difícil resolver."

"Quanto mais cedo, melhor. Se deixarmos passar tempo demais, eu mesmo corro o risco de acabar aprisionado no gelo. O que fazer nesse caso?"

"Me dê uma semana na baía de Pond", diz Brownlee. "Só mais uma semana e depois podemos sair procurando o lugar ideal para empacar."

"Uma semana chega, e proponho que depois retornemos para o norte", diz Campbell, "até o estreito de Lancaster ou algo naquela região. Ninguém nos seguirá até lá. Encontre um canal bem apertadinho, perto do gelo costeiro, e espere até que o vento empurre as placas em cima de você. E pelo que pude observar da sua tripulação, os imprestáveis não farão muito esforço para contornar a situação."

"Estou pensando em deixar o carpinteiro lá onde está."

"Acidentes fazem parte", concorda Campbell. "E um homem como ele dificilmente fará muita falta."

"É um ultraje", diz Brownlee. "Já tinha ouvido falar em algo parecido? Uma menina é uma coisa. Uma menina eu entendo, até certo ponto. Mas um camaroteiro, pelo amor de Deus, isso não. São tempos perversos, Campbell, estou dizendo, perversos e abomináveis."

Campbell assente.

"Arrisco dizer que o bom Deus não passa muito tempo aqui nas Águas do Norte", ele diz, sorrindo. "Provavelmente não gosta muito do clima frio."

Eles entram na baía assim que o gelo oferece passagem, mas a pesca dá pouco resultado. Não avistam quase nenhuma baleia, e nas poucas ocasiões em que os botes são lançados, elas desaparecem rapidamente sob o gelo e não é possível atacá-las. Brownlee começa a suspeitar que Baxter pode ter razão no fim das contas — talvez eles *tenham* matado baleias demais. Para ele é muito difícil crer que os oceanos possam ter se esvaziado tão rápido, que criaturas tão enormes fossem, no fim das contas, tão frágeis, mas se as baleias continuam existindo, elas com certeza aprenderam a se esconder muito bem. Ao fim de uma semana de fracassos desanimadores, ele aceita o inevitável, envia o sinal combinado a Campbell e anuncia aos homens que eles deixarão a baía de Pond e seguirão para o norte em busca de condições mais favoráveis.

Mesmo com a ajuda do láudano, Sumner não consegue dormir mais que uma ou duas horas consecutivas. A morte de Joseph Hannah mexeu com ele e o enfureceu de maneiras que não consegue compreender. Queria ser capaz de esquecê-la. Gostaria de se conformar, como os outros parecem se conformar, com a certeza da culpa de McKendrick e com a inevitável punição que vem pela frente, mas começa a aceitar que essa não é uma opção. Continua sendo atormentado pela lembrança do corpo do menino morto estendido sobre a mesa envernizada onde ainda servem a ceia todas as noites, e de McKendrick despido — envergonhado, submisso, exposto aos olhares — na cabine do capitão. Acredita que os dois corpos deveriam coincidir de alguma maneira, encaixar-se como peças vizinhas de um quebra-cabeças, mas por mais que ele as gire e recombine mentalmente, não consegue formar um todo.

Por volta de duas semanas após a prisão do carpinteiro, já tarde da noite, com o navio avançando para o norte entre ninhos de mobelhas-grandes e icebergs, Sumner desce até o porão da proa. McKendrick, em seus trajes de marinheiro, está deitado no pequeno nicho que lhe arranjaram em meio às caixas, aos pacotes e barris. Suas pernas estão acorrentadas ao mastro, mas suas mãos estão livres. Há restos de biscoito dentro de um prato de metal, uma caneca d'água e uma vela acesa a seu lado. Sumner sente o cheiro pungente do balde de dejetos. O médico hesita por um momento, depois se agacha e o sacode pelo ombro. McKendrick se desenrodilha devagar, senta com as costas apoiadas num caixote e encara o seu mais novo visitante com indiferença.

"Como está a sua saúde?", Sumner lhe pergunta. "Precisa de algo de mim?"

McKendrick faz que não.

"Estou bem sadio e disposto, levando tudo em conta", ele diz. "Acho que vou sobreviver até me enforcarem."

"Você sabe que, se for a julgamento, terá melhores chances de se defender. Nada está definido ainda."

"Um homem como eu não encontra muitos simpatizantes numa corte inglesa, sr. Sumner. Sou um sujeito honesto, mas minha vida não resistirá a uma bisbilhotice bem-feita."

"Você não é o único a se sentir assim, eu acho."

"Pecador todo mundo é, tem razão, mas alguns pecados ganham castigo pior do que outros. Não sou assassino, nunca fui, mas sou muitas outras coisas, e é por essas outras coisas que vão querer me enforcar."

"Se você não é o assassino, ele é outra pessoa dentro desse navio. Se Drax está mentindo, como você afirma, de duas uma, ou ele mesmo matou o menino, ou ele sabe quem foi e quer proteger o culpado. Pensou nisso?"

McKendrick dá de ombros. Depois de duas semanas no porão, sua pele adquiriu um tom cinzento e seus olhos azuis ficaram baços e afundados. Ele coça a orelha e um pedaço de pele descama e cai flutuando no chão.

"Pensei bastante nisso, mas de que me ajuda acusar outro homem se não tenho provas e testemunhas do meu lado?"

Sumner retira um frasco de metal do bolso e o entrega a McKendrick, e assim que o recebe de volta também bebe um gole.

"Estou quase sem fumo", diz McKendrick, momentos depois. "Se puder me oferecer um pouco, ficarei muito agradecido."

Sumner lhe entrega sua bolsinha de tabaco. McKendrick pega a bolsinha com a mão direita depois de prender o cachimbo entre os dois dedos do meio na mão esquerda. Segurando o cachimbo dessa maneira um tanto peculiar, ele enche o fornilho e prensa o fumo com o polegar direito.

"Você tem algum problema na mão?", Sumner pergunta.

"É só o polegar", ele diz. "Foi esmagado por um vesgo empunhando uma marreta, um ou dois anos atrás, e desde então não consigo mexer o dedo nem meio centímetro pra nenhum lado. Complica um pouco a vida na minha profissão, mas fui me adaptando."

"Me mostre."

McKendrick se debruça e estende a mão esquerda. Os outros dedos estão normais, mas a articulação do polegar está severamente comprometida e o dedo em si parece duro e sem vida.

"Quer dizer que você não consegue segurar nada com essa mão?"

"Só com os outros quatro dedos. Sorte que foi na mão esquerda, pelo menos."

"Tente segurar meu pulso", pede Sumner, "assim."

Ele sobe a manga e oferece o braço descoberto. McKendrick o segura.

"Aperte com toda a força que puder."

"Estou apertando."

Sumner sente a pressão dos quatro dedos afundando em seu braço, mas não sente o polegar.

"É o melhor que pode fazer?", diz. "Não hesite."

"Não estou hesitando", ele insiste. "O sujeito acertou o osso do meu polegar com uma marreta pesada pra cacete, dois anos atrás, a bordo do *Whitby*, estou dizendo; estávamos ancorados, consertando a tampa de uma escotilha. Quase estraçalhou o dedo inteiro. E tenho testemunhas de sobra pra *esse* acontecimento — incluindo o próprio capitão —, e elas teriam o maior prazer em jurar sobre a Bíblia a imbecilidade daquele sujeito."

Sumner diz que ele pode soltar o braço e baixa de novo a manga da camisa.

"Por que não falou nada sobre o ferimento na mão quando o examinei antes?"

"Você não estava interessado na minha mão, se lembro bem."

"Se não consegue segurar com mais força que isso, como poderia ter estrangulado o menino? Você viu os hematomas no pescoço dele."

143

McKendrick não reage por um momento, mas de repente parece temeroso, como se as ilações do médico fossem abrangentes e promissoras demais para serem absorvidas de uma só vez.

"Vi muitíssimo bem", ele diz. "Ele tinha uma fileira de hematomas em torno do pescoço, bem assim."

"E havia dois hematomas grandes na frente. Lembra desses? Um quase em cima do outro. Pensei na hora que deviam ter sido provocados pelos dois polegares apertando a garganta com força."

"Lembra deles?"

"Lembro com muita clareza", diz Sumner. "Dois hematomas grandes, um por cima do outro, como duas manchas de tinta."

"Mas não tenho mais dois polegares funcionando", McKendrick pronuncia devagar. "Então como posso ter provocado aqueles hematomas?"

"Isso mesmo", diz Sumner. "Preciso conversar com o capitão agora. Tudo indica que o sujeito com a marreta pode ter salvado o seu pescoço."

14

Brownlee escuta as alegações do médico, torcendo o tempo todo para que ele esteja enganado. Não tem vontade nenhuma de libertar McKendrick. O carpinteiro é um culpado convincente, e uma vez libertado (que é a meta que Sumner busca atingir, por razões pessoais que ele é incapaz de conceber) não poderá ser substituído por ninguém a bordo do navio sem que haja antes uma boa dose de aborrecimentos e complicações.

"Um moleque magricela como Hannah pode ser estrangulado facilmente com uma só mão, acho", argumenta Brownlee, "com ou sem um polegar. McKendrick não é alto, mas tem força de sobra para alguém do seu tamanho."

"Mas não com os hematomas dispostos como estavam no pescoço de Hannah. As marcas dos dois polegares estavam muito nítidas."

"Não me lembro de marcas de polegares. Lembro que havia uma porção de hematomas, mas não há jeito de saber que dedos específicos deixaram esta ou aquela marca."

"Antes do sepultamento, fiz rascunhos dos machucados de Hannah", diz Sumner. "Achei que a corte poderia querer vê-los se o caso fosse a julgamento. Olhe aqui." Ele põe um caderno com capa de couro em cima da mesa, em frente ao capitão, e o abre nas páginas relevantes. "Entende agora o que estou dizendo? Dois hematomas ovais grandes, um por cima do outro, aqui e aqui."

Ele aponta. Brownlee olha, esfrega o nariz, enruga a testa. Os escrúpulos do médico o irritam. Por que se meter a fazer rascunhos do cadáver de um menino?

"O menino já estava costurado dentro da mortalha. Como fez esse desenho?"

"Pedi ao veleiro que desfizesse a costura e a refizesse enquanto trabalhávamos no trincho da gordura. Foi bem fácil de fazer."

Brownlee vira as páginas do caderno e faz uma careta de nojo. Há um desenho bastante detalhado do reto lesionado e ulceroso do menino e um diagrama legendado das suas costelas quebradas.

"Suas belas ilustrações não provam porra nenhuma", ele diz. "McKendrick foi visto abordando o menino e é um sodomita conhecido e notório. Os fatos concretos são estes. O resto é suposição e frescura."

"O polegar da mão esquerda de McKendrick está totalmente comprometido", diz Sumner. "Cometer esse crime teria sido fisicamente impossível para ele."

"E você tem total liberdade para expressar essas opiniões diante do magistrado assim que retornarmos à Inglaterra. Talvez elas o convençam mais do que a mim, mas enquanto estivermos em alto-mar e eu for o capitão, McKendrick fica onde está."

"Assim que retornarmos à Inglaterra, o verdadeiro assassino deixará o navio e desaparecerá de vista, não percebe? Nunca será capturado."

"Devo algemar a tripulação inteira por suspeita de assassinato? É isso que recomenda?"

"Se não foi McKendrick quem matou o menino, deve ter sido Henry Drax. Ele está mentindo sobre o carpinteiro para salvar a própria pele."

"Você tem lido muitos folhetins baratos, sr. Sumner, juro por Deus."

"Permita ao menos que eu examine Drax como fiz com McKendrick. Se ele for o assassino, não é tarde demais para verificarmos os sinais."

Brownlee gira o corpo sobre a cadeira, puxa o lóbulo peludo da orelha e suspira fundo. Embora o médico seja enervante além da conta, há também algo de admirável na sua persistência. É, em suma, um filho da puta teimoso.

"Muito bem", ele diz. "Já que faz questão. Apenas aviso que, se Drax se opuser a ser cutucado e apalpado, não estarei disposto a insistir."

Ao ser chamado, Drax não faz nenhuma objeção. Baixa as calças na frente deles e fica parado, sorrindo. A cabine do capitão é preenchida por um fedor de urina rançosa e de carne em conserva.

"Ao seu dispor, sr. Sumner", Drax fala, dando uma piscadinha marota para o médico.

Respirando somente pela boca, Sumner se agacha e examina, com auxílio de uma lupa, a glande dependurada de Drax.

"Puxe o prepúcio para cima, por favor", diz Sumner.

Drax obedece. Sumner acena com a cabeça indicando ter encontrado algo.

"Você está infestado de chatos", diz.

"Sim, costumo estar. Mas não se pune isso com a forca, não é, sr. Sumner?"

Brownlee dá uma risadinha. Sumner meneia a cabeça e se levanta.

"Nenhum cancro visível", diz. "Agora me mostre as mãos."

Drax estende as mãos. Sumner examina as palmas e depois os dorsos. São mãos escuras e ásperas como blocos de ferro-gusa.

"Aquele corte na sua mão cicatrizou, pelo que estou vendo."

"Aquilo não foi nada", ele diz. "Um arranhão."

"E você consegue usar bem todos os dígitos, imagino."

"Todos *o quê*?"

"Todos os dedos das mãos."

"Consigo, sim, graças a Deus."

"Tire a jaqueta e suba as mangas."

"Duvida de mim, sr. Sumner?", pergunta Drax, tirando a jaqueta e começando a desabotoar a camisa. "Duvida do que eu disse que vi acontecer ao lado da cabine do convés?"

"McKendrick nega. Você sabe disso."

"Mas McKendrick é um sodomita, e o que vale a palavra de um sodomita no tribunal? Não muito, eu diria."

"Tenho bons motivos para acreditar nele."

Depois de ouvir isso, Drax assente e continua a se despir. Tira a camisa e as calças de flanela. Seu peito é coberto de pelos escuros, largo e com músculos vigorosos; sua barriga é orgulhosamente redonda, e os dois braços são cobertos por tatuagens azuis formando padrões geométricos espiralados.

"Se leva a sério a palavra daquele merdinha do McKendrick, então deve achar que sou um mentiroso."

"Não sei o que você é."

"Sou um homem honrável, sr. Sumner", diz Drax, enfatizando gradativamente a palavra *honrável*, como se a honra fosse um conceito complexo e esotérico que ele se vangloriasse de haver dominado. "É isso que sou. Cumpro com meus deveres e não sinto vergonha nenhuma disso."

"O que pretende insinuar com isso, Drax?", pergunta Brownlee. "Somos todos homens honráveis aqui, eu acho, ou pelo menos honráveis o suficiente para o nosso ramo de atividade, que já é sujo o bastante, como você bem sabe."

"Acho que o médico sabe bem do que estou falando", diz Drax. (Ele está completamente nu agora — membros possantes, púgil, descarado. Seu rosto está tostado pelo sol e suas mãos estão pretas de tanto trabalhar, mas o restante de sua pele — quando é possível vê-la por baixo do carpete de pelos escuros e da panóplia de tatuagens grosseiras — é de um branco rosado e puro, como a pele de um bebê.) "Ele e eu somos velhos amigos, afinal de contas. Eu o ajudei a voltar pros seus aposentos depois daquela farra memorável em Lerwick. Você provavelmente não lembra, sr. Sumner, já que estava ferrado no sono, mas eu e Cavendish demos uma boa revisada na sua cabine antes de sair, pra ter certeza de que as suas posses estavam seguras, bem onde deveriam estar. Pra ter certeza de que nada foi bagunçado ou trocado de lugar."

Sumner procura o olhar de Drax e entende na mesma hora. Eles vasculharam seu baú, leram os documentos de expulsão, viram o anel roubado.

Brownlee o observa com curiosidade.

"E *você* faz alguma ideia do que ele está falando?", ele diz.

Sumner faz que não com a cabeça. Sem pensar muito, ele passeia os olhos pelos braços e pelo torso de Drax, atento à própria respiração, oprimindo sua revolta interna.

"Você duvida dos meus conhecimentos ou da minha competência enquanto médico?", pergunta (soando prepotente até para si mesmo). "Fiz residência e tenho certificados do Queen's College de Belfast."

Drax sorri e depois cai na gargalhada. Seu pênis amarelado engrossa e empina visivelmente.

"Você tem a sua folha de papel, sr. Sumner, e eu tenho a minha. Agora eu pergunto, qual dessas folhas de papel pesa mais nos tribunais ingleses? Nunca estudei muito a língua, então longe de mim responder, mas acho que um bom advogado provavelmente poderia dar uma opinião embasada."

"Tenho minhas provas", diz Sumner. "Não se trata da minha opinião nem da minha reputação. Quem sou, ou quem fui, não está em questão."

"E que provas você tem contra *mim*?", Drax pergunta com mais firmeza. "Quero muito saber."

"Não estamos acusando você de crime algum", diz Brownlee. "Não é por isso que estamos aqui. McKendrick continua algemado no porão, não esqueça. Sumner apenas está curioso a respeito de certos detalhes da atrocidade, é só isso."

Drax ignora Brownlee e continua encarando Sumner.

"Que provas você tem contra *mim*?", ele repete. "Porque se não possui nenhuma, então é você contra mim, eu diria. Minha solene palavra, jurada sobre a Bíblia, contra a sua."

Sumner recua um passo e coloca as mãos nos bolsos.

"Você está mentindo sobre McKendrick", diz. "Tenho certeza de que está."

Drax se vira para Brownlee e bate com dedo na orelha.

"O médico de bordo é um pouco surdo, capitão?", diz ele. "Estou repetindo várias vezes a mesma pergunta, mas é como se ele não entendesse."

Brownlee enruga a testa e aperta os lábios. Está começando a se arrepender de ter atendido ao pedido de Sumner. Drax pode ser um selvagem em vários sentidos, mas não há motivos razoáveis para acusá-lo de ser um assassino de crianças. Não espanta que ele tenha subido nos tamancos.

"Que provas temos contra Drax no tocante ao assunto, Sumner? Nos diga agora, por favor."

Sumner olha para o piso e depois para a claraboia de vidro escuro no alto da cabine.

"Não tenho provas contra Henry Drax", confessa em tom neutro. "Nenhuma prova."

"Então vamos acabar de vez com essa bobagem", diz Brownlee. "Vista as roupas de novo e volte ao trabalho."

Drax dirige um longo olhar de desprezo a Sumner, depois se agacha e ergue as calças que estavam no chão. Cada um de seus movimentos é deliberado e potente, e seu corpo, por mais fedorento e rechonchudo que seja, por mais grudento e imundo nas dobras e reentrâncias, é dotado de uma medonha voluptuosidade. Sumner continua olhando, mas sem prestar atenção. Está pensando na maleta de remédios e nos prazeres deliciosos que ela contém. Está pensando nos aqueus e troianos e nas intromissões de Atena e Ares. Sumner sabe agora que McKendrick será enforcado com toda a certeza. Esse crime requer um vilão, e ele foi escolhido para o papel. Ficará pendurado pelo pescoço numa corda, se debatendo. Não há mais saída, Hera não o salvará do patíbulo.

Drax flexiona e estica o corpo, e em seguida enfia as pernas nas calças e as puxa para cima, cobrindo as coxas. Suas costas largas e seu traseiro fedido são cobertos de chumaços de pelos; seus pés protegidos por meias são robustos e simiescos. Brownlee acompanha tudo com impaciência. A atrocidade já é assunto do passado para ele, sua mente está em outro lugar. McKendrick vai subir no banquinho por causa do que fez, e fim de papo. O que importa agora é o naufrágio do navio, e para fazer direito é preciso tomar muito cuidado. Ele deve afundar devagar o bastante para garantir que toda a carga possa ser salva, mas não devagar a ponto de permitir reparos de última hora. E não há como ter certeza prévia de como o gelo se comportará ou da distância que Campbell provavelmente conseguirá manter para manobrar o *Hastings*. Os inspetores de seguros estão alertas hoje em dia para truques de todos os tipos; se farejarem um conluio, abordarão a tripulação no porto e começarão a oferecer recompensas em troca de informações úteis. Se não for feito do modo correto, ele pode acabar numa cela do presídio de Hull em vez de aproveitar a aposentadoria passeando pelas praias de Bridlington.

"E esse ferimento no braço?", ele pergunta a Drax. "Se cortou de novo? Sumner pode fazer um curativo, se você pedir com jeitinho."

"Não é nada", diz Drax. "Um cortezinho no arpão, só isso."

"Parece um pouco mais que nada, na minha opinião", diz Brownlee.

Drax nega com a cabeça e recolhe a jaqueta de marinheiro que estava em cima da mesa.

"Deixe-me ver", diz Sumner.

"Não é nada", repete Drax.

"É no braço direito, o que você usa para trabalhar, e posso ver daqui que a ferida está inchada e aberta", diz Brownlee. "Se não puder arremessar um arpão ou puxar um remo, não poderei contar com você para porra nenhuma. Deixe o médico ver."

Drax hesita por um instante e estica o braço.

A ferida na parte superior do antebraço, perto do cotovelo, um pouco disfarçada pelas tatuagens e pelos, é estreita porém funda, e a região em torno está bastante inchada. Sumner toca a pele e sente que está quente e contraída. Uma auréola de pus esverdeado se acumulou nas bordas e por baixo da casca da ferida. A casca, por sua vez, está grudenta e esfolada.

"A purulência precisa ser lancetada, e depois vamos aplicar um cataplasma para extrair o que sobrou", diz Sumner. "Por que não me procurou antes?"

"Não me incomoda", diz Drax. "É só um cortezinho."

Sumner vai até a sua cabine, volta com um bisturi e o aquece por um minuto na chama da vela. Pressiona uma compressa contra a ferida e depois faz uma pequena incisão com o bisturi. Uma mistura rosa-esverdeada de sangue e pus escorre e é absorvida pela compressa. Sumner aperta com mais força e a ferida exsuda uma quantidade ainda maior do líquido pestilento. Drax permanece imóvel e em silêncio. A pele vermelha e dilatada desincha, mas ainda resta um calombo estranho.

"Tem alguma coisa alojada ali dentro", diz Sumner. "Venha ver."

Brownlee se aproxima e espia por cima do ombro do médico.

"Pode ser uma farpa de madeira", ele diz, "ou talvez um pedaço de osso."

"Você disse que se feriu com um arpão?", pergunta Sumner.

"Isso mesmo", responde Drax.

Sumner aperta o pequeno calombo com a ponta do dedo. Ele escorrega por baixo da pele e surge, branco e ensanguentado, pela abertura do ferimento.

"Que porra é essa?", pergunta Brownlee.

Sumner recolhe o objeto com a compressa usada e o esfrega até que esteja limpo. Dá apenas uma olhada e logo compreende do que se trata. Espia Drax pelo canto do olho e mostra o objeto para Brownlee. É o dente de uma criança, quebrado na raiz, lembrando um grão de cereal.

Drax recolhe o braço contra o corpo. Olha para o dente, que continua na mão de Sumner, e depois para Brownlee.

"Isso aí não é meu", diz.

"Estava dentro do seu braço."

"Não é meu."

"É uma prova", diz Sumner. "Nada menos que uma prova. Suficiente para mandá-lo para a forca."

"Ninguém vai me enforcar", diz Drax. "Prefiro encontrar vocês dois no inferno."

Brownlee dá alguns passos até a entrada da cabine, abre a porta e grita o nome do imediato. Os três homens se entreolham cautelosamente. Drax continua seminu, está com o peito descoberto, segurando a camisa e a jaqueta na mão esquerda.

"Ninguém vai me algemar também", ele diz. "Muito menos dois molengas como vocês."

Brownlee grita o nome de Cavendish uma segunda vez. Drax vasculha a cabine com os olhos, procurando algo que possa ser usado como arma. Há um sextante de metal sobre a mesa à sua direita e, numa estante de pinho na parede a seu lado, uma luneta e uma pesada bengala de osso de baleia com pomo de ébano. Ele ainda não se mexe nem tenta pegar nenhum objeto. Aguarda, com toda a calma, o momento certo.

Eles escutam os ruídos e imprecações de Cavendish, que desceu do convés e está atravessando os alojamentos dos marujos. Quando ele entra na cabine e os outros se viram para vê--lo, Drax pega a bengala de osso de baleia que está na prateleira e aplica um golpe direto na testa de Brownlee, atingindo-o logo acima da órbita esquerda, quebrando o crânio. Começa a preparar mais um golpe, mas Cavendish segura o seu braço. Eles tentam dominar um ao outro em silêncio por alguns instantes. Drax solta a bengala e Cavendish faz menção de pegá--la, e nesse momento o arpoador o agarra pelos cabelos e desfere uma joelhada no seu rosto. Cavendish cai de lado em cima do tapete de pano, gemendo e babando sangue. Sumner, que estava apenas olhando, ainda não esboça movimento. Continua segurando o bisturi numa das mãos e o dente da criança morta na outra.

"Qual é o sentido disso?", diz. "Você não tem como fugir daqui."

"Vou me arriscar com um bote", diz Drax. "Não vou voltar à Inglaterra para ser enforcado."

Ele pega a bengala no chão e testa seu peso. O pomo de ébano está manchado com o sangue de Brownlee.

"Antes de ir embora, preciso que me entregue esse dente aí", diz ele.

Sumner balança a cabeça desconsolado, dá um passo em frente e coloca o dente e o bisturi em cima da mesa que o separa de Drax. Espia a claraboia no alto, mas não vê ninguém. Por que Black não está no tombadilho como sempre? Onde foi parar Otto?

"Você não vai conseguir matar todo mundo", diz.

"Não, mas acho que consigo matar uma quantidade suficiente de vocês. Agora vire de costas."

Ele faz um gesto com a bengala para mostrar o que está querendo dizer. Após uma breve pausa, Sumner obedece. Enquanto

Drax se veste rapidamente, o médico fica parado com os olhos fixos nos painéis de madeira escura que forram a cabine. Será no topo da cabeça, ele se pergunta, ou na lateral? Um ou dois golpes? Se gritar agora, é possível que alguém o escute. Mas ele não grita. Fecha os olhos e tranca a respiração. Fica esperando o golpe fatal.

De repente ocorre uma agitação no lado de fora. Um vozerio exaltado. Em seguida, logo que a porta da cabine se escancara, há o estampido brusco de um tiro de escopeta. Poeira e pedaços do teto chovem na cabeça de Sumner. Ele se vira e vê Black parado na entrada, mirando o segundo disparo bem no peito de Drax.

"Entregue a bengala a Sumner agora mesmo", ordena Black.

Drax não se move. Sua boca está aberta, com os dentes e a língua úmidos e à mostra.

"Posso matar você agora", diz Black, "ou explodir suas bolas e deixar você sangrando por um tempo. Como preferir."

Após uma pausa, Drax assente, abre um leve sorriso e entrega a bengala a Sumner. Black entra na cabine e olha para Brownlee e Cavendish, que estão inconscientes e sangrando no chão.

"Que porra estava acontecendo aqui?", ele diz.

Drax dá de ombros e olha para o dente que continua em cima da mesa, bem onde o médico o havia deixado.

"Aquele dente não tem nada a ver comigo", diz. "O médico arrancou do meu braço, mas como ele foi parar ali é um grande mistério."

15

Por quatro noites e quatro dias, Brownlee permanece deitado e inerte em seu beliche, de olhos abertos, mas com a respiração quase imperceptível. O lado esquerdo de seu rosto está enegrecido e desarranjado. O inchaço fechou seu olho. Líquidos indecifráveis escorrem da sua orelha; no alto da testa, onde a pele se rompeu, o branco do osso está visível. Sumner acha improvável que ele sobreviva e, mesmo que seja o caso, impossível que sua mente se recupere completamente. Sabe, por experiência, que o cérebro humano não tolera contusões dessa espécie. Quando o crânio é rachado, a situação se torna irreversível, a vulnerabilidade é grande demais. Viu ferimentos semelhantes no campo de batalha, infligidos por sabres e estilhaços, por coronhas de espingardas e cascos de cavalos — a inconsciência é seguida de catatonia, às vezes eles berram como lunáticos ou choram como criancinhas, algo dentro deles (sua alma? sua personalidade?) foi embaralhado ou revertido. Perderam o senso de orientação. O melhor, na sua opinião, é que morram logo em vez de continuar habitando o mundo arremedado e crepuscular dos loucos.

Cavendish quebrou feio o nariz e perdeu vários dentes da frente, mas de resto ficou intacto. Depois de um curto período deitado, bebendo golinhos de caldo de carne de uma colher e administrando a dor com ópio, ele se levanta e retoma as suas atividades. Numa manhã sombria, com nuvens entupindo o horizonte e um aroma de chuva no ar, ele reúne os homens no convés da proa e explica que está assumindo o comando do *Volunteer* até que Brownlee esteja recuperado. Henry Drax, ele garante, será enforcado na Inglaterra por seus crimes e atos sediciosos, mas por ora está firmemente acorrentado no porão, incapaz de causar mais tumulto, e não terá mais participação alguma na viagem.

"Vocês podem estar se perguntando como um demônio desses acabou misturado à nossa tripulação, mas não tenho uma resposta satisfatória pra isso", ele diz. "Ele me engambelou tanto quanto a vocês. Conheci uns filhos da puta depravados e maldosos nesta vida, mas nenhum deles, confesso, chegava aos pés de Henry Drax. Se o bom sr. Black a meu lado tivesse escolhido gastar o segundo tiro de escopeta no peito dele quando teve a chance, não haveria muita queixa de minha parte, mas não foi assim que aconteceu, e agora ele está enjaulado lá embaixo como o animal selvagem que é, e não verá a luz do dia até desembarcarmos de novo em Hull."

Entre os marujos, o espanto diante do que ocorreu dentro da cabine de Brownlee logo dá lugar à certeza geral de que a viagem foi amaldiçoada. Eles relembram as histórias pavorosas acerca do *Percival*, com direito a homens morrendo, enlouquecendo e bebendo o próprio sangue para se nutrir, e se perguntam como puderam ser tolos ou ingênuos a ponto de se alistarem em um navio comandado por um homem tão conhecido pelo seu terrível azar. Embora a carga de gordura do navio não tenha atingido nem um quarto da capacidade total, nada lhes parece melhor que dar meia--volta e navegar direto para casa. Temem que o pior ainda está por vir e preferem chegar em casa com os bolsos vazios, porém respirando, do que acabar afogados sob o gelo da baía de Baffin.

De acordo com Black e Otto, que não fazem o menor esforço para esconder suas opiniões, a temporada já está adiantada demais para que permaneçam naquelas águas — a maioria das baleias nadou para o sul a essa altura, e quanto mais eles derivam para o norte à medida que o verão termina, mais arriscado se torna o gelo. Foi uma idiossincrasia de Brownlee colocá-los nessa rota para o norte para começo de conversa, dizem eles, mas agora que ele não está mais no comando, o curso de ação mais sensato é retornar para a baía de Pond com o resto da frota. Cavendish, porém, não leva em conta nem as superstições dos marujos nem as sugestões dos outros oficiais. Eles continuam indo para o norte, acompanhados pelo *Hastings*. Em duas ocasiões, avistam baleias à distância e descem os botes, mas sem sucesso. Quando alcançam a entrada do estreito de Lancaster, Cavendish desce um bote e é levado a remo até o *Hastings* para se reunir com Campbell. Após retornar, anuncia durante a ceia no refeitório que eles entrarão no estreito assim que uma passagem adequada se abrir no gelo.

Black para de comer e o encara.

"Ninguém nunca pegou uma baleia tão ao norte, em agosto", ele diz. "Leia os registros se duvida de mim. Estamos perdendo tempo aqui, na melhor das hipóteses, e se entrarmos no estreito também estaremos colocando nossa vida em risco."

"Para ganhar dinheiro, é preciso correr certo risco de tempos em tempos", Cavendish responde sem dar muita importância. "Você precisa de um pouco mais de bravura, sr. Black."

"É questão de burrice, e não de bravura, entrar no estreito de Lancaster a essa altura da estação", diz Black. "Não sei dizer por que Brownlee nos trouxe para o norte de novo, mas sei que, se estivesse aqui, nem ele se atreveria a nos colocar dentro do estreito."

"O que Brownlee faria ou deixaria de fazer é irrelevante, me parece, já que ele não consegue nem erguer a mão pra limpar a bunda. E como quem está no comando agora sou eu, e não você ou ele", Cavendish acena com a cabeça na direção de Otto, "acho que minha decisão prevalece."

"Essa viagem já teve calamidades de sobra. Quer mesmo acrescentar outras?"

"Vou te dizer uma coisa a meu respeito", emenda Cavendish, se debruçando um pouco e baixando a voz. "Ao contrário do que me parece ser o caso de alguns aqui, não venho pescar baleias pra tomar ar fresco ou admirar a paisagem, nem pela companhia de homens como você ou o nosso amigo Otto. Venho pescar baleias pra ganhar dinheiro, e estou disposto a tudo pra ganhar esse dinheiro. Se as suas opiniões viessem na forma de ouro estampado com a cabeça da rainha, talvez eu lhes dedicasse alguma atenção, mas como não vêm, espero que não fique ofendido se eu estiver cagando para elas."

Quando Brownlee morre, dois dias depois, o corpo é vestido com o fraque de veludo que lhe pertencia, costurado dentro de uma mortalha de lona dura e carregado sobre uma tábua de pinho até a amurada da popa. Uma garoa está caindo, a cor do mar lembra graxa de sapato e o céu está tapado de nuvens. A tripulação canta "Rock of Ages" e "Nearer My God to Thee", e Cavendish conduz uma versão desfigurada do Pai-Nosso. As vozes que cantam e rezam se despedindo do morto são graves e relutantes. Embora tivessem passado a desconfiar de Brownlee, acreditando que fosse azarado, o modo como se deu a sua morte foi um golpe no ânimo geral. A constatação de que Drax, que consideravam confiável ou mesmo digno de admiração, é na verdade um assassino e um sodomita, e de que McKendrick, que consideravam um assassino e um sodomita, é na verdade uma vítima inocente das execráveis maquinações de Drax, trouxe sentimentos de perplexidade e insegurança aos homens do castelo da proa. Essas reviravoltas improváveis deixam-nos desconfortáveis e inquietos. Seu mundo já é árduo e difícil o suficiente, eles pensam, sem o fardo adicional das tribulações morais.

Quando os homens começam a dispersar, Otto surge ao lado de Sumner. Ele encosta no cotovelo do médico e o conduz para a frente do navio, até o gurupés, de onde observam o mar escuro, as nuvens baixas e cinzentas e, a meia distância, separado do *Volunteer* por várias placas de gelo à deriva, o *Hastings*. O semblante de Otto é grave e compenetrado. Sumner pressente que ele tem algo a partilhar.

"Cavendish nos levará à morte", sussurra o arpoador. "Já vi isso acontecer antes."

"Você está deixando a morte de Brownlee afetar o seu ânimo", diz Sumner. "Dê um pouco mais de tempo a Cavendish, e se não encontrarmos baleias no estreito, estaremos de volta à baia de Pond antes que você note."

"*Você* sobreviverá, mas será o único. Nós todos nos afogaremos ou morreremos de fome e de frio."

"Que bobagem. Por que você diria uma coisa dessas? Como pode saber?"

"Tive um sonho", ele diz. "Ontem à noite."

Sumner balança a cabeça.

"Sonhos não passam de uma maneira de clarear a mente; são uma espécie de depuração. O que você sonha é o que está sobrando e não serve para nada. Um sonho é apenas um monte de esterco mental, o entulho das ideias. Sonhos não contêm nenhuma verdade, nenhuma profecia."

"Você será morto por um urso — quando o resto de nós já tiver morrido", diz Otto. "Será comido ou engolido de alguma forma."

"Depois de tudo o que aconteceu aqui, seus medos são compreensíveis", diz Sumner. "Mas não os confunda com nosso destino. Tudo aquilo está para trás agora. Estamos a salvo."

"Drax continua vivo e respirando."

"Está no porão, acorrentado ao mastro principal, com as mãos e os pés amarrados. Não pode fugir. Sossegue a cabeça."

"O corpo material é somente uma maneira de se mover pelo mundo. O que realmente vive é o espírito."

"Você acha que um homem como Henry Drax tem algo que se possa chamar de espírito?"

Otto assente. Como sempre, aparenta estar sério, disposto e vagamente surpreso com a natureza do mundo que o cerca.

"Encontrei o espírito dele", diz Otto. "Nos encontramos em outros mundos. Às vezes ele assume a forma de um anjo negro, às vezes de um macaco-de-gibraltar."

"Você é um bom sujeito, Otto, mas o que está dizendo é maluquice", diz Sumner. "Não estamos mais correndo perigo. Esfrie a cabeça e esqueça desse maldito sonho."

Durante a noite eles entram no estreito de Lancaster. Atrás deles as águas abertas se expandem em direção ao sul, mas para o norte há uma paisagem de blocos flutuantes e poças de degelo, em alguns pontos alisados pelos ventos, mas de resto pontiagudos, irregulares e empinados, transformados em saliências afiadas pela alternância das estações e pelo dinamismo das temperaturas e das marés. Sumner levanta cedo e, mantendo o hábito, enche um balde com crostas, retalhos e restos da cozinha. Leva uma colher de metal grande, se agacha ao lado do barril do ursinho e serve uma porção da gororoba fria e gordurosa através da grade. O urso fareja, engole tudo e depois morde com força a colher vazia. Assim que consegue livrar a colher, ele serve mais uma porção. Assim que o balde fica vazio, Sumner o abastece de água fresca e dá de beber ao urso. Depois coloca o barril em pé, remove a grade de metal e, com uma agilidade cuidadosa que obteve na prática ao lidar com situações de quase calamidade no passado, encaixa um laço em torno do pescoço do urso e o aperta com força. Em seguida, derruba o barril e permite que o urso saia correndo de um lado a outro no convés, abrindo sulcos na madeira com suas garras negras. Sumner prende sua ponta da corda ao calço mais próximo e lava o interior do barril com água do mar, usando uma vassoura para varrer as fezes de urso acumuladas para dentro dos canais de escoamento da proa.

O urso, com seu lombo arqueado e quartos traseiros encardidos de amarelo, rosna e depois se aninha junto à borda de uma escotilha. É observado à distância pela cadela do navio, Katie, uma *airedale terrier* de patas arqueadas. Já faz semanas que a cadela e o urso ensaiam diariamente essa pantomima de cautela e curiosidade, aproximação e recuo. Os marujos se comprazem com o espetáculo diário. Atiçam os animais, dão gritos de incentivo, empurram-nos com os pés ou usando os ganchos de puxar os botes. A *airedale* é menor, mas muito mais ligeira. Ela avança até perto do urso, se empertiga por um instante e depois foge de novo, latindo com empolgação. Sondando o terreno aos poucos com majestosa hesitação, o urso a persegue com ar aprumado, abrindo caminho com sua cabeça afunilada e seu focinho escuro como um fósforo queimado. A cadela transborda de medo e disposição, tomada por uma vivacidade trêmula; o urso, impassível e terreno, com as patas robustas e os pés do tamanho de frigideiras, se movimenta como se o próprio ar fosse uma barreira a ser lentamente atravessada. Chegam a uns trinta centímetros um do outro, focinho com focinho, os olhos negros travados numa convocação primitiva e muda. "Aposto três centavos no urso", grita alguém. O cozinheiro, entretido, se apoiando na verga da porta da cozinha, joga entre eles um pedaço de bacon. Urso e cadela avançam ao mesmo tempo e se batem. A *airedale* se encolhe e, ganindo, rodopia pelo convés como um pião. O urso devora o bacon e olha em volta procurando mais. Os homens dão risada. Sumner, que estava o tempo todo apoiado no mastro, ajeita a postura, desamarra a corda do calço e vai empurrando o urso com as cerdas da vassoura até o barril agora limpo. Quando se dá conta do que está acontecendo, o urso oferece resistência por alguns momentos, mostrando os dentes, mas acaba se entregando. Sumner coloca o barril em pé, fixa a grade e o deita novamente sobre o convés.

Durante todo o dia, o vento sul sopra firme. O céu está azul-claro, mas no horizonte distante nuvens escuras se empilham em fileiras estreitas sobre os cumes das montanhas. No final da tarde, eles avistam uma baleia a um quilômetro e meio da amura de bombordo e descem dois botes. Os botes avançam rapidamente e o *Volunteer* vai no seu encalço. Cavendish observa as atividades do tombadilho. Está vestindo o sobretudo amarelo-pardo de Brownlee e segurando sua luneta de metal comprida. De vez em quando grita algum comando. Sumner percebe que ele obtém um prazer infantil de sua nova posição de autoridade. Quando os botes alcançam a baleia, percebem que já está morta e começou a inchar. Fazem sinal para que o navio se aproxime para rebocá-la. Black está no comando do primeiro bote, e ele conversa aos gritos com Cavendish sobre a questão do estado em que a carcaça se encontra. Apesar dos sinais de decomposição e de ataques de animais, decidem que há gordura sobrando em quantidade suficiente para justificar a retalhação.

O corpo em decomposição da baleia é preso às amuradas, de onde balança como um imenso vegetal podre. A pele preta como piche está flácida e coberta aqui e ali por abscessos; tumores branquicentos e gangrenados pontuam as barbatanas e a cauda. Os homens responsáveis pelo corte usam lenços umedecidos atados no rosto e fumam tabaco forte para suportar o miasma. Os blocos de gordura que fatiam e arrancam estão gelatinosos e com a cor alterada — mais para marrons do que rosados. Quando atirados sobre o convés, não pingam sangue, como seria normal, e sim uma coagulação pardacenta e fétida, semelhante aos inomináveis corrimentos retais de um cadáver humano. Cavendish anda de um lado a outro com passos firmes, berrando instruções e incentivos de toda sorte. Acima dele, uma cacofonia de aves marinhas desenha vórtices no ar agitado, enquanto abaixo, na água suja de gordura, tubarões-da-groenlândia atraídos pela mistura dos aromas de sangue e decomposição beliscam e puxam as franjas soltas da baleia.

"Dá uma paulada na fuça desses tubarões", Cavendish grita para Jonas-a-baleia. "Ou eles vão acabar engolindo uma parte do nosso lucro."

Jonas assente, pega uma nova pá de corte no bote *malemauk*, espera até que um dos tubarões se aproxime o suficiente e o perfura, abrindo um corte de trinta centímetros em seu flanco. Um novelo frouxo de entranhas rosadas, vermelhas e roxas escapa no mesmo instante pela abertura. O tubarão ferido se debate por alguns instantes para em seguida se dobrar e devorar com sofreguidão os próprios órgãos internos.

"Jesus, esses tubarões são uns bichos do inferno", diz Cavendish.

Jonas finalmente consegue matá-lo com um segundo golpe de pá no cérebro, e logo depois mata outro usando o mesmo método rápido. Vertendo rastros turvos de sangue, os dois corpos cinza-esverdeados, rombudos e arcaicos continuam sendo dilapidados por um terceiro animal menor que os outros dois, que os deixa roídos e esfarrapados como talos de maçã. O terceiro tubarão escapa antes que Black consiga dar cabo dele.

Quando o trabalho da retalhação chega à metade, eles decepam o imenso lábio inferior da baleia e o içam ao convés, expondo um dos lados do osso da cabeça. Otto, à maneira de um lenhador investindo contra um carvalho derrubado, golpeia repetidamente o osso com um machado e um gancho manual. O osso tem meio metro de espessura e apresenta entalhes elegantes nas extremidades, como uma tábua de rodapé ornada. Depois de partir os dois lados do osso, eles inserem o alicate, racham a mandíbula superior de modo a extraí-la inteira e a manobram cuidadosamente com o auxílio da talha até que esteja suspensa como uma tenda aberta sobre o convés, com as fileiras escuras das barbatanas pendendo como fios de um gigantesco bigode. Em seguida, as barbatanas são retiradas da mandíbula com pás de corte e divididas em pedaços menores para armazenamento. O restante da mandíbula superior é acondicionado no porão.

"Quando chegar o Natal, os ossos dessa coisa morta, horrorosa e catinguenta estarão alojados nos espartilhos delicadamente perfumados de uma dessas bonequinhas virginais que dançam os Gay Gordons nos salões de baile da Strand. Pensar nisso faz a cabeça do sujeito dar cambalhotas, não é mesmo, sr. Black?", diz Cavendish.

"Por trás de cada mocinha graciosa e perfumada existe um mundo de fedor e sordidez", concorda Black. "Bem-aventurados os que conseguem esquecer disso ou fingir que não é verdade."

Uma hora depois o trabalho está quase concluído e a carcaça inchada, imunda e fedorenta é abandonada à deriva. Eles observam à medida que ela se afasta do navio, envolta por uma nuvem estridente de gaivotas e petréis. Equilibrado na borda do horizonte ocidental, o semicerrado sol do Ártico acende e apaga como uma brasa assoprada.

Sumner tem uma noite de sono fácil e pela manhã vai mais uma vez alimentar o urso. Depois que o balde está vazio, passa a corda em torno do pescoço do animal e o deixa amarrado enquanto limpa o barril. Embora o vento ajude a refrescar o ar e o convés tenha sido limpo, resta um cheiro podre da retalhação do dia anterior. Em vez de se aninhar no canto como de costume, o urso fica andando de um lado a outro e farejando o ar. Ele se esquiva quando a cadela se aproxima e rosna quando ela tenta encostar nele com o focinho. A cadela se afasta um pouco, fica parada em frente à porta da cozinha e depois volta. Abana o rabo e se aproxima. Os dois passam algum tempo se olhando, até que o urso recua, se contrai todo, ergue a pata dianteira direita e, com um único movimento fluido de cima para baixo, passa as garras fósseis pela omoplata da cadela, rasgando os tendões e músculos até o osso e rompendo a articulação do ombro. Um marujo que observava a cena vibra e comemora. A cadela dá ganidos apavorantes e se arrasta de lado, espirrando sangue no convés. O urso dá um salto à frente, mas Sumner segura a corda e o puxa de volta. A *airedale* segue uivando enquanto o sangue jorra da ferida aberta. O ferreiro, que acompanhava tudo da forja, tira um martelo pesado do suporte, caminha até a cadela, que está deitada, tremendo e se mijando no meio de uma poça de sangue, e a golpeia uma única vez, com força, entre as orelhas. Os uivos cessam.

"Quer que mate o urso também?", pergunta o ferreiro. "Terei o maior prazer."

Sumner faz que não com a cabeça.

"Não cabe a mim decidir, não sou dono do urso", responde.

O ferreiro dá de ombros.

"É você quem o alimenta todos os dias. Se alguém é o dono, é você."

Sumner observa o urso, que continua puxando a corda, resfolegando, rosnando e arranhando o convés com uma fúria primitiva e implacável.

"Vamos deixar a besta-fera em paz", diz ele.

16

Perto do meio-dia, o vento vira de repente de sul para norte e as placas de gelo à deriva acumuladas no meio do estreito, que até agora não representavam um perigo, começam a se mover aos poucos na direção deles. Cavendish atraca o navio na borda da plataforma de gelo ao sul e ordena aos homens que cortem o gelo para providenciar um abrigo o mais rápido possível. Os equipamentos são trazidos do porão — serras de gelo, pólvora, cordas e varas — e os homens pulam por cima das amuradas e aterrissam no gelo. Suas silhuetas escuras se deslocam com agilidade pela superfície imaculada da plataforma. Black mede com os passos o comprimento e a largura ideais para a doca e depois crava lanças no gelo para assinalar os cantos e pontos centrais de cada lado. Os homens são divididos em duas equipes para fazer cortes mais extensos. Cada time monta um tripé de madeira e instala roldanas em seus vértices. Eles passam uma corda em cada roldana e amarram nelas uma serra para gelo com quatro metros de comprimento. Oito homens puxam cada uma das cordas para fazer a serra cortar para cima e outros quatro seguram as alças de madeira na extremidade da serra para trazê-la para baixo de novo. O gelo tem quase dois metros de espessura e os lados da doca possuem sessenta metros de comprimento. Depois de serrar os dois lados maiores, eles são conectados por um terceiro corte menor, e em seguida um novo corte é feito do canto esquerdo até o ponto médio do lado direito. Dali, cortam outra linha diagonal na direção oposta, do ponto médio até a beira do gelo. Após duas horas de trabalho, um último corte horizontal atravessando a metade da doca deixa a plataforma dividida em quatro triângulos, cada um pesando várias toneladas. O trabalho deixa os homens suados e ofegantes. A cabeça deles solta fumaça como tortas recém-saídas do forno.

Do tombadilho, Cavendish observa a banquisa avançando na sua direção. À medida que ela se aproxima, empurrada pelo vento, o espaço que separa as placas de gelo vai cicatrizando aos poucos, e o que antes era uma aglomeração esparsa de placas e fragmentos soltos se transforma em um campo uniforme de gelo aparentemente sólido que se desloca para cima deles de maneira imperceptível, porém inexorável. À meia distância, imensos icebergs branco-azulados avultam, parecendo monumentos farpados e corroídos. O gelo mais fino em torno de suas bases se amassa e rasga como papel. Ele verifica a posição do *Hastings* com o telescópio de metal de Brownlee, limpa o nariz, acende o cachimbo e cospe por cima da amurada.

Em cima do gelo, Black enfia cargas de pólvora no corte diagonal mais próximo e acende o pavio. Alguns segundos depois, escuta-se uma pancada surda sucedida por um esguicho branco de água, e então uma chuva mais dispersa de fragmentos de gelo. Os enormes triângulos de gelo trincam e se separam, e os homens formam times para arrastar os diversos pedaços para fora da doca usando cordas equipadas com ganchos. Depois que todo o gelo foi retirado da doca, eles manobram o navio para dentro dela com cordas de amarração — primeiro o puxam pela proa, depois ajeitam a popa até endireitá-lo. Por fim, atracam a embarcação à plataforma com âncoras para gelo e retornam a bordo, molhados e exaustos. As estufas das cabines são alimentadas com punhados de carvão, e uma rodada de grogue é servida a todos. Sumner, que ajudou a cortar o gelo e se sente fraco e dolorido após o esforço, primeiro toma o chá e come alguma coisa no refeitório, e depois ingere uma dose de láudano e se recolhe na sua cabine para descansar. Embora não tenha dificuldade para cair no sono, é despertado seguidas vezes pelas concussões retumbantes do campo de gelo e pelos trovões explosivos das placas se entrechocando. Pensa na artilharia, nas bocas de fogo de quinze libras ribombando no cume da montanha, no rugido desnorteante dos projéteis e das balas de canhão voando acima da cabeça, e então tapa os ouvidos com algodão e garante a si mesmo que o navio está suficientemente protegido e que a doca que construíram para ele é resistente e segura.

Nas primeiras horas da manhã, com o vento ainda soprando com força do norte e o céu sem estrelas convertido num grande borrão luminoso de malva e violeta, um canto extenso da doca de gelo trinca sob a pressão da banquisa e o segmento desprendido atinge em cheio o cadaste do navio, empurrando-o para a frente e para o lado. A proa se choca com o canto oposto da doca, e o navio, com um gemido estridente de madeira empenando e quebrando, fica temerosamente espremido entre a plataforma de gelo e a banquisa em movimento. As vigas chiam e a embarcação pinoteia. Sumner, arrancado de seus sonhos tranquilos, escuta Cavendish e Otto berrando na escotilha. Enquanto se atrapalha calçando as botas, o navio dá trancos e sacode, as tábuas sob seus pés começam a tremer e a se afastar umas das outras, seus livros e medicamentos desmoronam das prateleiras, a verga da porta se espatifa. Um pandemônio toma conta do convés. Cavendish grita ordens para evacuar o navio. As baleeiras estão sendo baixadas sobre o gelo enquanto os demais marujos recolhem freneticamente seus objetos pessoais e retiram provisões e equipamentos de dentro dos porões. Baús, sacolas e colchões são arremessados por cima das anteparas; barris com provisões são rolados pela prancha de desembarque até a superfície da plataforma, onde são recolhidos e rolados para outro lugar. Roupas de cama e colchões são empilhados em cima de uma vela estendida sobre o gelo. As baleeiras são ocupadas com comida, combustível, espingardas e munição, e depois cobertas com lonas e arrastadas até uma distância segura do navio rangente. Cavendish grita ordens e xingamentos, e de tempos em tempos participa — chuta um barril pelo convés ou arremessa um saco de carvão no gelo lá embaixo. Sumner corre de um lado a outro, do navio para a plataforma de gelo, carregando o que lhe entregam até o local designado. Sua cabeça está fervilhando. Com base nas conversas que entreouviu entre Black e Otto, sabe que a situação deles é perigosa: quando a doca de gelo rachou, a proa e a popa provavelmente foram rompidas, e somente a pressão que o gelo exerce para cima deve estar impedindo o navio de afundar de vez.

Cavendish ergue uma bandeira invertida para sinalizar que estão em apuros e depois ordena que o ferreiro desça até o porão e liberte Drax das correntes. Eles carregam tudo que estava na cabine do capitão, na despensa de pão, no depósito de cordas e na cozinha, e se preparam para cortar o cordame quando necessário. Drax emerge do convés inferior com a cabeça descoberta, sem camisa, vestindo uma jaqueta de marinheiro imunda e botas de couro arruinadas, e fedendo a mijo. Seus tornozelos estão livres, mas os pulsos continuam presos em algemas improvisadas. Ele olha em volta com desdém e sorri.

"Eu diria que não tem por que as mocinhas ficarem tão em pânico", ele diz a Cavendish. "Não tem mais de meio metro d'água naquele porão."

Cavendish manda ele se foder, vira as costas e continua supervisionando o desembarque da carga.

"Eu tava lá embaixo quando o navio levou o tranco", continua Drax, sem se deixar abalar. "Vi com meus próprios olhos.

Entortou um bocado, é verdade, mas não rachou. A pressão do gelo logo vai diminuir, e aí você pode mandar o McKendrick lá embaixo pra calafetar; ele vai conseguir arrumar direitinho."

Após um instante de reflexão, Cavendish manda o ferreiro voltar para a plataforma de gelo e fica a sós com Drax no convés intermediário.

"Você vai calar essa maldita boca agora mesmo", diz Cavendish, "ou mando prender você lá embaixo de novo, se quer mesmo correr esse risco."

"O navio não está afundando, Michael", Drax fala com toda a calma. "Talvez você queira muito que esteja, mas não está. Eu garanto."

Três semanas no frio e no escuro do porão da proa não surtiram efeito visível. De volta ao convés, Drax parece intacto, com as forças preservadas, como se a prisão não tivesse passado de um interlúdio necessário e a história pudesse agora continuar do ponto em que havia parado. O convés balança sob seus pés e o navio geme e estala sofrendo a pressão e o atrito continuados do gelo.

"Olha como ele está reclamando", diz Cavendish, "rangendo e choramingando como uma puta barata. Acha sinceramente que vai aguentar muito tempo, isso se já não rachou de vez?"

"É um navio dos bons, resistente, reforçado e fortificado: buçardas de ferro, chapas de ferro, pés de carneiro e tudo o mais. É velho, mas não é fraco. Eu diria que ele ainda aguenta uns apertões bem fortes."

O sol, que nunca chegou realmente a se pôr, começa a subir de novo. A sombra espichada do navio se esparrama sobre o gelo a bombordo. Ao sul e ao norte brilham os cumes rosados de montanhas distantes. Cavendish tira o chapéu, coça a cabeça e olha para os homens que continuam trabalhando na plataforma de gelo. Estão montando barracas com vergas, varas e as retrancas das velas de cutelo. Estão atiçando chamas dentro de fogaréus de ferro.

"Se ele não afundar agora, nada me impede de afundá-lo mais tarde."

Drax assente.

"Verdade", diz. "Mas não vai ser muito convincente. Você construiu uma maldita *doca de gelo*."

Cavendish sorri.

"Foi uma sorte inesperada o gelo ter quebrado desse jeito. Não acontece muito, não é?"

"Não, não acontece. E parece que você está bem posicionado e seguro aqui no gelo firme, também. Campbell pode entrar com facilidade quando um canal se abrir. Com um pouco de sorte, ele não vai precisar caminhar mais do que dois ou três quilômetros pra nos alcançar. E os outros vão pensar que o casco já se rompeu, aposto. Não vão causar problemas."

Cavendish assente.

"Ele não vai sobreviver a isso", diz. "Não é possível."

"Vai sobreviver, sim, se você permitir, mas se arrancar duas ou três tábuas da bunda dele, com certeza não vai. Me dê dez minutos lá embaixo com um machado, só isso. Por que se arriscar?"

Cavendish ri com escárnio.

"Você matou Brownlee com uma bengala, pensa mesmo que vou lhe confiar uma porra de um machado?"

"Se não acredita em mim, desça lá e veja com os próprios olhos", diz Drax. "Veja se estou mentindo."

Cavendish aperta os lábios e caminha um pouco pelo convés. O vento perdeu força, mas o ar matutino está denso e gelado. Os homens continuam gritando na plataforma de gelo e o navio continua emitindo seus gemidos angustiados.

"Por que matar o menino?", pergunta Cavendish. "Por que matar Joseph Hannah? O que você ganhou com isso?"

"O sujeito nem sempre pensa no que vai ganhar."

"Pensa em quê, então?"

Drax dá de ombros.

"Faço o que preciso fazer. Não sobra muito espaço pra cogitar."

Cavendish balança a cabeça, vomita impropérios e fita o céu desbotado. Após alguns momentos de silêncio, caminha até a amurada e grita para que um camaroteiro lhe traga um lampião e um machado. Os dois homens descem para as cobertas e a partir dali Drax os conduz para o porão. O ambiente é úmido e gélido, a luz amarelada do lampião ilumina um pé de carneiro, as vigas do porão, a superfície frisada dos barris estocados.

"Seco como um osso", observa Drax.

"Erga alguns barris que estão ali", Cavendish ordena. "Estou ouvindo um vazamento de água, posso jurar."

"Só uns pinguinhos", diz Drax. Ele se agacha e levanta um barril, depois outro. Os dois se inclinam à frente e olham para a curvatura escura do casco logo abaixo. A água espirra por uma fenda entre duas tábuas que se afastaram e a calafetação se desprendeu, mas não parece haver danos mais sérios.

"*Merda*", sussurra Cavendish. "Merda. Como é possível?"

"É como eu vinha dizendo", fala Drax. "Entortou bastante, mas não chegou a quebrar."

Cavendish larga o lampião e o machado, e os dois começam a tirar mais barris do caminho, até pisarem sobre a camada mais inferior, deixando expostas quase todas as tábuas da proa de estibordo.

"Ele não vai afundar a não ser que você o force a isso, Michael", diz Drax. "É o jeito."

Cavendish balança a cabeça e pega o machado.

"Nada pode ser simples nesta bosta de mundo", diz.

Drax recua para lhe dar espaço para brandir o machado. Cavendish espera um instante e se vira para ele.

"Isso não me deixa em dívida com você", diz. "Não posso te libertar agora. Não depois do que fez com Brownlee. Um camaroteiro é uma coisa, um camaroteiro já é péssimo, mas o capitão, puta que me pariu, não tem como."

"Não estou pedindo nada", diz Drax. "Não esperava mesmo."

"O que é, então?"

Drax dá de ombros, puxa o ar pelo nariz e ajeita a postura.

"Se chegar a hora", diz pausadamente, "tudo o que peço é que não me atrapalhe, não se ponha no meu caminho. Deixe os acontecimentos seguirem o seu curso."

Cavendish assente.

"Olhar para o outro lado", diz. "É isso que está me pedindo."

"Talvez a hora nunca chegue. Pode ser que eu seja enforcado na Inglaterra pelo que fiz, e com razão."

"Mas se a hora chegar."

"Isso, se chegar."

"E o que eu faço com o meu nariz, cacete?", Cavendish diz, apontando.

Drax sorri.

"Você nunca foi um Adônis, Michael", diz ele. "Alguns diriam que está melhor do que antes."

"Você tem colhões de sobra, puta merda, dizer isso na frente de um homem que está empunhando um machado."

"São como duas batatas", Drax confirma sem cerimônia, "e se quiser te deixo inclusive passar a mão."

Os dois se encaram por um momento, até que Cavendish desvia o olhar com nojo, levanta o machado e crava a lâmina de aço corroída com força na tábua já amolecida pela umidade, oito, nove, dez vezes, até que a dupla camada de madeira comece a ranger, inchar e ceder para dentro.

17

No prazo de duas horas o navio já inclinou tanto para a frente que o gurupés encostou no gelo e o mastro de traquete ficou quebrado ao meio. Cavendish envia Black a bordo com um time de marujos para resgatar as retrancas, vergas e cordames e cortar os outros mastros antes que também quebrem. Sem os mastros e somente com a popa empinada no meio do gelo que se acumulou em torno, o navio ganha um aspecto corcunda e ridículo, uma chacota emasculada do que era, e Sumner pensa em como podia acreditar que aquele conglomerado frágil de madeira, pregos e cordas seria capaz de protegê-lo ou garantir a sua vida.

O *Hastings*, sua única forma de escapar, está seis quilômetros a leste, ancorado na margem da plataforma. Cavendish enche uma pequena mochila de lona com biscoitos, tabaco e rum, a pendura nos ombros e sai caminhando no gelo. Retorna muitas horas depois, esgotado e com bolhas nos pés, mas satisfeito, e anuncia que o capitão Campbell lhes ofereceu refúgio e hospitalidade, e que a transferência de homens e suprimentos deve ser iniciada sem mais demora. Trabalharão em três equipes de doze homens, explica, usando as baleeiras como trenós. As primeiras duas equipes, uma liderada por Black e a outra por Jonas-a-baleia, partirão imediatamente enquanto a terceira aguardará o retorno delas no local do naufrágio.

Sumner passa a tarde dormindo num colchão dentro de uma das barracas improvisadas, coberto por tapetes e um cobertor.

Quando acorda, vê que Drax está sentado ali perto, vigiado pelo ferreiro, com os pulsos algemados e as pernas acorrentadas a um poleame de roldana tripla. Sumner não vê Drax desde o ataque assassino na cabine de Brownlee e é tomado de surpresa por uma repulsa forte e instantânea.

"Não tenha medo, doutor", Drax grita na sua direção. "Não devo tomar nenhuma atitude impensada com esses penduricalhos que botaram em mim."

Sumner afasta os tapetes e o cobertor, se levanta e vai até ele.

"Como está o seu braço?", pergunta.

"De que braço está falando?"

"O direito, o que tinha o dente de Joseph Hannah encravado."

Drax faz pouco-caso da pergunta com um meneio de cabeça.

"Só um arranhãozinho", diz. "Eu cicatrizo rápido. Agora, como aquele dente foi parar ali, isso é algo que ainda não entendo. Não consigo explicar de jeito nenhum."

"Quer dizer que não sente o menor arrependimento por seus atos? Nenhuma culpa pelo que fez?"

A boca de Drax fica entreaberta, e ele enruga o nariz com uma fungada.

"Achou que eu ia te matar lá na cabine?", pergunta. "Abrir sua cabeça, como fiz com Brownlee. É isso que estava pensando?"

"O que mais pretendia?"

"Ah, eu não pretendo muita coisa. Tendo a agir antes de pensar. Sigo meus impulsos."

"Não possui uma consciência, então?"

"Uma coisa acontece, depois dela acontece outra. Por que a primeira coisa importa mais que a segunda? Por que a segunda importa mais que a terceira? Me diga."

"Porque toda ação é isolada e distinta, algumas são boas, outras são más."

Drax funga outra vez e começa a se coçar.

"São só palavras. Se me enforcarem, vão fazer isso porque podem e porque querem. Vão seguir seus impulsos da mesma maneira que sigo os meus."

"Então você não reconhece nenhuma autoridade, nenhum juízo de certo e errado além do seu próprio?"

Drax dá de ombros e exibe os dentes de cima num arremedo de sorriso.

"Homens como você fazem esse tipo de pergunta pra ficarem satisfeitos consigo mesmos", diz. "Pra que possam se sentir mais inteligentes e limpos que os outros. Mas não são."

"Realmente crê que somos todos iguais a você? Como é possível? Sou um assassino, assim como você? É disso que está me acusando?"

"Já vi mortes em quantidade suficiente pra saber que não sou o único a matar. Sou um homem como qualquer outro, tirando alguma diferencinha aqui e ali."

Sumner discorda.

"Não", diz. "Isso eu não posso aceitar."

"Você busca a sua satisfação como eu busco a minha. Aceita o que te convém e rejeita o que não convém. A lei é só um nome que dão pra o que certo tipo de homem prefere."

Sumner sente uma dor crescendo por trás dos olhos, um enjoo azedando seu estômago. Conversar com Drax é como berrar na escuridão e esperar que a escuridão responda na mesma moeda.

"Não há como argumentar com um homem como você", diz.

Drax dá de ombros novamente e desvia o olhar. Do lado de fora da barraca, os homens estão jogando uma versão cômica de críquete sobre a neve, usando aduelas como bastões e batendo em uma bola feita de pele de foca e serragem.

"Por que guarda aquele anel de ouro?", ele pergunta. "Por que não o vende?"

"Guardo como recordação."

Drax assente e passeia com a língua dentro da boca antes de responder.

"Um homem que teme a si mesmo, no meu entendimento, de homem não tem nada."

"Acha que tenho medo? Por que eu teria medo?"

"Por causa do que aconteceu lá, seja o que for. Seja lá o que você tenha feito ou deixado de fazer. Você diz que guarda isso como recordação, mas não se trata disso. Não pode ser."

Sumner dá um passo adiante e Drax se levanta para confrontá-lo.

"Calminha aí", diz o ferreiro. "Senta e cala a boca, seu desgraçado. Respeita o sr. Sumner."

"Você não sabe nada sobre mim", Sumner lhe diz. "Não faz ideia de quem eu sou."

Drax volta a sentar e sorri para ele.

"Não tem nada de mais pra saber", diz. "Você não é tão complicado quanto pensa que é. Mas do pouco que tem pra saber, eu diria que sei bastante."

Sumner se afasta da barraca e caminha até uma das baleeiras para conferir se seus medicamentos e o baú de viagem foram acomodados de maneira segura para a jornada pelo gelo que farão no dia seguinte. Ele desamarra a lona encerada e vasculha os barris, caixas e roupas de cama dobradas que foram apertados no interior da embarcação. Mesmo após deslocar os volumes e espiar entre as frestas, não encontra o que está procurando. Coloca a lona de volta e está prestes a ir procurar na outra baleeira quando ouve Cavendish chamá-lo. Ele está parado perto de uma pilha de cordas do navio e dos dois mastros que foram removidos. O urso está a seu lado, dormindo dentro do barril.

"Você precisa meter um tiro nesse urso de merda", ele diz, gesticulando. "Se fizer isso agora, terá tempo de esfolá-lo antes de partirmos amanhã."

"Não podemos trazê-lo conosco? Deve haver lugar de sobra no *Hastings*."

Cavendish balança a cabeça negativamente.

"Já temos bocas demais para alimentar", diz. "E não vou pedir a meus homens que arrastem esse merdinha por seis quilômetros de gelo. Eles já têm coisa demais para puxar. Toma." Ele entrega uma espingarda a Sumner. "Eu resolveria isso sem o menor problema, mas ouvi dizer que você se afeiçoou ao bicho."

Sumner pega a espingarda e se agacha para olhar dentro do barril.

"Não vou atirar nele enquanto dorme assim. Vou levá-lo mais longe e deixar que ande um pouco."

"Faça como preferir", diz Cavendish. "Apenas dê cabo dele até amanhã cedo."

Sumner prende uma corda à grade de metal e, com a ajuda de Otto, começa a mover o barril. Quando avalia que estão distantes o suficiente do acampamento improvisado, eles param e Sumner retira a trava, abre a grade com um chute e se afasta. O urso sai devagarinho e caminha no gelo. Quase dobrou de tamanho desde que foi capturado. As refeições matinais regulares oferecidas por Sumner o deixaram roliço e seus pelos, antes encardidos, estão limpos e brilhosos. Enquanto os dois observam, o urso passeia sem pressa com as patas pesadas e um ar fleumático, depois cheira o barril e o empurra duas vezes de leve com o focinho.

"Ele não vai conseguir sobreviver sozinho se o deixarmos partir", Sumner diz a Otto. "Minha comida o deixou mimado. Ele não vai saber caçar."

"Melhor abatê-lo agora", concorda Otto. "Conheço um peleiro em Hull que lhe pagará uma quantia razoável por essa pele."

Sumner carrega a espingarda e faz a mira. O urso para de se mexer e se vira de lado, expondo o flanco como se quisesse oferecer a Sumner o alvo mais fácil possível.

"O jeito mais rápido é bem atrás da orelha", diz Otto.

Sumner assente, ajeita a coronha e alinha o tiro. O urso se vira com toda a calma e olha para ele. Seu pescoço branco e troncudo, seus olhos cor de granada. Sumner tenta imaginar o que o urso está pensando e imediatamente se arrepende de ter feito isso. Abaixa a espingarda e a entrega para Otto. Otto assente.

"Os animais não têm alma", diz ele. "Mesmo assim o amor é possível, até certo ponto. Não é a forma mais elevada do amor, mas é amor."

"Que diabo, apenas atire nele de uma vez", diz Sumner.

Otto confere a espingarda e se ajoelha. Porém, antes que possa mirar, o urso, como se tivesse captado alguma alteração ameaçadora, fica alerta, dá um salto para o outro lado e começa a correr, as pernas se parecendo com pequenas toras dando pancadas audíveis no gelo, as garras lançando para trás torrões de neve solta. Otto atira rápido tentando acertar o traseiro, mas erra, e quando termina de recarregar a espingarda o urso já desapareceu por trás de uma crista de pressão. Os dois ainda tentam persegui-lo, mas não são páreo para a velocidade do urso sobre o gelo. Alcançam o topo da crista e disparam outro tiro, como se ainda houvesse alguma esperança, mas o urso corre rápido e já abriu uma distância muito grande. Eles ficam ali parados, tendo às costas o naufrágio e à frente a cordilheira nevada, vendo a brancura galopante e rítmica do urso se mesclar aos poucos com a brancura vasta e estática da plataforma de gelo.

Naquela noite o vento muda de norte para oeste e ruge uma violenta tempestade. Uma das barracas improvisadas é arrancada dos pontos de fixação, a estrutura de vergas e retrancas que a sustentava desmorona, e os homens que estavam dentro dela, fustigados pelo vento e pela neve, são forçados a correr atrás da lona solta que voa dando piruetas sobre o gelo. A certa altura a lona fica presa numa elevação e eles conseguem imobilizá-la e arrastá-la de volta, com grande dificuldade, até o acampamento. A ventania impossibilita qualquer reparo, então eles prendem o que podem com cordas e âncoras para gelo e buscam abrigo na segunda barraca. Sumner, que não consegue dormir porque está sem o láudano, os ajuda a abrir espaço no chão e a arrastar para dentro da barraca o que restou de suas roupas de cama úmidas. O barulho lá fora é imenso. O gelo começou a se deslocar de novo e de tempos em tempos Sumner escuta, por baixo da polifonia uivante do vento e da agitação convulsiva da lona, uma concussão cataclísmica provocada pelos deslocamentos e pelas rupturas da plataforma.

Otto e Cavendish se arriscam a sair da barraca para checar se as baleeiras estão seguras e retornam tremendo e cobertos de neve. Os homens se enrolam em cobertores e se aglomeram ao redor do calor débil de uma pequena estufa de ferro instalada em cima de tijolos no centro da barraca. Sumner, que está afastado no canto, se enrodilha, cobre os olhos com a touca e tenta dormir, mas não consegue. Está convencido, agora, de que a maleta de remédios já foi transferida para o Hastings, de que foi colocada por engano, junto com seu baú, nos suprimentos carregados pela primeira equipe. Uma noite sem ópio, pensa, é fácil de encarar, mas se a tempestade persistir e eles ficarem presos no gelo por mais uma noite, ele começará a passar mal. Amaldiçoa a si mesmo por não ter prestado mais atenção nos seus itens de necessidade e censura Jonas por não ter tomado mais cuidado com o que alojou em cada barco. Fecha os olhos e tenta imaginar que está em outro lugar, não em Déli, dessa vez, mas sim em Belfast, bebendo uísque no Kennedy's, remando no rio Lagan ou fumando tabaco barato e falando sobre as garotas com Sweeney e Mulcaire na sala de dissecação. Mais tarde se vê mergulhado numa sonolência nebulosa e inquieta, um estado entre o sono e a vigília. Os outros homens se coagulam a seu lado numa massa escura e roncante, de modo que o calor coletivo de seus corpos grudados lhes faz companhia por alguns momentos antes de subir e se dissipar no ar gelado e revolto.

Algumas horas depois, a tempestade parece ter sossegado, atingido um equilíbrio que poderia anunciar o seu fim, mas de repente a plataforma propriamente dita, a superfície sobre a qual dormem, sofre um solavanco acompanhado de um estrondo apavorante. Um dos postes da barraca desaba e a estufa de ferro cai de lado, derramando brasas vermelhas e incendiando cobertores e casacos de marinheiro. Sumner, desorientado e com o peito contraído de pavor, calça as botas e sai correndo na penumbra. Em meio à neve espasmódica, avista na margem da plataforma um iceberg azulado, imenso, com torres lembrando chaminés e reentrâncias cavoucadas pelos ventos, deslizando para o leste como um paredão albino que se desprendeu do continente. O iceberg se desloca na velocidade de uma pessoa andando, e ao longo do caminho a sua borda mais próxima raspa na margem da plataforma e ejeta nos ares torrões de gelo do tamanho de casas, como limalha de ferro sendo expelida das mandíbulas de um torno mecânico. A plataforma treme sob os pés de Sumner; uma rachadura em zigue-zague aparece a vinte metros de onde está, e por um momento ele se pergunta se todo o platô não acabará despedaçado pelo atrito, lançando ao mar as barracas, as baleeiras, os homens, tudo. Já não resta ninguém na segunda barraca. Os homens que se abrigavam lá dentro estão como Sumner, parados em pé, embasbacados, ou foram empurrar e arrastar as baleeiras para mais longe da margem numa tentativa desesperada de salvá-las. Enquanto assiste a tudo isso, Sumner tem a impressão de estar vendo algo que não deveria, de estar tomando parte, contra a sua vontade, da revelação de uma verdade horripilante, porém elementar.

Mas o caos termina com a mesma rapidez com que começou. O iceberg perde contato com a margem da plataforma e no lugar da cacofonia estrondosa do impacto restam apenas os ventos uivantes e as maldições e impropérios dos homens. Sumner se dá conta de que a neve está fustigando o lado esquerdo do seu rosto e se acumulando na sua barba. Por um instante ele se sente embrulhado, fechado dentro de um casulo, de uma estranha privacidade proporcionada pela violência climática, como se o mundo lá fora, o mundo real, fosse algo alheio e pronto a ser esquecido, e apenas ele existisse sozinho dentro do vórtice de neve. Alguém o puxa pelo braço e chama a sua atenção para o que acontece atrás. Vê que a segunda barraca está em chamas. Colchões, tapetes e baús queimam furiosamente; a parte da lona que ainda resta se agita nas alturas, flamejando como um barril de piche. O rebotalho da tripulação assiste a tudo horrorizado enquanto seus semblantes pasmos são iluminados de cima pela dança das labaredas. Cavendish, depois de passar algum tempo chutando as brasas e praguejando contra a má sorte, grita para que todos se refugiem nas baleeiras restantes. Trabalhando com pressa, mas sem método, eles esvaziam os dois barcos, se apertam dentro deles como se fossem carga e se cobrem com lonas bem esticadas. O espaço que passam a ocupar é fétido e lembra um caixão. A atmosfera é rarefeita e acre, sem um pingo de luz. Sumner fica deitado sobre tábuas nuas e frias, e os homens amontoados a seu redor conversam em voz alta, contrariados, sobre a incompetência de Cavendish, sobre a inacreditável má sorte de Brownlee e, acima e apesar de tudo, sobre o seu desejo de voltar para casa vivos. Exausto, mas incapaz de dormir, com os músculos e os órgãos internos já acometidos por pinicos e espasmos devido à abstinência do ópio, ele tenta mais uma vez esquecer de onde está, imaginar que está em algum lugar melhor, mais feliz, mas não consegue.

Pela manhã a tempestade já se acalmou. O dia está frio e úmido, com nuvens cinzentas no céu e camadas achatadas de neblina ocultando a margem da plataforma e se empilhando como quartzo estriado diante das faces escuras das montanhas distantes. Eles recolhem as lonas cobertas de neve e pulam para fora das baleeiras. Os fragmentos pretos e chamuscados da segunda barraca e da maioria das coisas que ela abrigava estão espalhados em desordem pelo gelo à sua frente. Algumas vergas, enterradas pela metade em poças de gelo derretido, continuam ardendo. Enquanto o cozinheiro ferve água e improvisa um desjejum com o que tem à disposição, os homens reviram e cutucam as cinzas mornas à procura de qualquer coisa útil ou que valha a pena preservar. Cavendish passeia no meio deles, assobiando e fazendo piadas vulgares. Leva na mão esquerda uma caneca esmaltada cheia de caldo de carne fumegante. Aqui e ali, se agacha como um fidalgo caçador de fósseis para recolher uma lâmina de faca ainda quente ou um calcanhar de bota solitário. Para um homem que acabou de ver seu navio ser esmagado e sobreviveu a um iceberg e depois a um incêndio noturno, ele parece, pensa Sumner, excepcionalmente bem-humorado e à vontade.

Depois de comer, eles realojam a carga dentro das baleeiras e então erguem a última barraca que sobrou, prendem as bordas da lona com barris de mantimentos e se recolhem no seu interior, onde ficam jogando cartas e fumando cachimbo, esperando Black, Jonas e os outros retornarem do *Hastings*. Cerca de uma hora mais tarde, quando a neblina começa a dissipar, Cavendish sai com seu telescópio para procurar indícios do retorno do grupo. Passado algum tempo, ele chama Otto, e mais algum tempo depois, Otto chama Sumner.

Cavendish entrega o telescópio a Sumner e aponta para o leste sem dizer palavra. Sumner abre o telescópio e olha através dele. Espera ver à distância Black, Jonas e o resto da equipe puxando as quatro baleeiras vazias através do gelo, vindo em sua direção, mas não vê absolutamente nada. Baixa o telescópio e regula a visão para contemplar o vazio distante, depois eleva o telescópio à altura do olho e procura mais uma vez.

"Mas onde estão eles?"

Cavendish balança a cabeça, pragueja e começa a esfregar a nuca, irritado. Sua calma e bom humor anteriores desapareceram. Ele está pálido e com os lábios apertados. Seus olhos estão esbugalhados e ele respira com dificuldade pelo nariz.

"O *Hastings* foi embora", diz Otto.

"Embora para onde?"

"Provavelmente resolveram correr o risco de entrar na banquisa ontem à noite para escapar dos icebergs", assevera Cavendish. "Foi só isso. Logo eles encontrarão um caminho de volta até a margem da plataforma. Campbell sabe exatamente onde estamos. Só precisamos ficar aqui e aguardar. Ter um pouco de fé e de paciência, caralho."

Sumner olha outra vez através do telescópio e outra vez não enxerga nada além de céu e gelo, e então se dirige a Otto.

"Por que um navio desatracaria no meio de uma tempestade?", pergunta. "Não ficaria mais protegido permanecendo no lugar?"

"Se um iceberg se aproxima, o capitão precisa fazer o que for necessário para salvar o navio", diz Otto.

"Exatamente", diz Cavendish. "Você faz o que for necessário."

"Quanto tempo acham que vamos ter de esperar?"

"Isso depende de muitas coisas", diz Cavendish. "Se o navio encontrar águas desimpedidas, pode retornar hoje. Se não encontrar…"

Ele dá de ombros.

"Estou sem a minha maleta de remédios", diz Sumner. "Eles já a tinham levado."

"Temos algum homem doente?"

"Não, ainda não."

"Então eu diria que isso não faz parte das nossas preocupações."

Sumner lembra do iceberg que viu passar através do véu cinzento de neve furiosa: tinha vários andares de altura, era imaculado e avançava com uma suavidade inexorável, sem fricção e sem movimento, como um planeta.

"O *Hastings* pode ter afundado", ele se dá conta. "É isso que está querendo dizer?"

"Ele não afundou", diz Cavendish.

"Existe algum outro navio que possa nos resgatar?"

Otto faz que não com a cabeça.

"Nenhum está próximo o suficiente. A temporada está quase no fim e estamos muito ao norte. A essa altura, a maior parte da frota já partiu da baía de Pond."

"Ele não afundou", repete Cavendish. "Está em algum ponto mais afastado do estreito, é só isso. Se esperarmos aqui, ele com certeza voltará."

"Deveríamos usar as baleeiras pra empreender uma busca", diz Otto. "O vento estava muito forte ontem à noite, o navio pode ter sido empurrado vários quilômetros para o leste. Pode ter um vazamento, alguma parte quebrada, estar sem o leme, vai saber."

Cavendish faz uma careta de desagrado e depois concorda com a cabeça relutantemente, como se desejasse muito propor outra solução melhor e mais fácil, mas não conseguisse.

"Vamos encontrá-los assim que iniciarmos a busca no estreito", ele diz rápido, fechando o telescópio com um gesto brusco e enfiando-o no bolso do casaco. "Não devem estar muito longe, creio."

"E se não encontrarmos nada?", pergunta Sumner. "O que vai acontecer?"

Cavendish segura a resposta e busca o olhar de Otto, que permanece calado. Cavendish puxa o lóbulo da orelha e fala com um sotaque irlandês carregado, imitando a entonação ridícula de um espetáculo musical.

"Espero que tenha trazido o calção de banho, irlandês", diz ele. "Porque a gente tá na puta que o pariu e sair daqui não é bem assim."

Eles passam o resto do dia navegando nas baleeiras, remando primeiro para leste, ao longo da margem do gelo terrestre, e depois para o norte, em direção ao centro do estreito. A tempestade desmanchou a banquisa e eles se deslocam sem muita dificuldade no meio dos fragmentos dispersos de blocos de gelo desmantelados, desviando quando necessário ou afastando-os com as pás de seus longos remos. Otto comanda um dos botes e Cavendish, o outro. Sumner, que foi promovido a piloto, imagina a todo instante que eles avistarão o *Hastings* no horizonte — como um ponto de costura preto contra o tecido grosseiro e cinzento do céu — e que o medo que pulsa no âmago do seu ser, o medo que tenta a todo custo oprimir, se dissolverá como névoa. Percebe nos marujos uma ansiedade com toques de raiva e amargura. Eles procuram alguém para culpar pela sequência abismal de infortúnios, e Cavendish, cuja promoção à capitania carece de mérito e foi maculada pela perversidade e pela violência, é o candidato mais óbvio e disponível.

Depois de terem remado com força o dia todo sem avistar qualquer sinal do *Hastings* ou encontrar qualquer pista de seu possível destino, retornam ao acampamento precário e chamuscado moídos pela fadiga, gelados até os ossos e com o ânimo devastado. O cozinheiro prepara uma fogueira com aduelas de barris e segmentos serrados do mastro de mezena e prepara uma sopa azeda com carne salgada e nabos estragados e duros. Terminada a refeição, Cavendish abre um barril de conhaque e manda servir uma porção a cada homem. Emburrados, eles bebem as suas doses e depois, sem pedir permissão, começam a se servir de novo até esvaziar o barril, deixando a atmosfera dentro da barraca embriagada e instável. Sem muita demora, após um período de discussões bêbadas e rabugentas, irrompe uma briga e alguém puxa uma faca. McKendrick, que estava só olhando sem se meter, sofre um corte profundo no antebraço, e o ferreiro apanha até desmaiar. Quando Cavendish tenta se intrometer, um golpe de malagueta abre um talho na sua cabeça, e Sumner e Otto precisam intervir para salvá-lo de uma surra ainda maior. Por medida de segurança, levam-no para fora da barraca. Otto entra novamente para tentar acalmar os marujos, mas também acaba sendo hostilizado e ameaçado com uma faca. Cavendish, de novo em pé, vomitando palavrões e com o rosto grotescamente pintado com o próprio sangue, pega duas espingardas carregadas que estavam guardadas nas baleeiras, entrega uma terceira a Otto e volta para dentro da barraca. Dispara uma vez no chão de gelo para chamar a atenção dos homens e depois avisa que terá o maior prazer em colocar a segunda bala na cabeça de qualquer filho da puta que estiver disposto a se arriscar.

"Com Brownlee fora de cena, eu ainda sou o capitão e estou disposto a matar com alegria qualquer desgraçado que discorde e tente iniciar um motim."

Nada acontece por um momento, até que Bannon, um *shetlander* de olhar esquivo e com argolas de prata nas orelhas, pega uma aduela de barril e sai correndo ensandecido. Cavendish, sem levantar a espingarda da altura da cintura, inclina o cano para cima e o atinge em cheio na garganta. O topo do crânio do *shetlander* se descola e vai de encontro à lona inclinada do teto, estampando-a com um círculo vermelho rodeado por uma auréola de massa cerebral rosada, lembrando o desenho de um alvo. Os outros marujos emitem um urro gutural de horror, seguido por um silêncio sepulcral.

Cavendish larga a espingarda descarregada no chão e pega a outra, carregada, que está nas mãos de Otto.

"Prestem atenção agora, seus patifes", diz diante dos subordinados. "A burrice desse homem acabou de lhe custar a vida."

Ele comprime os lábios e olha em volta com curiosidade, como se quisesse escolher o próximo alvo. O sangue escorre pela sua testa e pinga da sua barba, salpicando o gelo. O interior da barraca está borrado por sombras indistintas e fede a mijo e bebida.

"Sou um homem completamente inconsequente", Cavendish fala em voz baixa. "Faço o que me dá na telha. É melhor lembrarem disso antes de pensar em me desafiar de novo."

Ele baixa o queixo duas vezes, como se quisesse enfatizar aquela definição sincera de si mesmo para intimidá-los ainda mais, depois enche os pulmões ruidosamente e passa a mão pela barba encharcada de sangue.

"Amanhã remaremos sem pausa para descansar até a baía de Pond", ele diz. "Se não encontrarmos o *Hastings* pelo caminho, lá chegando com certeza encontraremos outro navio que possa nos levar."

"São cento e cinquenta quilômetros até a baía de Pond, pelo menos", observa alguém.

"Então é melhor que todos vocês, seu bando de desgraçados, fiquem sóbrios e durmam um pouco antes de partirmos."

Cavendish olha para o *shetlander* morto no chão e balança a cabeça.

"Que jeito idiota de ir desta para melhor", ele comenta com Otto. "Se o outro cara está segurando uma espingarda carregada, você não o ataca com uma aduela de barril. É uma questão de bom senso."

Otto assente, dá um passo adiante e, com ar solene e pontifical, faz o sinal da cruz sobre o cadáver. Dois marujos, por iniciativa própria, agarram o *shetlander* pelas botas e o arrastam para um ponto mais distante da plataforma de gelo. Num dos cantos da barraca, despercebido no meio de toda essa agitação, Drax, ainda preso em suas correntes, está sentado como uma estátua — de pernas cruzadas, sorrindo, observando de longe.

18

No dia seguinte, Sumner está febril demais para conseguir remar ou pilotar o barco. Enquanto eles rumam para o leste, atravessando cortinas de névoa densa e açoites de chuva congelada e granizo, ele se mantém encolhido na popa, enrolado num cobertor, padecendo de tremores e enjoos. De vez em quando Cavendish grita uma ordem ou Otto começa a assoviar uma ária germânica, mas fora isso não se escuta nada além dos rangidos estertorosos dos toletes dos remos e o chapinhar assíncrono de suas pás na superfície da água. Cada homem aparenta estar isolado dentro de suas próprias ruminações agourentas. O dia está escuro, com um céu pardacento e carregado. No decorrer da manhã, em duas ocasiões, Sumner precisa baixar as calças e sentar na amurada para descarregar no oceano algo como meio litro de merda líquida. Otto lhe oferece um pouco de conhaque, que ele bebe com gratidão mas vomita logo em seguida. Os outros assistem a tudo isso sem comentar nem debochar. A morte de Bannon esmagou o ânimo dos homens, que se encontram desamparados entre dois medos equivalentes, porém opostos.

À noite eles desembarcam na margem da plataforma de gelo, montam a barraca suja de sangue e tentam se secar e comer. Perto da meia-noite, o crepúsculo azulado se condensa brevemente numa escuridão berrante e estelífera, apenas para se recompor cerca de uma hora depois. Sumner sua em profusão, sente calafrios, entra e sai o tempo todo de um sono desconfortável e atormentado por sonhos. A seu redor, corpos amontoados gemem e resmungam como gado cochilando; o ar dentro da barraca agride seu nariz e seu rosto como ferro gelado e fede como se os fundilhos sujos dos homens estivessem cozinhando em banho-maria. Enquanto seu corpo dói e coça, suplicando pela droga indisponível, sua mente sobrevoa em círculos. Lembra da viagem solitária que fez depois de ir embora de Déli, das humilhações que sofreu em Bombaim e depois em Londres, em abril. Do Peter Lloyd's Hotel em Charing Cross: o cheiro de sêmen e da fumaça deixada pelos charutos; os gritos e gemidos das putas e de seus clientes noite adentro; a cama de ferro, o lampião a óleo e o *fauteuil* surrado, manchado de banha de urso e de óleo de Macassar, com o estofamento de crina de cavalo saindo para fora. Ele se alimenta de costeletas de porco e ervilhas e vive tomando empréstimos que não pode pagar. Durante duas semanas visita os hospitais toda manhã, levando seus diplomas e cartas de recomendação vencidas; fica sentado nos corredores, esperando. À noite procura os conhecidos de Belfast e Galway — não são amigos próximos, mas pelo menos são pessoas que lembram dele: Callaghan, Fitzgerald, O'Leary, McCall. Recordam os velhos tempos bebendo uísque e cerveja. No momento propício, pede ajuda e eles dizem que seria melhor ele tentar algo nos Estados Unidos, no México, talvez no Brasil, em algum lugar onde o passado não pese tanto quanto aqui, onde as pessoas sejam mais livres, abertas e dispostas a perdoar um homem pelos seus erros, uma vez que elas também cometeram os seus. A Inglaterra não é o melhor lugar para ele, dizem, não mais, é muito rígida e severa, é melhor ele desistir. Embora garantam acreditar na sua história, alegam que os outros jamais acreditarão. O tom com que se dirigem a ele é sem dúvida amistoso, quase de camaradagem, mas percebe que preferem que ele suma da vida deles. A notícia do seu grande fracasso é uma afirmação confortante dos seus próprios sucessos mais modestos, mas sobretudo um aviso contra o tipo de calamidade que poderá se abater sobre a vida deles caso baixem a guarda, caso esqueçam de quem são e do que almejam. Em suas piores fantasias, identificam na tragédia dele a profecia de suas próprias tragédias.

À noite ele consome ópio e perambula pela cidade até ficar cansado o suficiente para conseguir dormir. Numa dessas andanças noturnas, depois de vagar pela Fleet Street com passos trôpegos e arrastados e de passar pelo Temple Bar e pelos Tribunais de Justiça, batendo a bengala na calçada, ele toma um susto ao ver Corbyn caminhando na sua direção. Está com suas medalhas de guerra e seu uniforme vermelho; suas botas pretas como piche estão lustradas como espelhos e ele está conversando com um outro oficial mais jovem, que usa bigode e veste um traje semelhante. Estão fumando *cheroots* e rindo. Sumner aguarda a chegada deles à sombra de um portão guarnecido com ameias. Enquanto espera, lembra da postura mantida por Corbyn na corte marcial — casual, despreocupada, *natural*, como se ao mentir ele quisesse mostrar que a verdade estava em suas mãos, que era capaz de fazê-la e desfazê-la a seu bel-prazer. Lembrando da cena, Sumner sente o peito soterrado por uma avalanche de ódio; os músculos das pernas e ao redor da garganta se contraem; ele começa a tremer. Os dois oficiais se aproximam, e há um momento macabro durante o qual ele se sente escarnado ou mesmo transcendente, como se o seu corpo fosse pequeno e frágil demais para conter a fúria do seu pensamento. Quando os dois passam por ele, fumando e rindo, Sumner se afasta do portão. Dá uma batidinha na dragona de botões metálicos de Corbyn, e assim que ele se vira dá um soco no seu rosto. Corbyn desaba. O oficial mais jovem deixa cair o *cheroot* e fica parado olhando.

"Mas que porra é essa?", ele exclama. "*Por que isso?*"

Sumner não responde. Olha para o homem que acaba de agredir e percebe, pasmo, que não tem nada a ver com Corbyn. Têm idade e altura vagamente próximas, sem dúvida, mas, fora isso, a semelhança é muito pouca — os cabelos, as costeletas, a forma e os traços do rosto, até o uniforme é diferente. A raiva de Sumner se evapora, ele volta a si, ao seu corpo, às humilhações profundas da realidade.

"Pensei que era outra pessoa", ele diz para o homem. "Corbyn."

"Quem diabos é Corbyn?"

"Um médico do regimento."

"Que regimento?"

"Os Lancers."

O homem balança a cabeça.

"Eu deveria chamar um policial para prendê-lo", ele diz. "Juro por Deus, é isso que eu deveria fazer."

Sumner tenta ajudá-lo, mas o homem o rechaça com um gesto brusco. Ele esfrega o rosto de novo, pisca de dor e então dá uma boa olhada em Sumner. Um lado inteiro do rosto está ficando vermelho, mas não há sangue.

"Quem é você?", ele diz. "Conheço o seu rosto."

"Não sou ninguém", Sumner responde.

"Quem é você?", ele repete. "Não minta pra mim, porra."

"Não sou ninguém", diz Sumner. "Absolutamente ninguém."

O homem assente.

"Então chegue mais perto", ele diz.

Sumner se aproxima. O homem coloca a mão no seu ombro. Sumner sente o cheiro de vinho do porto no hálito do homem, da bandolina em seu cabelo.

"Se você realmente não é ninguém, imagino que não se importará muito com isso."

Ele se aproxima mais e enfia o joelho no saco de Sumner. A dor ricocheteia na sua barriga e vai subindo pelo peito até o rosto. Ele cai de joelhos na calçada molhada, gemendo, sem conseguir falar.

O homem que ele pensava ser Corbyn se agacha e sussurra suavemente no seu ouvido.

"O *Hastings* já era", ele diz. "Afundou. Foi feito em pedacinhos por um iceberg e todos aqueles fodidos que estavam a bordo se afogaram, sem o menor traço de dúvida."

Na tarde seguinte eles encontram uma baleeira emborcada e depois uma aglomeração intermitente de barris de gordura vazios e madeira espatifada se estendendo por quase um quilômetro. Remam devagar pela área, em círculos, recolhendo destroços, examinando-os e discutindo a seu respeito para em seguida, desanimados, devolvê-los à água. Cavendish, pela primeira vez na vida, está pasmo e mudo. O peso da catástrofe inesperada esmagou a sua fanfarrice habitual. Ele vasculha as banquisas mais próximas com o telescópio, mas não enxerga nada nem ninguém. Escarra, pragueja sozinho e lava as mãos para a situação. Sumner, por trás da névoa verde e melancólica de sua abstinência, constata que suas melhores chances de serem resgatados foram por água abaixo. Alguns homens começam a chorar, outros rezam como podem. Otto consulta os mapas e faz uma leitura com o sextante.

"Passamos do cabo Hay", ele grita aos ouvidos de Cavendish. "Podemos alcançar a baía de Pond antes de escurecer. Chegando lá, encontraremos outro navio, se Deus quiser."

"Se não encontrarmos, teremos que invernar aqui", diz Cavendish. "Não seríamos os primeiros."

Drax, acorrentado ao primeiro banco a contar da popa e por isso sentado bem em frente a Cavendish, que está manobrando o remo de governo, dá uma risada debochada.

"Seríamos sim", ele diz, "e ninguém nunca fez isso antes porque *não pode* ser feito. Não sem um navio pra usar como abrigo e uma quantidade dez vezes maior de provisões."

"Encontraremos um navio", repete Cavendish. "E se não encontrarmos, vamos invernar. De um jeito ou de outro, vamos todos viver tempo suficiente para ver você pendurado na forca na Inglaterra, pode estar certo disso."

"Me agradaria muito mais ser pendurado na forca do que morrer de fome ou congelado."

"Deveríamos afogar você agora mesmo, seu patife desgraçado. Seria uma boca a menos para alimentar."

"Você não ia gostar muito das minhas últimas palavras caso tentasse algo parecido", responde Drax. "Embora outros aqui talvez achassem interessante o que eu teria a dizer."

Cavendish o encara por um instante, se inclina à frente, o agarra com firmeza pelo colete e retruca com um sussurro colérico.

"Você não tem nada para usar contra mim, Henry", diz. "Portanto, não vá pensar que tem."

"Não quero forçar nada, Michael", Drax fala com toda a calma. "Só estou lembrando. Pode ser que a hora nunca chegue, mas se chegar seria bom você estar preparado, é só isso."

Drax pega o seu remo, Cavendish dá a ordem e eles começam a remar de novo. Para o oeste, uma longa fileira de montanhas escuras como carvão, com cumes esbranquiçados, desponta na planura cinzenta do mar. As duas baleeiras avançam aos poucos. Muitas horas depois eles chegam à ponta escarpada de ilha Bylot e entram na embocadura da baía de Pond. Nuvens de chuva se acumulam e depois dispersam, e a luz vai definhando aos poucos. Cavendish olha pelo telescópio com expectativa, não vê nada em um primeiro momento, mas depois distingue a silhueta escura de outra embarcação oscilando no horizonte. Ele acena e aponta. Grita para Otto.

"Um navio", avisa. "Um maldito navio. Lá adiante. Venha ver."

Todos avistam o navio, mas ele está muito distante e parece já estar se afastando rumo ao sul a todo vapor. A fumaça da chaminé desenha contra o céu uma mancha difusa e diagonal, como um traço de lápis esfregado com o dedo. Tentam persegui-lo desesperadamente, mas o esforço é inútil. Em meia hora o navio já desapareceu na neblina e eles se veem mais uma vez sozinhos no mar escuro e transbordante, rodeados por colinas castanhas cobertas de neve e encimados por um céu de aspecto sujo e deprimente que já começa a escurecer.

"Que vigia de merda é essa que não enxerga uma baleeira em apuros?", diz Cavendish, abatido.

"Talvez o navio esteja cheio", alguém responde. "Talvez estejam indo pra casa com todos os outros."

"Nenhum desgraçado encheu o navio esse ano", diz Cavendish. "Se houvesse uma porra de uma chance disso, eles ainda estariam aqui pescando."

Ninguém responde. Ficam todos contemplando a monotonia brumosa e embaçada em busca de algum sinal, mas ninguém vê nada.

Assim que a noite cai, eles atracam perto do promontório mais próximo e montam a barraca numa praia de cascalho estreita, guarnecida por escarpas marrons e não muito altas. Após a refeição, Cavendish ordena aos homens que desmontem uma das baleeiras com machados e usem a madeira para construir uma fogueira de sinalização. Caso haja outro navio em algum lugar da baía, ele argumenta, seus tripulantes poderão ver as chamas e enviar um resgate. Embora pareçam duvidar dessa linha de raciocínio, os homens obedecem. Viram o barco de cabeça para baixo e começam a despedaçar o casco, a quilha e a popa. Enrolado num cobertor, ainda trêmulo e enjoado, Sumner permanece perto da barraca e assiste ao trabalho. Otto se aproxima.

"Foi assim que sonhei", diz. "A fogueira. A baleeira quebrada. Tudo igual."

"Não me venha com essa", diz Sumner. "Não agora."

"Não temo a morte", diz Otto. "Nunca temi. Ninguém aqui faz a menor ideia das riquezas que nos aguardam."

Sumner tosse com força duas vezes e depois vomita no chão congelado. Os homens empilham a madeira formando uma pira e a acendem. O vento dobra as chamas e as sopra para o alto em colunas faiscantes.

"Você será o único sobrevivente", Otto lhe diz. "De todos nós. Lembre-se disso."

"Já falei que não acredito em profecias."

"A fé não interessa. Deus não se importa se acreditamos nele ou não. Por que se importaria?"

"Você realmente pensa que tudo isso é obra Dele? As mortes? Os naufrágios? Os afogamentos?"

"Sei que precisa ser obra de alguém", diz Otto. "E se não é do Senhor, de quem seria?"

A fogueira eleva o ânimo dos marujos; sua luminosidade deslumbrante lhes dá esperança. Vendo o fogo rugir, crepitar e soltar fagulhas, eles têm certeza de que outros homens em algum lugar também podem admirá-lo, que em breve botes serão lançados ao mar trazendo ajuda. Eles jogam os últimos pedaços de madeira nas labaredas inquietas e aguardam com expectativa a chegada dos salvadores. Fumam cachimbo e apertam as pálpebras mirando a turbidez distante. Suas conversas tratam de mulheres e filhos, de casas e terras que terão a chance de ver novamente. De minuto em minuto, à medida que as chamas diminuem e a luz do dia se intensifica, eles antecipam a chegada de um barco que nunca aparece. Após outra hora de espera infrutífera, o otimismo começa a azedar e a ser substituído por um sentimento mais rançoso e amargo. Sem um navio que sirva de abrigo, sem lenha e comida em quantidade suficiente, como será possível sobreviver ao inverno num lugar desses? Cavendish desce de seu posto no alto da escarpa trazendo o telescópio fechado numa das mãos e a espingarda na outra, com um semblante distante e humilhado e um olhar esquivo, e então eles têm a certeza de que o plano fracassou.

"Onde estão os barcos?", alguém grita com ele. "Por que não chegam?"

Cavendish ignora as perguntas. Entra na barraca e começa a relacionar as provisões que restam. Mesmo reduzindo a porção de todos pela metade, duas libras de pão por semana e a mesma quantidade de carne salgada, as reservas mal darão para chegar ao Natal. Ele mostra o estoque para Otto e depois chama os demais marujos para explicar que eles deverão caçar o alimento se pretendem sobreviver até a primavera. Servem focas, ele diz, raposas, mobelhas, tordas, qualquer tipo de ave. Enquanto fala, a neve começa a cair e o vento vai ganhando força, sacudindo as paredes de lona como uma prelibação do inverno que se aproxima. Ninguém comenta e ninguém se oferece para caçar. Eles encaram Cavendish em silêncio e, assim que ele termina de falar, se aninham em seus cobertores e dormem, ou ficam sentados jogando eucre com um baralho tão velho, gasto e imundo que poderia muito bem ter sido recortado das vestes de um leproso.

Neva sem parar pelo restante do dia: flocos pesados e molhados que abaúlam a barraca e grudam como cracas no casco virado da baleeira que sobrou. Sumner está mortificado e com o corpo chacoalhando; seus ossos doem e seus globos oculares coçam e palpitam. Ele não consegue dormir nem urinar, embora as duas necessidades o torturem por dentro. Enquanto permanece deitado e imóvel, fragmentos embaralhados da *Ilíada* atravessam sua mente flagelada — os navios negros, a barricada transposta, Apolo na forma de um abutre, Zeus sentado em cima de uma nuvem. Quando sai da barraca para defecar, está escuro e o frio é lacerante. Ele se agacha, afasta as nádegas assadas e deixa escorrer o líquido quente e esverdeado. A luz da lua está obstruída por fileiras de nuvens e a neve encobre toda a extensão da baía, se acumulando sobre os blocos de gelo remanescentes e se dissolvendo nas águas escuras entre um e outro. O ar gelado encolhe e enruga suas bolas. Sumner levanta as calças, vira para o outro lado e enxerga sobre a margem pedregosa, a cinquenta metros dali, um urso.

A cabeça pontuda e ofídia do urso está erguida e o seu corpo volumoso, de ombros robustos e cernelha larga, mantém uma posição firme e resoluta. Sumner protege os olhos da neve caindo, dá um passo cauteloso à frente e para. O urso não reage. Fareja o solo e gira o corpo vagarosamente até completar um círculo e retornar à posição anterior. Sumner fica olhando. O urso se aproxima mais, mas ele não se afasta. Já consegue ver a textura dos pelos e os semiquadrantes negros de suas garras sobre a neve. O urso boceja, mostra os dentes e então, sem aviso ou intenção clara, se ergue nas patas traseiras como um animal de circo e fica balançando de leve, suspenso como um obelisco de calcário em contraste com o céu pesado e tingido pelo luar.

Sumner escuta, chegando da escarpa enlameada às suas costas, um bramido repentino e crescente, um vasto uivo sinfônico, sofrido, primitivo, mas ainda assim humano; é um grito que lhe parece estar além das palavras e da linguagem, um coral vindo das profundezas, como um arranjo das vozes dos condenados. Tomado de terror, ele se vira para olhar, mas não há nada lá exceto a neve caindo, a noite e as vastas terras desoladas a oeste, gretadas e inimagináveis como uma casca de árvore envolvendo o tronco enegrecido do planeta. O urso ainda permanece mais um instante em pé, depois se deixa cair sobre as patas dianteiras, dá um giro e vai embora com seu andar implacável e desenvolto.

19

O mar começa a recongelar. O gelo novo, fino como vidro, se forma entre os blocos e gruda um no outro. Em breve a baía se transformará numa massa branca e sólida com a superfície irregular, inamovível, e eles ficarão presos até a chegada da primavera. Os homens dormem, fumam, jogam cartas. Comem suas refeições minguadas, mas não fazem esforço nenhum para melhorar a condição atual ou se preparar para o inverno que chega. À medida que a temperatura cai e as noites vão ficando mais longas, eles queimam as madeiras do naufrágio do *Hastings* que chegam até a margem e gastam os últimos sacos de carvão que conseguiram salvar dos porões do *Volunteer*. À noite, depois da ceia, Otto lê a Bíblia em tom lúgubre e Cavendish puxa cantigas irreverentes.

Desde a aparição noturna do urso, os sintomas de Sumner foram melhorando aos poucos. Ele continua com dores de cabeça e suores noturnos, mas a náusea já é menos frequente e as fezes estão mais firmes. Livre nessa medida das tiranias debilitantes de seu próprio corpo, ele consegue perceber melhor o estado daqueles que o cercam. Sem o esforço exigido pelas funções de bordo, que mantinham seu vigor em dia, eles começaram a ficar apáticos e pálidos. Sumner pondera que se quiserem manter a força e a disposição necessárias para sobreviver às provações do inverno e suportar os efeitos do frio e da fome, eles precisam ser obrigados a se movimentar de alguma maneira, de modo a aproveitar os efeitos revigorantes do exercício e do trabalho. Do contrário, a melancolia provavelmente se cristalizará em desespero e uma lassidão muito mais letal irá se apoderar deles.

Ele conversa com Cavendish e Otto, e os dois concordam que os homens devem ser divididos em duas vigias mais ou menos iguais para que todas as manhãs, sempre que o clima permitir, uma delas possa pegar as espingardas e escalar os penhascos para tentar caçar alguma comida enquanto a outra sai da barraca e fica percorrendo a praia de um lado a outro durante pelo menos uma hora, com o objetivo de manter o vigor. Ao tomar conhecimento do plano, os homens não demonstram entusiasmo. Não parecem se importar muito quando Sumner explica que o sedentarismo e a letargia poderão fazer seu sangue engrossar até entupir as veias, enquanto os órgãos ficarão flácidos, podendo até parar de funcionar. Só aceitam a contragosto quando Cavendish eleva a voz e ameaça reduzir suas porções ainda mais caso não obedeçam.

Uma vez iniciadas, as caçadas diárias resultam em pouca coisa comestível — alguns pássaros pequenos, uma raposa aqui e ali —, e as penosas idas e vindas geram grande descontentamento. Antes de completarem um mês, essas rotinas espartanas são interrompidas por dois dias de neve horizontal incessante e acompanhada de ventanias furiosas. O clima severo deixa para trás bancos de neve de um metro e meio de profundidade nas redondezas do acampamento, e a temperatura cai tanto que dói para respirar. Os homens se recusam a sair para caçar ou caminhar nessas condições, e quando Cavendish resolve sair sozinho para contrariá-los, retorna uma hora depois de mãos vazias, exausto e com queimaduras de gelo. Naquela mesma noite eles começam a desmontar a segunda baleeira para usar a madeira como combustível, e à medida que o frio brutal persiste e se agrava, eles a queimam em quantidades cada vez maiores, até que Cavendish se vê obrigado a assumir o controle do estoque restante de madeira e impor um racionamento. Durante a maior parte do dia, a fogueira, que já era modesta, agora não passa de um montinho de brasas quase apagando. Uma camada de gelo reveste o interior da barraca e o próprio ar adquire uma textura viscosa e gelada. No decorrer da noite, cobertos por uma camada tripla de lã, flanela e lona, os homens acordam sobressaltados, atormentados por tremores e espasmos, empilhados como vítimas de um massacre imprevisto.

Antes de ver o trenó, escutam os latidos frenéticos dos cães de tração. Sumner pensa primeiro que está sonhando com Castlebar e com os famosos cães de caça de Michael Duigan perseguindo lebres, mas outros homens se levantam e começam a murmurar, e ele percebe que eles também devem estar ouvindo. Enrola um lenço bem apertado em volta da cabeça e do rosto e sai da barraca. Olha para o oeste e avista um par de Yaks vindo em velocidade na superfície do gelo marítimo, com seus cães malhados dispersos em leque à frente do trenó e o chicote de couro cru estalando e oscilando como uma antena no ar glacial. Cavendish sai correndo da barraca, e logo depois chegam Otto e os outros. Eles observam o trenó se aproximar lentamente, ficando mais sólido e real. Quando por fim chegam perto do acampamento, Cavendish se aproxima dos Yaks e pede comida.

"Comida", diz em voz alta, "peixe." Ele faz uma imitação grosseira do ato de comer com os dedos e as mãos. "Fome", diz, apontando para o próprio estômago e depois para o estômago dos demais.

Os Yaks ficam olhando para ele e sorrindo. Os dois são pequenos e têm a pele escura. Possuem traços chapados como os de ciganos, e seus cabelos pretos e sujos vão até os ombros. Seus anoraques e botas são feitos de couro cru de rena e as calças são de pele de urso. Eles apontam para o trenó carregado. Os cães latem enlouquecidos.

"Troca", eles dizem.

Cavendish assente.

"Mostre", diz a eles.

Eles desamarram as cordas que prendem a carga do trenó e mostram uma carcaça de foca congelada e o que parece ser o quarto traseiro de uma morsa. Cavendish chama Otto e os dois discutem por um momento. Otto volta para dentro da barraca e retorna com duas facas de cortar gordura e um machado. Os Yaks examinam as ferramentas atentamente. Devolvem o machado e ficam com as duas facas. Mostram a Cavendish uma ponta de arpão feita de marfim e algumas peças esculpidas em pedra-sabão, mas ele as recusa com um gesto.

"Queremos apenas a comida", diz.

Eles concordam em trocar a carcaça de foca congelada pelas duas facas e alguns metros de arpoeira. Cavendish entrega a carne a Otto, que a leva para a barraca e a corta em pedaços com o machado, e depois coloca os pedaços em cima das brasas da fogueira. A carne chia e, alguns minutos depois, borbulha e solta fumaça. Enquanto os homens aguardam ansiosos pela comida, os Yaks amarram e alimentam seus cães. Sumner os escuta lá fora, rindo e conversando em seu idioma ligeiro e brusco.

"Se eles nos trouxerem mais focas", ele diz a Cavendish, "vamos conseguir sobreviver até a primavera. Podemos comer a carne e queimar a gordura."

Cavendish assente.

"É", diz. "Preciso trocar umas ideias com esses aborígenes desgraçados. Preciso barganhar muito bem. O problema é que eles já sabem que estamos ferrados. Estão lá rindo e fazendo piadinhas."

"Acha que nos deixariam morrer de fome?"

Cavendish dá uma risadinha sardônica.

"Deixariam, com imensa satisfação", diz. "Esses pagãos duma figa não carregam o peso das virtudes cristãs, assim como nós. Se não gostarem do que temos a oferecer, vão sumir do mesmo jeito que apareceram."

"Ofereça as espingardas", sugere Sumner. "Dez focas mortas por cada espingarda. Três espingardas são trinta focas. Com isso podemos sobreviver."

Cavendish reflete um pouco e concorda.

"Vou pedir doze", diz, "doze por cada espingarda. Embora eu duvide que esses animais selvagens saibam contar até lá."

Assim que todos acabam de comer, Cavendish sai de novo acompanhado por Sumner. Eles mostram uma das espingardas aos Yaks e depois apontam para a barraca, imitando gestos de comer. Os Yaks examinam a espingarda, sentem seu peso, fazem mira com o olho acima do cano. Cavendish insere um cartucho e deixa o Yak mais velho dar um disparo.

"Uma arma boa pra cacete, essa daí", diz Cavendish.

Os Yaks confabulam por alguns momentos e depois voltam a examinar a espingarda sem nenhuma pressa. Quando terminam, Cavendish se agacha e desenha doze riscos na neve. Aponta para a espingarda, depois para os riscos, depois para a barraca. Imita o ato de comer com os mesmos gestos de antes.

Os Yaks deixam passar um minuto sem dizer nada. Um deles enfia a mão no bolso, retira um cachimbo, coloca o fumo e acende. O outro sorri de leve, diz alguma coisa, depois se agacha e apaga seis riscos com a mão.

Cavendish masca os lábios, balança a cabeça e refaz lentamente os seis riscos.

"Nenhum esquimó safado vai dar uma de judeu pra cima de mim", ele diz a Sumner.

Os Yaks não parecem ter gostado. Um deles faz uma careta, diz algo a Cavendish, apaga os mesmos seis riscos com a ponta da bota e então apaga mais outro.

"Merda", sussurra Sumner.

Cavendish dá uma risada desdenhosa.

"Só cinco", diz. "Cinco míseras focas em troca de uma espingarda. Pareço mesmo tão otário?"

"Se eles forem embora agora, vamos morrer de fome", Sumner enfatiza.

"Podemos sobreviver sem eles", diz Cavendish.

"Não podemos porra nenhuma."

Os Yaks olham para eles com indiferença, apontam para os cinco riscos no chão e oferecem a espingarda como se estivessem dispostos a devolvê-la. Cavendish olha fixamente para a espingarda, mas não a aceita. Balança a cabeça e escarra.

"Esses crioulos da neve só querem saber de levar vantagem", diz ele.

Os Yaks constroem um iglu a cinquenta metros da barraca, sobem no trenó e saem para caçar no gelo. Só retornam depois de anoitecer. O céu escuro está apinhado de estrelas, a aurora boreal se desfralda por cima do vazio pontilhado de estrelas e ondula como uma revoada de estorninhos multicolorida. Drax, que ainda está algemado mas deixou de ser vigiado, uma vez que todos compartilham a condição de prisioneiros de uma mesma desgraça, observa os Yaks descarregando a caça. Escuta os resmungos roucos de sua fala de homens das cavernas, assoa o nariz e fareja, mesmo através do ar gelado, o fedor azedo de suas couraças gordurosas. Dedica algum tempo a medi-los — a altura, o peso, a velocidade e o significado de seus vários gestos — e então caminha em direção a eles com os ferros tilintando.

"Vocês pegaram duas bem gordinhas aí", diz, apontando para as duas focas abatidas. "Posso ajudar a carnear, se quiserem."

Apesar de terem passado o dia inteiro caçando, os dois homens parecem tão animados e descansados quanto antes. Eles olham um instante para Drax, apontam para as correntes e começam a rir. Drax ri junto com eles, balança as correntes e ri mais um pouco.

"Aqueles vermes ali não confiam em mim, estão vendo?", diz. "Pensam que sou perigoso." Ele faz uma cara de monstro e dá patadas no ar para ilustrar o que diz. Os Yaks riem ainda mais alto. Drax avança mais um pouco e pega uma das focas pelo rabo.

"Vou carnear essa aqui, deixem comigo", ele repete, imitando o gesto de cortar a barriga da foca. "Pra mim é fácil."

Os dois negam com a cabeça e fazem gestos para que ele se afaste. O mais velho pega uma faca, se agacha e rapidamente abre e retira as entranhas das duas focas. Deixa os miúdos coloridos em tons de roxo, rosa e cinza formando uma pilha fumegante sobre a neve e começa a separar a gordura da carne. Drax observa. Inspira o aroma ferroso de sangue que vem das entranhas e sente a saliva se acumular dentro da boca.

"Posso carregar pra vocês, se quiserem", diz.

Os dois continuam a ignorá-lo. O mais jovem leva a carne e a gordura até a barraca e as entrega a Cavendish. Usando a faca, o mais velho começa a fuçar com destreza na pilha de miúdos. Encontra um dos fígados, corta um pedaço generoso e o engole cru.

"Meu Jesus Cristo", diz Drax. "Nunca tinha visto isso. Já vi muita coisa, mas não isso."

O homem ergue a cabeça, olha para Drax e sorri. Seus lábios e dentes estão vermelhos de sangue de foca. Ele corta outro pedaço de fígado cru e o oferece a Drax. Drax reflete um instante e aceita.

"Já comi coisa pior nessa vida", diz. "Bem pior."

Ele mastiga uma só vez, engole e sorri. O Yak mais velho retribui o sorriso e depois ri em voz alta. Quando o mais jovem retorna da barraca, eles conversam um pouco e fazem sinal para que Drax se aproxime. O mais velho enfia a mão na pilha de miúdos e pega um olho arrancado. Fura a superfície do olho com a ponta da faca e chupa a gosma de dentro. Eles olham para Drax com um sorrisinho no canto da boca.

"Isso não me afeta nem um pouco", diz Drax. "Já comi olho, olho é moleza."

O mais velho encontra outro olho, o perfura da mesma maneira e o oferece a Drax. Drax chupa o líquido, depois coloca o restante dentro da boca e engole. Os Yaks começam a gargalhar com vontade. Drax abre bem a boca e põe a língua para fora, mostrando que engoliu de verdade.

"Posso mandar pro bucho qualquer coisa que me oferecerem", diz, "qualquer porcaria mesmo — cérebros, colhões, patas. Não tem frescura."

O Yak mais velho aponta de novo para as correntes, grunhe a dá patadas no ar.

"É isso aí", diz Drax. "É isso aí, vocês entenderam bem."

Naquela noite os Yaks alimentam seus cães com os restos rançosos da carne de morsa, amarram-nos a hastes de barbatana de baleia enterradas no cascalho, rastejam para dentro de seus iglus e se recolhem para dormir. Saem para caçar de novo de manhã bem cedo, mas retornam depois de escurecer sem trazer nenhuma foca. No dia seguinte está nevando demais para caçar e eles permanecem o dia inteiro dentro do iglu. Drax caminha com grande dificuldade no meio da nevasca, passando pelos montinhos de cães enrodilhados, para lhes fazer uma visita. Presenteia cada um com uma pitada de tabaco e começa a fazer perguntas. Quando eles não conseguem entender, ele repete mais alto, fazendo sinais. Ao responder eles apontam, riem e desenham padrões no ar ou na superfície de couro de rena dos seus sacos de dormir. De tempos em tempos, cortam uma fatia do fígado de foca congelado e mascam como se fosse alcaçuz. Há períodos de silêncio e outros em que os Yaks conversam entre si como se ele não estivesse ali. Ele os observa e escuta o que dizem, até que, passado algum tempo, compreende o que deve fazer em seguida. É menos uma decisão e mais uma lenta descoberta. Tem a impressão de que o futuro vai se revelando gradualmente. Sente seu perfume quente suspenso no ar setentrional, como o cachorro sente o cheiro fértil da cadela.

Quando a nevasca cessa, os Yaks saem de novo para caçar focas. Conseguem matar uma no primeiro dia e duas no dia seguinte. Quando entregam a última carcaça limpa, como combinado, Cavendish lhes mostra a segunda espingarda. Ele faz mais cinco riscos na neve, mas os Yaks balançam a cabeça e apontam para a direção de onde vieram.

"Querem voltar para casa", diz Sumner. Eles estão em pé na frente da barraca; o céu está claro e sem nuvens, mas o ar está terrivelmente frio. Sua abrasividade ressecante agride o rosto e os olhos de Sumner.

"Eles não podem voltar", diz Cavendish. Ele aponta de novo para o chão e brande a espingarda diante dos Yaks.

O mais velho levanta a espingarda que já recebeu e aponta de novo para o oeste.

"*Utterpok*", diz ele. "Sem troca."

Cavendish balança a cabeça e diz um palavrão em voz baixa.

"Temos carne e gordura suficientes para durar um mês agora", diz Sumner. "Se eles voltarem antes que nosso estoque acabe, vamos sobreviver."

"Se esse velho de merda for embora, o outro precisa ficar aqui conosco", diz Cavendish. "Se forem embora juntos, nada nos garante que vão voltar."

"Não os ameace", alerta Sumner. "Se pressionar demais, podem ir embora de vez."

"Eles podem até possuir uma espingarda agora, mas ainda não possuem balas nem pólvora para usá-la", diz Cavendish. "Então acho que posso ameaçar os desgraçados como bem entender."

Ele aponta para o mais jovem e depois para o iglu.

"*Ele* fica aqui", diz. "*Você*", aponta para o mais velho e depois acena para o oeste, "pode se mandar se quiser."

Os Yaks balançam a cabeça e abrem sorrisos constrangidos, como se tivessem compreendido a proposta mas a considerassem ao mesmo tempo tola e algo vergonhosa.

"Sem troca", o mais velho repete, em tom amistoso. "*Utterpok.*"

Sem demonstrar medo, ou dando mesmo a impressão de estarem se divertindo, eles continuam olhando para Cavendish e de repente lhe dão as costas e começam a caminhar de volta para o trenó. Os cães amarrados se desenrodilham dos buracos que cavaram na neve e começam a latir e a uivar à medida que eles se aproximam. Cavendish retira um cartucho do bolso.

"Acha que matá-los os fará mudar de opinião?", diz Sumner. "É a melhor ideia que consegue ter agora?"

"Não vou matar ninguém ainda, vou mirar para obter um pouco mais de atenção, só isso."

"Espere um pouco", ele diz. "Baixe a arma."

Os Yaks já estão recarregando o trenó, enrolando os sacos de dormir e usando tiras de couro de morsa para prendê-los à carroceria de madeira. Sumner segue na sua direção, eles nem se dão ao trabalho de olhar.

"Tenho algo para vocês", ele diz. "Vejam."

Ele estende a mão enluvada e lhes mostra o anel de ouro roubado que estava pregado ao bolso do seu casaco desde o dia da captura de Drax.

O mais velho levanta a cabeça para olhar, interrompe o que está fazendo e toca o ombro do mais jovem.

"O que essa gente pode fazer com ouro e joias?", pergunta Cavendish. "Se não dá pra comer, tacar fogo ou foder, não serve pra nada aqui nessas bandas, acho."

"Eles podem trocar com outros caçadores de baleias", diz Sumner. "Não são tão burros assim."

Os dois se aproximam. O mais velho pega o anel que está sobre a luva de lã escura de Sumner e o examina com cuidado. Sumner observa.

"Se você ficar aqui", ele diz para o mais jovem, apontando, "o anel é todo seu."

Os dois conversam entre si. O mais jovem pega o anel, cheira e depois o lambe duas vezes. Cavendish começa a rir.

"Esses imbecis acham que o anel é feito de marzipã", diz.

O mais velho encosta a palma da mão no peito do anoraque e aponta para o oeste. Sumner assente.

"Você pode ir", diz, "mas esse aqui fica."

Eles passam mais algum tempo avaliando o anel, giram-no diversas vezes e arranham as joias brilhantes com suas unhas enegrecidas. Sob a luz monótona do Ártico, branca e sem variações, no meio da vasta paisagem de neve e gelo, o anel parece algo de outro mundo, um objeto que foi imaginado ou sonhado, e não criado e moldado pela mão humana.

"Se eles já estiveram a bordo de um navio baleeiro pra fazer trocas, devem ter visto moedas e relógios de pulso", diz Cavendish, "mas nunca viram algo tão belo como isso."

"Vale cinco espingardas ou mais", Sumner diz a eles, abrindo os dedos da mão e apontando.

"Dez ou mais", diz Cavendish.

O mais velho olha para eles e assente. Ele entrega o anel ao mais jovem, que sorri e o guarda em algum recôndito obscuro dentro das calças. Os dois se viram e começam a descarregar o trenó. Caminhando de volta até a barraca, Sumner experimenta uma sensação de leveza desnorteante, a presença súbita de um espaço vago dentro de si, como uma cavidade ou abscesso, no lugar que o anel ocupava e deixou de ocupar.

Mais tarde, quando a escuridão já cercou o acampamento, e depois de terem servido a ceia habitual de carne de foca parcialmente tostada e biscoitos besuntados de gordura, Drax acena para chamar a atenção de Cavendish e depois faz sinal para que ele se aproxime. Ele está sentado num lugar afastado dos demais, num canto escuro e gelado da barraca, longe do fogo. Está enrolado num cobertor esfarrapado, entalhando a imagem grosseira de uma Britânia triunfante num fragmento de marfim de morsa. Como não tem autorização para usar facas, trabalha usando um prego afiado.

Cavendish suspira fundo e se agacha no chão coberto de tapetes.

"O que foi agora?", pergunta.

Drax continua trabalhando na peça por um instante e depois se vira para ele.

"Lembra daquela hora sobre a qual conversamos antes", diz. "Aquela hora que nós dois pensávamos que nunca iria chegar. Lembra dela?"

Cavendish assente com relutância.

"Lembro perfeitamente", diz.

"Então acho que você já pode mais ou menos imaginar o que estou prestes a dizer."

"A hora não chegou", ele diz. "Não pode ter chegado. Não aqui, no fim do mundo congelado da puta que o pariu."

"Mas chegou, Michael."

"Não fale merda."

"Quando o esquimó for embora amanhã, ele me levará com ele no trenó. Já combinamos. Tudo que peço é uma lima pra cortar essas correntes e uma olhadinha pro outro lado."

Cavendish dá um riso debochado.

"Prefere viver como um Yak a subir na forca como um bom e honesto inglês, é isso?"

"Vou invernar com eles, se me deixarem, e quando a primavera chegar, vou procurar um navio."

"Um navio que vá pra onde?"

"New Bedford, Sebastopol. Você nunca mais terá sinal da minha existência. Isso eu posso jurar."

"Estamos todos presos aqui agora. Por que deveria ajudar somente você a escapar?"

"Você só está me mantendo vivo e respirando pra que possam me enforcar depois. Qual o sentido e a lógica disso? Me deixe tentar a sorte com os Yaks. Talvez esses selvagens me furem com uma lança, mas se isso acontecer, acho que ninguém aqui vai lamentar muito."

"Sou um caçador de baleias, não um carcereiro", diz Cavendish. "Nisso você tem razão."

Drax assente.

"Pense nisso", diz. "É uma boca a menos pra alimentar, e comida é algo que definitivamente não anda sobrando por aqui. Quando você voltar pra Inglaterra, não terá nenhuma parcela de culpa pelo que ocorreu, e você e Baxter poderão levar seus esquemas adiante sem se preocupar comigo."

Cavendish o encara.

"Você é um canalha imundo e um sacripanta, Henry", ele diz, "e suspeito que sempre foi."

Drax dá de ombros.

"Pode ser", diz. "Mas se sou tudo isso que você diz, por que ia querer uma aberração dessas vivendo tão perto de vocês, agora que Deus está lhe dando uma chance de me despachar pra bem longe?"

Cavendish levanta de súbito e se afasta. Drax volta a esculpir a sua peça. Está escuro lá fora e o brilho do lampião de gordura é fraco e intermitente. Ele mal consegue enxergar o que está fazendo, mas sente os sulcos rasos do entalhe com os dedos, como faria um cego, e imagina as imagens gloriosas e patrióticas que terão surgido ao fim do trabalho. Cavendish retorna pouco tempo depois e se agacha a seu lado como se quisesse inspecionar a peça.

"Não use isso dentro da barraca", diz ele, mostrando a lima e enfiando-a numa dobra do cobertor de Drax. "Os outros vão ouvir."

Drax assente e sorri.

"Essa carne de foca não me cai bem", diz. "Vou ter que sair várias vezes no meio da noite pra cagar, acho."

Cavendish faz um sinal de aprovação. Permanece agachado, com uma das mãos apoiada no chão para manter o equilíbrio.

"Andei pensando", diz ele.

"Ah é?"

"E se eu for junto com você?"

Drax solta o ar pelo nariz, contrariado, e balança a cabeça.

"É mais seguro ficar aqui."

"Nós todos não podemos sobreviver a este inverno. Dez homens? É impossível."

"Pode ser que um ou dois morram, mas duvido que seja você."

"Prefiro me arriscar com os Yaks, como você."

Drax balança a cabeça de novo.

"Não foi o acordo que fiz com eles. Falei que iria sozinho."

"Então vou fazer o meu próprio acordo, separadamente. Por que não?"

Drax vira a peça de marfim na mão e tateia os sulcos rasos com o polegar.

"É melhor você ficar", ele repete.

"Não, irei junto", diz Cavendish. "E essa lima aí é o meu bilhete de viagem."

Drax pensa um pouco, depois enfia a mão debaixo do cobertor e passa os dedos pelas bordas implacáveis da lima, sentindo suas ranhuras finas como a superfície fria de uma língua metálica.

"Você sempre foi um filho da mãe atrevido e falastrão, Michael", ele diz.

Cavendish abre um sorrisinho e esfrega a barba com força.

"Você achava que ia tirar vantagem de mim, imagino", ele diz. "Mas não vai conseguir. Não vou ficar aqui pra morrer com os outros. Tenho planos melhores."

Faz tanto frio fora da barraca que Drax só consegue trabalhar nas correntes por vinte minutos de cada vez antes de perder a sensação nos pés e nas mãos. São necessárias quatro saídas espaçadas ao longo da noite até que ele consiga se libertar. Toda vez que sai, precisa traçar seu caminho com cuidado através do terreno acidentado de corpos adormecidos, e repete o processo toda vez que retorna enregelado e trêmulo, com as roupas duras de gelo. Os homens resmungam e xingam quando Drax esbarra neles, mas ninguém abre os olhos para ver, exceto Cavendish, que observa tudo atentamente.

Ao se ver livre das correntes, ele se sente maior e mais jovem de um instante para o outro. É como se estivesse dormindo desde o momento em que matou Brownlee e agora finalmente houvesse despertado. Ele não tem medo nenhum do futuro, nenhuma noção de sua força ou seu significado. Cada novo instante não é nada mais do que um portal que ele atravessa, uma passagem que ele perfura. Informa a Cavendish, sussurrando, que chegou a hora de ficar de prontidão e aguardar o seu assovio. Amarra as roupas com um cordão, encaixa a trouxa debaixo do braço, coloca a lima no bolso do casaco e parte em direção ao iglu. A lua minguante está alta.

Sua luz tênue dá uma cor de mingau à vasta extensão de neve. O ar cortante que o envolve é límpido e inodoro. Os cães dormem; o trenó está carregado. Ele fica de quatro e engatinha para dentro do iglu. O breu é total, mas ele consegue farejá-los — o mais jovem à esquerda, o mais velho à direita — e ouvir suas respirações lentas. Fica surpreso ao constatar que eles não acordam, que sua mera presença não bastou para alertá-los. Aguarda um momento, estimando a posição da cabeça deles e a direção em que seus corpos estão deitados. Percebe que está mais quente ali dentro do que na barraca. A atmosfera é abafadiça e pegajosa. Ele estende a mão com cuidado, devagar, e toca com a ponta dos dedos a superfície de um dos sacos de dormir; faz uma pressão muito leve e obtém um gemido em resposta. Coloca a mão dentro do bolso e retira a lima. Ela possui trinta centímetros de comprimento e três de largura, e uma das extremidades é pontuda. A ponta não é muito afiada, mas é grande o bastante para o que ele pretende, e ele acredita que irá conseguir. Segura a lima com força pela extremidade e se inclina para a frente. Já consegue ver a silhueta vaga dos dois — um preto mais denso e profundo contra a escuridão das paredes do iglu. Inspira o ar, se preparando, e então estica o braço e sacode o mais velho até acordá-lo. O homem balbucia e abre os olhos. Em seguida, se apoia num dos cotovelos e abre a boca como se pretendesse dizer alguma coisa.

Segurando a lima com as duas mãos, Drax enterra a ponta no pescoço do homem, bem embaixo da orelha; o esguicho de sangue quente é acompanhado de um barulho que soa como uma mistura de um gorgolejo e um engasgo. Ele extrai a ponta e enfia de novo, dessa vez um pouco mais embaixo. Assim que o mais jovem se remexe, agitado pelo barulho, Drax se vira, desfere dois socos para mantê-lo inerte e depois começa a esganá-lo. Ele é magrela e está com os movimentos tolhidos dentro de um saco de dormir apertado, de modo que não oferece muita resistência e morre sufocado antes que a vida do mais velho tenha se esvaído. Drax os põe para fora dos sacos de dormir, retira o anoraque do mais velho, corta uma fenda na lateral e o veste por cima da própria cabeça. Tateia até encontrar as facas de gordura e a espingarda, e então sai engatinhando do iglu.

Não há nenhum ruído ou movimento, nenhum sinal de que alguém na barraca possa ter escutado alguma coisa. Ele caminha até o trenó e pega os tirantes de couro de cervo. Um a um, desperta os cães e os atrela. Entra de novo no iglu, retira as botas, as calças e as luvas dos cadáveres e os guarda dentro de um saco de dormir. Ao sair novamente, dá de cara com Cavendish parado em frente ao trenó. Levanta a mão direita e anda em direção a ele.

"Eu ainda não tinha assoviado", diz Drax.

"Não vou ficar esperando merda de assovio nenhum."

Drax olha para ele e assente.

"A situação mudou. Quero que veja uma coisa."

"Quer que eu veja o quê?"

Drax larga o saco de dormir na neve e o abre, apontando para dentro.

"Dá uma olhadinha aqui", diz. "Me diga o que vê."

Cavendish hesita um instante, balança a cabeça, avança alguns passos e se inclina para olhar dentro do saco. Drax dá um passo para o lado, o agarra pelo topete, levanta seu queixo para cima e corta sua garganta com um golpe certeiro da faca de gordura. Cavendish, mudo de um instante para o outro, segura o pescoço aberto com as duas mãos, como se quisesse remendar o corte, e cai de joelhos na neve. Ele se desloca um pouco para a frente, como um penitente aleijado, se contorcendo e rouquejando enquanto golfadas de sangue escapam de seu ferimento irremediável, até que enfim tomba no chão, se debate como um peixe fora d'água e para completamente de se mexer. Drax o vira de barriga para cima e começa a revirar os bolsos do casaco de Brownlee.

"Essa ideia não foi minha, Michael", ele diz a Cavendish. "Essa foi toda sua."

20

Ainda está um pouco escuro quando eles encontram o cadáver do imediato deitado sobre a neve de braços e pernas abertos, congelado, com a garganta aberta e coberto de jorros de sangue. Deduzem que os Yaks o mataram, até descobrirem que os dois Yaks também estão mortos, e somente então percebem que Drax sumiu. Quando se dão conta do que aconteceu, ficam imóveis e embasbacados, incapazes de assimilar o mundo decorrente de tais fatos. Olham para o corpo de Cavendish, morto e coberto de geada, como se esperassem que ele pudesse falar novamente, talvez oferecendo uma última opinião inacreditável acerca do seu próprio fim.

Em questão de uma hora, orientados por Otto, eles enterram Cavendish numa cova rasa à beira do promontório e cobrem o corpo com lascas de rocha e pedras arrancadas da face da escarpa. Como os Yaks são pagãos e os seus rituais funerários, por consequência, obscuros, eles deixam seus corpos como foram encontrados, limitando-se a bloquear a entrada do iglu e fazendo desmoronar as paredes e o teto, formando assim uma espécie de mausoléu temporário. Concluídos esses procedimentos, Otto chama os homens para dentro da barraca e sugere que orem juntos pela misericórdia de Deus no enfrentamento dos apuros e pela alma dos que acabaram de partir. Alguns se ajoelham e baixam a cabeça, outros se deitam ao comprido ou sentam de pernas cruzadas, bocejando e futucando-se como macacos. Otto fecha os olhos e levanta o queixo.

"Ó amado Senhor", ele inicia, "ajudai-nos a entender teus desígnios e tua misericórdia. Preservai-nos do pecado grave e do desespero."

Enquanto fala, um lampião a óleo ainda queima no centro da barraca. Um arabesco de fumaça preta se desenrola do lampião e a lona goteja bem no local em que o calor ascendente encontra a camada de gelo de mais de um centímetro.

"Afastai o mal", continua Otto, "e dai-nos força para crer nos mecanismos da tua Providência, mesmo neste momento de confusão e sofrimento. Não nos permita esquecer que o teu amor criou este mundo e o teu amor ainda o sustenta neste exato instante."

Webster, o ferreiro, tosse com força e em seguida estica a cabeça para fora da barraca e escarra na neve. McKendrick, ajoelhado e tremendo, começa a chorar de mansinho, e é seguido pelo cozinheiro e por um dos *shetlanders*. Sumner, que está atordoado e com náuseas devido à combinação de medo e fome, tenta se concentrar na questão das algemas. Drax não teria sido capaz de cometer três assassinatos com os pulsos e tornozelos acorrentados, portanto deve ter conseguido se libertar antes disso, conclui, mas como? Teria recebido ajuda dos Yaks? Ou de Cavendish? Por que alguém teria interesse na fuga de um homem como Drax? E se o ajudaram, por que acabaram mortos, todos os três?

"Protegei e guiai os espíritos dos que acabaram de morrer", diz Otto. "Protegei-os enquanto viajam pelos outros reinos do tempo e do espaço. E ajudai-nos a sempre lembrar que somos apenas uma parte do teu mistério maior, que tu nunca estás ausente, que, ainda que não possamos te ver, ou que possamos confundir a tua presença com a de outra coisa inferior, tu ainda estás conosco. Obrigado, Senhor. Amém."

Os améns retornam a ele na forma de um coro de murmúrios desencontrados. Otto abre os olhos e contempla o espaço ao redor como se estivesse surpreso por estar ali. Sugere que cantem um hino, mas, antes que possa começar, é interrompido por Webster. O ferreiro parece furioso. Seus olhos escuros estão repletos de uma ânsia amargurada.

"O Demônio em pessoa tava vivendo entre nós", ele grita. "O Demônio em pessoa. Acabei de ver as pegadas dele na neve, ali fora. O casco fendido, a marca de Satanás. Tava muito nítido."

"Também vi", diz McKendrick. "Parecidas com as pegadas de um porco ou de uma cabra, só que não tem porcos nem cabras nesse cafundó do judas."

"Essas marcas não existem", diz Otto, "não existe nenhuma marca, a não ser as que foram deixadas pelos cachorros. O único demônio que existe é o que está dentro de nós. O mal consiste em se afastar do bem."

Webster discorda com a cabeça.

"Aquele Drax é o Demônio que assumiu forma de gente", diz. "Ele não é humano que nem eu e você, só aparenta ser quando quer."

"Henry Drax não é o Demônio", Otto lhe diz com paciência, como se estivesse corrigindo um mal-entendido básico. "É um espírito atormentado. Eu o encontrei nos meus sonhos. Conversei com ele diversas vezes lá."

"Os três homens mortos ali fora dizem muito mais que os seus sonhos de merda", retruca Webster.

"Não importa o que seja, ele foi embora", diz Otto.

"Sim, mas embora pra onde? E quem disse que não vai voltar logo?"

Otto balança a cabeça.

"Ele não vai voltar pra cá. Por que voltaria?"

"O Demônio faz o que bem entende", diz Webster. "Não dá satisfação a ninguém, até onde sei."

A possibilidade do retorno de Drax desperta um rebuliço. Otto tenta acalmar os homens, mas é ignorado.

"Precisamos ir embora daqui", Webster diz a todos. "Podemos encontrar o acampamento dos Yaks, e eles poderão nos levar até a estação baleeira Yankee na ilha Blackhead. Lá estaremos seguros."

"Você não sabe em que direção fica o acampamento Yak, nem a que distância se encontra", diz Otto.

"Fica em algum lugar a oeste. Se seguirmos pelo litoral, cedo ou tarde encontraremos."

"Vão morrer antes de chegar lá. Vão morrer congelados, com certeza."

"Já estou farto de aceitar os conselhos dos outros", diz Webster. "Estamos seguindo ordens desde que partimos de Hull, e foi isso que nos trouxe a essa situação de merda."

Otto olha para Sumner, que reflete um pouco.

"Vocês não terão uma barraca", ele diz a Webster, "nem peles ou couros para vestir. Não há estradas ou trilhas de nenhum tipo por aqui, nem pontos de referência que sejamos capazes de reconhecer, de modo que você corre o risco de nunca encontrar o acampamento, mesmo que ele fique perto daqui. Pode ser que sobreviva uma noite ao relento, mas com certeza não sobreviverá a duas."

"Quem quiser ficar nesse lugar amaldiçoado, pode ficar", diz Webster. "Mas não fico nem mais uma hora aqui."

Ele levanta e começa a coletar seus pertences. Seu rosto está rígido e pálido, seus movimentos são bruscos e coléricos. Os outros ficam sentados observando, até que McKendrick, o cozinheiro e o *shetlander* também levantam. As faces encovadas de McKendrick continuam molhadas de lágrimas. Ele tem feridas abertas no rosto e no pescoço, resultantes do período que passou no porão. O cozinheiro treme como um animal em pânico. Otto pede que esperem um pouco, que se alimentem na ceia dessa noite, ao abrigo da barraca, e partam ao raiar do dia se realmente assim desejarem, mas eles não prestam atenção. Quando

Otto insiste, eles erguem os punhos contra ele e Webster promete que derrubará qualquer um que pretenda impedi-los.

Os quatro partem pouco tempo depois, sem cerimônia nem grandes esforços de despedida. Sumner dá a cada um sua cota de carne de foca congelada e Otto entrega a Webster uma espingarda e um punhado de cartuchos. Trocam breves apertos de mão, mas nenhum dos lados arrisca falar ou atenuar as terríveis implicações da partida. Enquanto observam o grupo se afastar, vendo suas silhuetas escuras diminuindo na desolação branca, Sumner se dirige a Otto.

"Se Henry Drax não é o Demônio, não sei dizer exatamente o que ele é. Se há uma palavra sendo cunhada para um homem desses, acho que ainda não a conheço."

"E nunca conhecerá", diz Otto, "pelo menos não em livros humanos. Um sujeito como ele não pode ser capturado ou fixado por meio de palavras."

"Por meio de quê, então?"

"Apenas da fé."

Sumner balança a cabeça e ri com pesar.

"Você sonhou que morreríamos, e agora isso está se tornando verdade", diz. "Está ficando cada dia mais frio, temos comida para no máximo três semanas, não resta esperança de ajuda ou resgate. Esses quatro infelizes que acabaram de partir já podem ser dados como mortos."

"Milagres acontecem. Se o grande mal existe, por que não o grande bem?"

"Sinais e esses malditos devaneios", diz Sumner. "É o melhor que tem a me oferecer?"

"Não estou lhe oferecendo nada", Otto responde calmamente. "Isso não é da minha alçada."

Sumner balança a cabeça outra vez. Os três homens restantes entraram na barraca para se aquecer. Está frio demais para se demorar ali fora, mas ele não suporta a ideia de retornar à companhia desoladora e miserável deles, portanto decide caminhar um pouco para o leste, passando pela cova ainda fresca de Cavendish, até alcançar a baía congelada. O gelo marítimo foi trincado pelos ventos, comprimido e então novamente congelado, formando uma paisagem destroçada de blocos fissurados e inertes, dispostos em completa anarquia. Montanhas escuras assomam ao longe, colossais e majestosas. O céu acima está da cor de um quartzo leitoso. Caminha até perder o fôlego e ficar com o rosto e os pés amortecidos, e então dá meia-volta. O vento está soprando contra ele quando começa a retornar. Invade suas várias camadas de roupa, roçando e gelando seu peito, sua virilha e suas coxas. Pensa em Webster e nos outros que saíram caminhando para o oeste e é acometido de repente por um enjoo e uma sensação de algo estragado por dentro. Para, geme, se dobra e vomita bocados de carne de foca semidigerida em cima da neve congelada. Sente uma pontada, como se uma lança houvesse perfurado o seu estômago, e deixa escapar um jato involuntário de merda dentro das calças. Fica sem conseguir respirar por alguns instantes. Fecha os olhos, espera, e a sensação vai embora. O suor congelou na sua testa e a sua barba está endurecida com saliva, bile e fragmentos de carne mastigada. Olha para cima, fita o céu carregado de neve e abre bem a boca, mas dela não sai nenhum som ou palavra, e logo depois ele volta a fechá-la e segue caminhando em silêncio.

Eles dividem por igual as parcas provisões restantes e autorizam cada homem a cozinhá-las e comê-las como preferirem. Estabelecem turnos para abastecer e cuidar da chama bruxuleante do lampião a óleo. A espingarda que sobrou é deixada perto da entrada da barraca para quem quiser caçar com ela, mas embora eles entrem e saiam o tempo todo para mijar, cagar e trazer um pouco de neve para derreter e matar a sede, nenhum deles encosta nela. Já não há ninguém no comando: a autoridade de Otto evaporou, enquanto a posição de médico que cabia a Sumner não significa mais nada, agora que ele está sem seus medicamentos. Ficam sem fazer nada, esperando. Dormem e jogam cartas. Dizem a si mesmos que Webster e os outros enviarão alguma ajuda, ou que os próprios Yaks com certeza virão procurar seus dois companheiros mortos. Mas ninguém aparece e nada muda. O único livro de que dispõem é a Bíblia de Otto, e Sumner se recusa a lê-la. Não suporta as certezas, a retórica, a esperança entregue de bandeja. Prefere recitar a *Ilíada* em silêncio. Quando menos espera, seções inteiras lhe vêm à mente durante a noite, quase completas, e pela manhã ele as recita do primeiro ao último verso. Quando o veem cochichando sozinho dessa maneira, os outros deduzem que está rezando, e ele não se dá ao trabalho de corrigi-los, pois isso é, provavelmente, o mais perto que ele poderá chegar de uma oração sincera.

Uma semana após a partida de Webster e dos outros, uma tempestade violenta atinge a baía e levanta a barraca do chão, rasgando uma das costuras da lona. Eles se aninham juntos para enfrentar a noite horrenda e congelante, agarrados aos restos amarrotados da barraca que se agita e debate à mercê dos ventos, e pela manhã, depois que o tempo melhora, começam a realizar, cabisbaixos, os reparos possíveis. Usando o canivete, Otto talha e perfura ossos de foca para fabricar agulhas que são distribuídas aos homens, depois começa a extrair fios da bainha de um dos cobertores. Sumner, enrijecido e zonzo após a noite maldormida, vai procurar pedras que sirvam para fixar novamente os cantos da barraca. O vento continua frio e tempestuoso, e em certos pontos ele afunda na neve até a altura das coxas. Quando passa pela extremidade do promontório, de onde vê o gelo acidentado se prolongando na distância, com suas saliências pontudas adornadas com borrifos cristalinos arrancados pela ventania, percebe que o túmulo de Cavendish se encontra em estado deplorável. As pedras que o cobriam foram deslocadas e o cadáver foi em grande parte devorado por animais. Tudo que resta é uma mixórdia grotesca e sanguinolenta de ossos, tendões e entranhas. Pedaços de roupa íntima rasgada estão espalhados aqui e ali. O pé direito foi arrancado a dentadas e está ao lado do corpo, com os dedos intactos. A cabeça sumiu. Sumner se aproxima e se agacha lentamente. Retira a faca do bolso e levanta uma costela do meio da massa congelada. Espeta e inspeciona o osso por alguns instantes, passa o dedo pela ponta que foi quebrada e depois lança o olhar para a vastidão branca.

Assim que retorna à barraca, puxa Otto para o lado e explica o que acabou de ver. Eles conversam por algum tempo, Sumner aponta, Otto faz o sinal da cruz, e então eles caminham até o local onde ficava o iglu e começam a escavar as ruínas glaciais usando as mãos. Encontram os corpos duros e congelados dos dois Yaks, terminam de retirá-los da cova e removem o que ainda resta de suas roupas de baixo feitas de pele de foca. Erguem os corpos pelos tornozelos como se fossem carrinhos de mão e os arrastam para ainda mais longe da barraca. Quando avaliam que a distância e a posição estão apropriadas, largam os corpos no chão. O esforço os deixou sem fôlego e a cabeça deles está soltado vapor. Permanecem ali conversando por mais algum tempo e depois caminham de volta até a barraca desmantelada. Sumner carrega a espingarda e explica aos outros que há um urso faminto rondando no gelo perto dali, e que os Yaks mortos vão servir de isca para atraí-lo.

"Tem carne boa em quantidade suficiente num bicho desses para que nós cinco possamos nos alimentar durante um mês, pelo menos", ele diz. "E a pele nos dará algo mais para vestir."

Os homens respondem com olhares vazios, indiferentes, fatigados além de todos os limites. Quando ele sugere que dividam os esforços — que cada homem monte guarda com a espingarda à espera do urso por duas horas enquanto os outros descansam ou consertam a barraca —, eles balançam a cabeça, rejeitando a ideia.

"Yaks mortos não são isca boa pra urso", dizem com a certeza de quem já tentou isso antes e não gostou do resultado. "Esse plano não vai funcionar."

"Me ajudem mesmo assim", ele diz. "Que mal faz?"

Eles dão as costas e começam a distribuir as cartas: *um, um, um; dois, dois, dois; três, três, três.*

"Um plano absurdo desses não vai dar certo", repetem, como se essa convicção desesperançada bastasse para lhes trazer algum conforto. "Nem agora nem nunca."

Ele fica sentado dentro da barraca com a espingarda carregada aos pés, espiando por um buraquinho recortado na lona cinza. Em certa ocasião, durante a vigia, uma gralha desce, pousa em cima da testa do Yak mais velho, dá algumas bicadas no emaranhado fosco de seus cabelos congelados, depois abre as asas, alça voo e vai embora. Sumner pensa em atirar nela, mas decide poupar a munição. Consegue ter paciência, está confiante. Tem certeza de que o urso está por perto. Talvez esteja dormindo depois da última refeição, mas quando acordar estará faminto outra vez. Empinará o nariz para farejar e lembrará das iguarias que estavam ali perto. Quando começa a escurecer, Sumner passa a espingarda para Otto. Corta um cubo de carne de foca, o espeta na faca e o cozinha na chama do lampião. Os outros três, sem interromper a sua partida interminável de eucre, prestam atenção no que ele faz. Ao terminar de comer, ele se deita e se cobre.

Depois do que parece ter sido apenas um instante de sono, Otto o acorda. Gelo se formou na superfície do cobertor, no local em que o vapor de sua respiração atravessava o tecido. Otto diz que ainda não viu sinal do urso. Sumner se arrasta até o buraco e espia outra vez. A lua está quase cheia e as estrelas pululam na abóbada celeste. Os cadáveres estão deitados exatamente como antes, expostos e tombados, como duas sinistras estátuas jacentes de uma dinastia perdida no tempo. Sumner se apoia na espingarda e mentaliza a chegada do urso. Tenta imaginar sua aproximação, vendo-o surgir da paisagem turva com passos lentos. Imagina a curiosidade do urso, seus modos precavidos. O cheiro da carne morta o impele; uma sensação de algo estranho, algo fora de lugar, o detém.

Acaba dormindo sentado. Sonha que está pescando trutas em Bilberry Lough: é verão, ele está vestindo mangas curtas e um chapéu de palha, o céu e a água formam uma grande extensão azul acima e abaixo dele, e nas margens laterais avultam olmos e carvalhos. Ele está de cabeça limpa, feliz. Quando acorda, vê um movimento à distância. Pensa que pode ser o vento espalhando a neve ou o gelo se movendo na baía, mas então vê o urso, uma figura branca refulgindo na escuridão cinzenta. Observa ele se aproximar dos cadáveres, avançando com passos ritmados e a cabeça baixa, sem pressa nem urgência. Sumner abre a porta da barraca lentamente com uma das mãos, confere a cápsula, engatilha a espingarda e a apoia no ombro em posição de preparo. O urso é alto e largo, mas tem canelas finas e costelas magras. Ele cheira os corpos, ergue uma pata e a coloca em cima do peito do Yak mais velho. Ninguém mais está acordado. Otto ronca baixinho. Sumner se ajoelha. Apoia o cotovelo esquerdo no joelho e acomoda a coronha da espingarda na região macia do ombro direito. Levanta a mira e olha por cima do cano. O urso é um retalho branco na imensidão escura. Ele inspira, expira e dispara. Erra a cabeça, mas o acerta no alto do ombro.

Sumner pega a sacola com os cartuchos e sai correndo da barraca. A neve está profunda e irregular, ele tropeça duas vezes e se levanta em seguida. Quando alcança os cadáveres, vê uma grande mancha de sangue e depois pingos formando uma trilha. Agora o urso já se afastou uns quatrocentos metros e continua correndo de maneira desequilibrada, favorecendo a perna direita, como se a esquerda estivesse aleijada ou insensível. Sumner corre atrás dele. Tem certeza de que ele não poderá escapar. De que logo cairá morto ou se voltará para enfrentá-lo.

Para o leste, o céu começa a clarear. Fissuras peroladas vão se abrindo nas muralhas escuras de nuvens densas; o horizonte teso e uniforme vai ficando cinza, marrom e por fim azul. Quando alcança a ponta do promontório, Sumner está com os pulmões e a garganta ardendo de frio; está arfando, com o sangue pulsando nas têmporas. O urso passa pela cova revirada sem diminuir o passo e então muda de direção para o norte, adentrando o campo de gelo. Sumner o perde de vista por um momento, depois o localiza novamente, surgindo por trás das dobras de gelo de uma crista de pressão. Continua a persegui-lo, escalando, saltando, escorregando e embaralhando as pernas pelo caminho, deixando cair e recolhendo a espingarda. Segue as pegadas profundas e os pingos de sangue. Suas pernas doem, seu coração está disparado, mas ele continua dizendo a si mesmo que é apenas uma questão de tempo, que a cada minuto o urso enfraquece um pouco mais. Segue abrindo caminho pela neve. De um lado e outro, pontas de gelo duras se erguem como os telhados íngremes de um vilarejo parcialmente inundado. De suas bases brotam sombras granuladas que se projetam em diagonal.

Apesar do ferimento, o avanço do urso é firme e constante, como se ele percorresse uma rota estabelecida de antemão.

O céu está repleto de formações de nuvens estreitas, cinzentas ou pardas no topo, e embaixo douradas pelo sol que começa a despontar. Eles vão em frente, o homem e o animal em sua procissão primitiva, atravessando um território tão combalido e acidentado que poderia ter sido construído por um simplório a partir dos restos espatifados de outra paisagem antigamente intacta. Uma hora mais tarde, o gelo se nivela formando uma planície de quase dois quilômetros de largura com a superfície levemente ondulada, lembrando o palato de um cão. Na metade da travessia dessa planície, como se atentasse de repente para a mudança no cenário, o urso desacelera até parar e então se vira. Sumner enxerga a mancha vermelha em seu flanco e os jatos de fumaça que escapam do seu focinho. Após uma pausa breve, ele retira um cartucho de papel encerado do bolso, arranca a ponta com os dentes e derrama o pó preto no buraco do cano da espingarda; enfia dentro também o cartucho com a bala, rasga o excesso de papel e a empurra até o fundo com a vareta. Suas mãos tremem sem parar. O suor escorre e ele sente os pulmões chiando e rasgando no peito como os foles de uma forja. Remexe no bolso à procura de uma cápsula, até que enfim a encontra e a encaixa no pino de aço. Avança devagar até que o espaço entre eles não passe de cem metros, e então se deita no gelo crispado. Sente o contato frio na barriga e nas pernas. Sua cabeça está envolta em vapor. O urso o observa atentamente, mas nada faz. Suas costelas estão arfando. A baba pende em fios de sua mandíbula. Sumner levanta e ajusta a mira, puxa o cão e, lembrando do disparo anterior, ajusta a mira uns trinta centímetros para a esquerda. Pisca até retirar o suor das pálpebras, aperta os olhos e puxa o gatilho. A cápsula explode com um estampido, mas ele não sente o coice da espingarda. Ao escutar o barulho, o urso expele ar pelas narinas, se vira e sai correndo de novo. Véus de neve espirram de suas patas.

Sumner amaldiçoa o tiro em falso, se levanta com dificuldade, joga fora a cápsula defeituosa e instala uma nova. Firma bem a posição, faz mira outra vez e dispara, mas o urso já está muito longe e o tiro erra por pouco. Fica mais algum tempo observando o urso, pendura de novo a espingarda no ombro e sai atrás dele.

21

A planície de gelo termina diante de uma nova crista de pressão que se ergue em picos serrilhados e franjados de marrom e cujos flancos lembram as estruturas de um cerco medieval, com bermas e baluartes. O urso acompanha a crista no sentido oeste até que encontra uma abertura, pula dentro dela e a atravessa com dificuldade. Esfumado entre nuvens, o sol não irradia nenhum calor perceptível. O suor de Sumner escorre pela barba e pelas sobrancelhas e congela em pingentes duros. O urso diminuiu o ritmo e agora só consegue caminhar, mas com Sumner não é diferente. À medida que se mantém no seu encalço, cruzando a crista de pressão e adentrando mais um campo de gelo ondulante, a distância que os separa permanece mais ou menos a mesma. Ele ganha vinte metros, mas em seguida os perde de novo. A dor nas pernas e no peito é quente e aguda, porém constante. Pensa em dar meia-volta, mas não chega a fazê-lo. A perseguição já encontrou um ritmo, um padrão que não seria tão fácil desfazer. Quando tem sede, ele recolhe um punhado de neve e come; quando sente fome, deixa que a sensação cresça, atinja o ápice e depois suma. Respira e caminha enquanto o urso permanece sempre adiantado, sujo de sangue de cima a baixo, envolto em vapores, deixando pegadas largas e redondas como tigelas de sopa.

Espera a cada minuto que o urso vá sucumbir, fraquejar, começar a morrer, mas nada disso acontece. O urso persiste. Às vezes sente por ele um ódio feroz e violento e às vezes um amor quase sentimental. Os músculos traseiros do urso se revolvem por trás da sua pele solta. Suas pernas gigantes sobem e descem como martelos hidráulicos. Eles passam diante de um iceberg acoplado à plataforma de gelo — sessenta metros de altura, oitocentos de comprimento, com uma verticalidade abrupta e o topo plano, lembrando o tampão romboide de um vulcão extinto. Seus paredões íngremes e cisalhados são estriados de azul e as bases são cingidas de neve. Sumner não está levando um relógio de bolso, mas estima que já passa do meio-dia. Ele se dá conta de que se afastou demais do acampamento, que não poderá levar a carne do urso de volta mesmo que consiga matá-lo. Isso o transtorna por algum tempo, mas ele segue caminhando, e a potência desestabilizadora desse fato vai desmanchando aos poucos, até que nada mais ocupe sua atenção a não ser os pés subindo e afundando na neve e os arquejos ocos de sua respiração acelerada.

Cerca de uma hora depois eles se aproximam de uma longa fileira de penhascos altos e escuros, com as encostas nuas e pretas, rabiscadas de gelo cinza-claro. O urso acompanha a face dos penhascos, mantendo o ritmo, até encontrar uma fenda estreita em meio às sombras. Ele olha uma vez para trás e em seguida some de vista com um movimento rápido. Sumner vai atrás dele. Próximo da fenda, se volta na direção em que o urso havia desaparecido e vê diante de si um fiorde comprido, estreito e repleto de gelo, com paredões íngremes que não parecem oferecer nenhuma saída. À esquerda e à direita, grandes rochedos cinzentos, cortados por desfiladeiros, se erguem contra o céu pálido. O gelo a seus pés é liso e puro como mármore. Parado em frente à entrada do fiorde, Sumner olha em volta e tem a impressão de que já esteve ali antes, de que já tinha algum conhecimento daquele lugar. Talvez tenha aparecido em algum sonho, ele pensa, ou num devaneio embalado pelo ópio. Ele cruza a entrada e continua andando.

Entre precipícios de gnaisse e granito, homem e animal avançam um atrás do outro pela alvura irretocável do chão do vale, mantendo uma distância folgada — separados, porém misteriosamente juntos — como se percorressem um corredor ou passagem revestida de neve e resguardada pelo céu. Sumner sente o peso da espingarda no ombro e a dor teimosa na perna mal remendada. Sente tonturas e uma fraqueza terrível causada pela fome. Logo a neve começa a cair, de início suave, depois mais compacta e vigorosa.

À medida que o vento e o frio aumentam, e com a neve caindo em densas rajadas diagonais, Sumner começa a perder o urso de vista. Ele some e reaparece em lampejos piscantes e indistintos, como imagens em um zootrópio. Sua silhueta começa a se borrar, se deforma e finalmente se desmancha. Não demora para que o céu e os penhascos também desapareçam, e tudo o que pode ver agora são as iterações cinzentas da nevasca — tudo rodopiando e se transformando —, não resta nada que seja nítido, delimitado ou distinto. Preso nesse emaranhado atordoante, ele perde todo e qualquer senso de tempo e direção. Cambaleia de lá para cá, desorientado e no limite da exaustão total, pelo que lhe parecem ser horas a fio, embora pudessem ter sido apenas minutos ou mesmo segundos. A certa altura, topa por acaso com a encosta pedregosa e se abriga debaixo de uma rocha. Fica ali agachado, se sentindo atingido por ondas de medo e pânico que se avolumam e quebram uma atrás da outra. Treme incontrolavelmente de frio enquanto as suas roupas molhadas de suor começam a endurecer no corpo como uma cota de malha. Já não consegue sentir as mãos e os pés. A neve se acumula nos seus vincos do rosto e dos lábios, mas não derrete. Ele caminhou demais e sabe disso: se distanciou do seu verdadeiro objetivo, agora está perdido e desnorteado, e seu fracasso é absoluto.

Fixando o olhar na precipitação turbulenta, vê um menino morto em pé na sua frente, encardido e descalço, vestindo um *dhoti* e um tabardo encharcado de sangue. O menino está segurando uma folha murcha de repolho numa das mãos e uma caneca de lata na outra. O buraco de bala borbulhante no seu peito agora atravessa até o outro lado. Uma nesga de luz do tamanho de uma moeda pode ser entrevista no lugar onde deveria estar o coração. É como uma brecha estreita na muralha larga de um castelo. Sumner levanta a mão direita numa saudação acanhada, mas o menino não responde. Talvez ele esteja com raiva de mim, pensa Sumner. Mas não, o menino está chorando, e ao constatar isso ele também começa a chorar de empatia e vergonha. As lágrimas mornas rolam por suas faces até endurecerem e congelarem nas pontas enroscadas de sua barba. Permanecendo ali sentado e chorando, tem a sensação de estar se liquefazendo, perdendo a forma, escorrendo até formar um caldo de tristeza e arrependimento. Seu corpo sofre tremores e espasmos. Sua respiração fica cada vez mais lenta e seus batimentos cardíacos vão se tornando débeis e relutantes. Percebe a morte, sente o peso da sua presença, seu cheiro fecal no ar revolto. O menino lhe estende a mão, e Sumner vê, através do buraquinho em seu peito, um outro mundo em miniatura: perfeito, completo, impossível. Admira-o por mais algum tempo, encantado com a magnificência de sua concepção, depois desvia o olhar. Abraça a si mesmo com força, inspira e olha em volta. A criança sumiu: não existe nada além da tempestade furiosa e, escondido dentro dela, o urso que precisa matar caso queira sobreviver. Aperta os joelhos contra o peito e segura as pernas por alguns instantes. Levanta com dificuldade e carrega a espingarda com os dedos amortecidos e trêmulos. Assim que termina de fazer isso, sai do abrigo da rocha e grita no ar gélido.

"Venha aqui agora mesmo", berra. "Venha aqui agora, seu canalha miserável, e deixe eu meter uma bala na sua cabeça."

Não há resposta, nada além da neve carregada pelo vento e das lajes silenciosas de rocha e gelo. Olha para a frente sem enxergar nada e grita mais uma vez. A tempestade continua firme; a ventania ruge. Ele poderia muito bem estar sozinho na superfície de uma lua distante e inóspita — entupida de gelo, fora do alcance de um sol, desabitada. Ele grita uma terceira vez, e como um fantasma repentino e evocado contra a própria vontade, o urso aparece na sua frente, a menos de trinta metros, parcialmente encoberto pelas rajadas de neve, mas ainda assim bem visível. Enxerga os contornos esfarrapados do ferimento no ombro e a fina camada de gelo cobrindo o dorso como uma sela. O urso o encara com um olhar vazio; o vapor que sai de suas narinas é como a fumaça de uma fogueira esfriando. Sumner ergue a espingarda e mira sem firmeza o peito enorme. Sua mente está vazia. Já não há nada a decidir ou esperar. Tudo o que existe é esse momento, esse acontecimento. Ele inspira e expira, seu coração se enche de sangue e esvazia. Aperta o gatilho, escuta a pólvora acender e chiar, sente o coice.

O urso cai de joelhos e tomba para o lado. O estampido ecoa nas rochas mais altas — primeiro bem alto, depois cada vez mais baixo. Sumner abaixa a espingarda e vai correndo até o cadáver. Ele se agacha, coloca as duas mãos no flanco ainda quente e afunda o rosto e os dedos na pelagem. Está com os lábios partidos e a respiração ofegante. Retira a faca de gordura do cinto, afia o gume com uma pedra de amolar e testa o fio no polegar. Faz a primeira incisão perto da virilha e corta a carne macia da barriga até o esterno. Começa a serrar o osso até atingir a garganta. Corta a traqueia, apoia o calcanhar da bota num dos lados da caixa torácica dividida ao meio, segura o outro lado com as duas mãos e faz força para abrir até quebrá-la. Sente a calidez repentina dos órgãos internos do urso, como se entrasse numa cozinha aquecida, e o fedor carnal que eles desprendem invade as suas narinas. Deixa a faca de gordura em cima da neve e enfia as duas mãos nas entranhas fumegantes do urso morto. Seus dedos congelados dão a impressão de que vão rebentar com o calor. Trava a mandíbula e afunda ainda mais as mãos. Depois que a dor diminui, retira as mãos encharcadas de vermelho e esfrega o rosto e a barba com o sangue morno, e em seguida pega novamente a faca e começa a cortar e a remover as entranhas. Põe para fora coração, pulmões, fígado, intestinos e estômago. Dentro da cavidade profunda resta uma piscina fumegante de um líquido quente e escuro — sangue, urina, bile. Sumner se debruça com a boca aberta e começa a beber às pressas com a ajuda das mãos. À medida que bebe e transfere diretamente para si o calor do urso, como se ingerisse um elixir que desce pela garganta, chega ao estômago vazio e se espalha pelo corpo, ele começa a sofrer tremores e depois contrações. Logo em seguida é acometido por espasmos incontroláveis, seus olhos se reviram e a escuridão o engole.

Quando a crise termina, Sumner se vê estendido de bruços e parcialmente coberto pela neve rasante. Sua barba está endurecida de sangue de urso, suas mãos estão tingidas de vermelho-escuro e as mangas do seu casaco de marinheiro estão ensopadas até os cotovelos. A boca, os dentes e a garganta estão revestidos de sangue animal e humano. A ponta da sua língua está faltando. Ele se levanta e olha em volta. O vento assobia, e o ar glacial é atravessado por consecutivas rajadas de gelo. Não consegue enxergar nem os penhascos, nem a encosta pedregosa, nem a rocha sob a qual se abrigou. Contempla o corpo eviscerado do urso, com suas costelas abertas, escancarado como um túmulo vazio.

Ele se detém por um instante, reflete, e então, como se fosse mergulhar na banheira, se agacha e entra na cavidade rubra e estriada. Os ossos partidos se fecham em torno dele como dentes. Os músculos rígidos acomodam o seu corpo. Há um odor úmido e puro de carnificina, bem com um resíduo tênue e maravilhoso de calor animal. Ele recolhe as botas para dentro do vão do abdome e puxa a carne morta ao redor do corpo como se vestisse um sobretudo. Ainda escuta o vento rugir, mas já não o sente. Está acolhido, enfiado dentro de um caixão, de uma escuridão aconchegante e vascularizada. Sua língua mutilada começa a inchar dentro da boca, sangue e saliva borbulham dos lábios e escorrem pela barba. Tem vontade de rezar, de falar, de fazer com que saibam dele. Lembra-se de Homero — o cadáver de um herói, os jogos fúnebres, as armaduras deformadas e quebradas —, mas quando tenta murmurar os primeiros dáctilos, o que brota de sua boca rebentada são os grunhidos e rosnados de um selvagem.

22

O desconhecido está coberto de sangue, encharcado dos pés à cabeça. Parece uma foca esfolada ou um recém-nascido que acaba de sair do útero da mãe. Ainda respira, por pouco, mas seus olhos lacrados de sangue estão fechados e seu corpo está parcialmente congelado. Eles o arrastam para fora e o deixam deitado ali perto enquanto esfolam e esquartejam o urso e depois guardam a carne e a pele no trenó. Um dos caçadores recolhe a espingarda do desconhecido e o outro recolhe a faca. Eles discutem se devem matá-lo ou trazê-lo ao acampamento. Após alguma discordância, decidem trazê-lo. Seja quem for esse infeliz, ponderam, ele tem muita sorte, e um homem tão sortudo merece outra chance. Os dois o erguem e o depositam em cima do trenó. Ele geme um pouco. Eles o cutucam e sacodem, mas ele não acorda. Enfiam neve dentro da sua boca, mas a neve apenas derrete em cima da língua esfacelada e escorre pelo queixo em gotas rosadas.

No acampamento de inverno, as esposas lhe oferecem água e sangue de foca aquecido para beber. Lavam seu rosto e suas mãos e removem suas vestimentas duras de sangue. Assim que a notícia se espalha, as crianças aparecem para conferir. Espiam, cutucam, dão risadinhas. Quando ele abre os olhos, elas gritam fininho e saem correndo. Logo começam a circular rumores. Alguns dizem que ele é *angakoq*, um espírito-guia enviado diretamente de *Sedna* para auxiliar nas caçadas, enquanto outros dizem que ele é um fantasma maligno, um *tupilaq* fingidor que pode matar apenas com um toque e causar moléstias com sua mera presença. Os caçadores consultam o xamã, que avisa que o desconhecido não se recuperará enquanto não for devolvido ao seu próprio povo. Devem levá-lo para o sul, diz o xamã, para a nova missão na enseada Coutts. Eles querem saber se o desconhecido tem sorte, como haviam pressuposto, e se parte dessa sorte lhes será transmitida. O xamã diz que ele realmente tem sorte, mas é uma sorte de um tipo particular, que não lhes diz respeito.

Eles o carregam enrolado em peles, pálido e trêmulo, de volta ao trenó e o levam para o sul através do lago congelado e do território de caça de verão, até chegar na missão. A cabana pintada de vermelho fica instalada em cima de uma pequena elevação de frente para o mar congelado, tendo as montanhas altas como pano de fundo. Bem ao lado há um grande iglu soltando uma coluna de fumaça preta pela abertura no teto e uma matilha de cães de tração enrodilhados. Ao chegar, os caçadores são saudados pelo padre, um inglês magro e rijo, de olhos claros, com a barba e os cabelos grisalhos e um semblante fervoroso e ao mesmo tempo repleto de ceticismo. Eles apontam para Sumner e explicam onde e como o encontraram. Como o padre parece não entender, eles usam os dedos para traçar um mapa do litoral na superfície da neve e indicam o local. O padre balança a cabeça, duvidando.

"Um homem não pode surgir assim do nada", diz.

Eles explicam que, sendo assim, ele é provavelmente um *angakoq* que até agora vivia numa casa no fundo do mar junto com *Sedna*, a deusa de um olho só, e seu pai *Anguta*. Nesse ponto, o padre passa a se irritar. Começa a lhes falar mais uma vez (como sempre faz) a respeito de Jesus, depois entra na cabana e volta trazendo o livro verde. Eles ficam parados ao lado dos trenós, escutando enquanto ele lê em seu inuctitut rudimentar. As palavras fazem certo sentido, mas eles acham as histórias inverossímeis e infantis. Quando ele termina, eles sorriem e assentem.

"Então talvez ele seja um anjo", dizem.

O padre olha para Sumner e discorda com a cabeça.

"Ele não é um anjo", diz. "Isso eu posso garantir."

Eles carregam Sumner para dentro da cabana e o deitam sobre um catre ao lado da estufa. O padre o envolve em cobertores e se agacha para sacudi-lo e tentar acordá-lo.

"Quem é você?", pergunta. "Veio em qual navio?"

Sumner abre um dos olhos até a metade, mas não tenta responder. O padre franze o cenho e se inclina para examinar mais de perto o semblante enegrecido por queimaduras de gelo.

"*Deutsch?*", ele pergunta. "*Dansk? Ruski? Scots?* O que você fala?"

Sumner retribui o olhar por um instante, sem manifestar interesse ou reconhecimento, e fecha a pálpebra. O padre permanece mais algum tempo agachado a seu lado, até que enfim assente e se levanta.

"Melhor ficar um tempo aí deitado, descansando", diz, "seja lá quem você for. Conversaremos melhor mais tarde."

O padre prepara um café para os caçadores e faz mais perguntas. Depois que eles vão embora, faz Sumner ingerir conhaque de uma colher de chá e esfrega banha em suas queimaduras de gelo. Após deixar Sumner em posição confortável, o padre senta à mesa diante da janela e escreve no livro verde. Há mais três volumes grossos e encadernados com couro ao alcance da sua mão, e de vez em quando ele abre um desses volumes, consulta suas páginas e balança a cabeça positivamente. Mais tarde surge uma mulher esquimó trazendo uma panela de ensopado. Ela veste um anoraque de pele de cervo, mais comprido na parte traseira, e um chapéu de lã preto; tem linhas azuis em forma de V tatuadas em paralelo na testa e no dorso das mãos. O padre busca duas tigelas brancas e grossas na prateleira que fica acima da porta e empurra os livros e papéis para abrir espaço. Divide o ensopado entre as duas tigelas e devolve a panela à mulher. Ela aponta para Sumner e diz algo em sua língua nativa. O padre assente e oferece uma resposta que a faz sorrir.

Sumner, deitado e imóvel, sente o cheiro da comida quente. A fragrância suave o alcança através do véu embotado da exaustão e da indiferença. Ele não sente fome, mas está começando a lembrar de como ela era, daquela ânsia específica, do tipo de desejo relacionado a ela. Será que está pronto para reencontrar tudo aquilo? Será que é isso que deseja? Será capaz disso? Ele abre os olhos e examina seu entorno: madeira, metal, lã, gordura; verde, preto, cinza, marrom. Vira a cabeça para o outro lado. Um homem grisalho está sentado diante de uma mesa de madeira; em cima da mesa há duas tigelas de comida. O homem fecha o livro que está lendo, murmura uma oração, levanta e traz uma das tigelas para perto de Sumner.

"Aceita comer alguma coisa agora?", o homem lhe pergunta. "Pronto, deixa que eu ajudo."

O padre se ajoelha, põe a mão atrás da cabeça de Sumner e a levanta. Cata um pedaço de carne com a colher e a leva aos lábios de Sumner. Sumner pisca os olhos. Uma enxurrada de sensações densas e inomináveis percorre seu corpo inteiro.

"Será mais fácil te alimentar se você abrir um pouco a boca", diz o padre. Sumner não se mexe. Entende o que está sendo pedido, mas não faz nenhum esforço para obedecer.

"Vamos", diz o padre. Ele encosta a pontinha da colher no lábio inferior de Sumner e faz uma leve pressão para baixo. A boca de Sumner abre um pouco. O padre vira a colher com um gesto rápido e a carne escorrega pela língua lacerada de Sumner. Ele deixa o pedaço ali parado por algum tempo.

"Mastigue", diz o padre, fazendo movimentos de mastigação e apontando para a própria mandíbula para ter certeza de que Sumner está vendo. "Se não mastigar bem, não vai aproveitar o que tem de melhor."

Sumner fecha a boca. Sente o gosto da carne se infiltrar nele. Mastiga duas vezes e engole. Sente uma pontada e em seguida uma dor menos intensa.

"Bom", diz o padre. Ele cata outro pedaço de carne e repete o processo. Sumner come outros três pedaços, mas deixa o quarto cair no chão sem mastigar. O padre assente e deita de novo a cabeça de Sumner em cima do cobertor.

"Vamos ver se você consegue aceitar uma caneca de chá mais tarde", ele diz. "Vamos ver se lhe desce bem."

Dois dias depois, Sumner já consegue se sentar e comer sozinho. O padre o ajuda a se acomodar na cadeira, envolve seus ombros com um cobertor e eles sentam em lados adjacentes da mesinha de madeira.

"Os homens que te encontraram acham que você é o que chamam de *angakoq*", explica o padre, "o que significa mago, na língua dos esquimós. Eles acreditam que os ursos possuem poderes enormes, e que certos homens escolhidos compartilham desse poder. O mesmo também vale para outros animais, é claro — cervos e morsas, focas, até alguns pássaros marinhos, creio —, mas na mitologia deles o urso é de longe a criatura mais poderosa. Os homens que têm o urso como espírito protetor são capazes de praticar as magias mais poderosas — cura, adivinhação e por aí vai."

Ele olha de relance para o desconhecido buscando sinais de que ele está compreendendo, mas Sumner encara a comida sem esboçar reação.

"Vi alguns desses *angakoqs* deles em ação e não passam de ilusionistas e charlatães, é claro. Vestem máscaras apavorantes e outros penduricalhos para causar efeito; cantam e dançam para valer dentro do iglu, mas no fundo não é nada. É um paganismo chocante, uma superstição das mais grosseiras, mas eles não sabem disso e nem poderiam saber. Nunca tinham visto a Bíblia até eu chegar, a maioria deles, nunca ouviram o evangelho sendo pregado a sério."

Sumner dirige os olhos ao padre por um brevíssimo instante, sem parar de mastigar. O padre sorri de canto e acena com a cabeça para encorajá-lo, mas Sumner não retribui o sorriso.

"É um trabalho lento e árduo", continua o padre. "Estou sozinho aqui desde o início da primavera. Levei meses para conquistar a confiança deles — no começo com presentes, facas, rosários, agulhas e coisas assim, e depois com gestos de bondade, ajudando com suas necessidades, fornecendo roupas ou remédios. São um povo amistoso, mas também muito primitivo e infantil, quase incapaz de pensamentos abstratos ou emoções elevadas. Os homens caçam e as mulheres costuram e amamentam, e isso constitui o limite de seus interesses e conhecimentos. Possuem algo próximo de uma metafísica, é verdade, mas é uma metafísica tosca, de conveniência, e mesmo entre eles, pelo que tenho observado, há quem não acredite nela. Minha missão é ajudá-los a amadurecer, por assim dizer, evoluir suas almas e torná-los conscientes. É por isso que estou traduzindo a Bíblia aqui." Ele indica com a cabeça a pilha de livros e folhas de papel. "Se eu conseguir fazer isso bem, encontrando as palavras certas na língua deles, tenho certeza de que começarão a entender. No fundo eles são criaturas de Deus, assim como eu e você."

O padre pega um pedaço de carne com a colher e o mastiga devagar. Sumner segura a caneca de chá, bebe um gole e a põe de volta em cima da mesa. Pela primeira vez em muitos dias, sente que as palavras começam a se congregar dentro dele, se dividindo e se acumulando, ganhando potência e forma. Em instantes, tem certeza, elas começarão a subir pela garganta, escorrerão por sua língua ferida e ulcerosa e então, goste ou não, queira ou não, ele acabará falando.

O padre o encara.

"Está se sentindo mal?", pergunta.

Sumner nega com a cabeça. Ergue brevemente a mão direita e abre a boca. Nada acontece por um instante.

"Os remédios", diz ele.

O que sai é um balbucio indistinto. O padre parece ficar confuso, mas em seguida sorri e se inclina mais perto dele.

"Repita", ele diz. "Não entendi bem o que..."

"Remédios", repete Sumner. "Que *remédios* você tem?"

"Ah, *remédios*", diz o padre. "Claro, claro."

Ele se levanta, entra na despensa que fica nos fundos da cabana e retorna com uma pequena maleta de remédios. Ele coloca a maleta em cima da mesa, em frente a Sumner.

"Isso é tudo que tenho", diz. "Usei bastante os sais, é claro, e o calomelano para as crianças nativas, quando estão com diarreia."

Sumner abre a caixa e começa a retirar os frascos e as garrafas, analisando seu conteúdo e lendo os rótulos. O padre o observa.

"Você é médico?", pergunta. "É isso que você é?"

Sumner o ignora. Tira tudo de dentro da maleta e depois a vira de ponta-cabeça para ter certeza de que não faltou nada. Contempla a coleção espalhada sobre a mesa e balança a cabeça.

"Onde está o láudano?", pergunta.

O padra franze o cenho, mas não responde.

"O láudano", Sumner repete, dessa vez mais alto. "A porra do láudano, onde foi parar?"

"Desse não sobrou nada", diz o padre. "Eu tinha um frasco, mas já acabou."

Sumner mantém os olhos fechados por um instante. Quando volta a abri-los, o padre está guardando os remédios de volta na maleta, com cuidado.

"Percebo que você fala um inglês claro, no fim das contas", diz ele. "Eu já estava temendo que fosse polaco ou sérvio, ou de alguma outra origem obscura."

Sumner pega a tigela e a colher e continua a comer como se nada tivesse acontecido.

"De onde você é?", pergunta o padre.

"Não importa muito de onde eu sou."

"Não para você, talvez, mas quando um homem está sendo alimentado e bem cuidado num lugar onde provavelmente morreria se fosse deixado à própria sorte, não seria estranho esperar que ele demonstrasse certa cortesia com aqueles que o estão ajudando."

"Vou pagar você de volta pela comida e pelo fogo."

"E pretende fazer isso quando, se me permite a pergunta?"

"Na primavera, quando os navios baleeiros retornarem."

O padre assente e se reclina de novo na cadeira. Ele cofia a barba grisalha e coça a ponta do queixo com a unha do polegar. Suas faces estão coradas, mas ele se esforça para continuar sendo caridoso diante dos insultos de Sumner.

"Alguns chamariam de milagre o que aconteceu com você", ele diz após uma pausa, "ser encontrado dentro do corpo de um urso morto, preservado no gelo, ainda vivo."

"Eu não chamaria assim."

"Chamaria como?"

"Talvez fosse melhor perguntar ao urso."

O padre o encara por um momento e ri.

"Ah, você faz o tipo sabichão, já entendi", ele diz. "Ficou três dias aí deitado, calado como um túmulo, sem deixar uma única palavra sair pela boca, e agora resolveu caçoar de mim."

"Vou pagar de volta pela comida e pelo fogo", Sumner repete, curto e grosso. "Assim que conseguir um leito em outro navio."

"Você veio parar aqui por algum motivo", diz o padre. "Nenhum homem aparece assim do nada. Ainda não sei qual é o motivo, mas sei que o bom Deus deve possuir algum."

Sumner nega com a cabeça.

"Não", diz ele. "Comigo não. Não me envolva nessa conversa fiada."

Meia semana depois aparece um trenó transportando dois caçadores que o padre nunca viu antes. Ele veste o anoraque e as luvas e vai recebê-los. A mulher, cujo nome cristão é Anna, sai do iglu ao mesmo tempo, saúda os homens e lhes oferece comida. Eles conversam com ela por vários minutos e depois se dirigem ao padre, falando devagar para que ele entenda. Explicam que encontraram uma barraca destruída a um dia de viagem dali e que dentro dela havia quatro homens brancos mortos e congelados. Como prova, mostram os objetos que recolheram — facas, cordas, um martelo, um exemplar da Bíblia todo manchado de gordura. Quando o padre pergunta se estão dispostos a voltar e recuperar os corpos para que possam ser enterrados com os devidos rituais, eles negam com a cabeça e dizem que precisam continuar caçando. Depois de alimentar os cães com carne de morsa, eles comem e descansam dentro do iglu, mas não passam a noite ali. Tentam lhe vender a Bíblia antes de partir, mas o padre se recusa a negociar o livro, então eles o presenteiam a Anna. Quando já foram embora, Anna vêm à cabana e explica que os caçadores lhe contaram que também haviam achado dois esquimós mortos no acampamento dos brancos. Estavam despidos, ela relata, e um deles tinha sido morto com uma faca. Ela aponta, no próprio pescoço, os locais dos ferimentos.

"Um aqui", diz, "e o outro aqui."

Mais tarde, quando os dois estão sozinhos, e depois de ter passado algum tempo pensando no assunto, o padre compartilha com Sumner o que foi relatado pelos esquimós, permanecendo atento às suas reações.

"Pelo que entendi, o lugar onde acharam os corpos não fica muito longe de onde você foi achado", diz ele. "Presumo, então, que conhece os homens mortos; presumo que eram seus companheiros de navio."

Sumner, que está sentado em frente à estufa, entalhando um pedaço de madeira, coça o nariz e baixa a cabeça uma única vez, concordando.

"Eles estavam mortos quando se separou deles?", o padre lhe pergunta.

"Só os Yaks."

"E não pensou em voltar lá?"

"Eu sabia que a nevasca os mataria."

"Ela não matou você."

"Eu diria que ela tentou com todas as forças."

"Quem assassinou os esquimós?"

"Um homem chamado Henry Drax, um arpoador."

"Por que ele faria uma coisa dessas?"

"Porque queria ficar com o trenó deles. Queria usá-lo para escapar."

Franzindo a testa e balançando a cabeça enquanto processa essas informações extraordinárias, o padre pega o cachimbo e o abastece com tabaco. Sua mão treme ao fazê-lo. Sumner o observa. O carvão crepita e estala na estufa.

"Ele deve ter ido para o norte", o padre diz após um intervalo. "As tribos na parte norte da Terra de Baffin seguem apenas a própria lei. Se ele foi parar no meio deles, jamais saberemos onde está ou que fim levou. Pode estar morto, mas provavelmente ofereceu o trenó em troca de abrigo e está esperando a primavera chegar."

Sumner assente. Observa o espectro cintilante da vela pairando na vidraça escura. Do outro lado da janela, distingue a forma esbranquiçada do iglu e, na lonjura, o vulto preto, rígido e elevado das montanhas. Pensa em Henry Drax ainda vivo em algum lugar e sente um calafrio.

O padre se levanta. Pega uma garrafa de conhaque no armário ao lado da porta e serve dois copos.

"E qual é o seu nome?"

Sumner o encara de sobressalto e em seguida volta a contemplar o fogo e a entalhar a madeira.

"Não é Henry Drax", diz.

"Qual é, então?"

"Sumner. Patrick Sumner, de Castlebar."

"Você é do condado de Mayo", o padre diz em tom conciliador.

"Sim", ele diz. "Em outros tempos."

"E qual é a sua história, Patrick?"

"Isso eu não tenho."

"Ora", ele diz, "todo homem tem uma história."

Sumner balança a cabeça.

"Eu não", diz.

Aos domingos, o padre celebra a Eucaristia no aposento principal da cabana. Empurra a mesa até o canto, retira de cima dela os livros e papéis e os substitui por uma toalha de linho, um crucifixo e duas velas em candelabros de metal. Há uma jarra e um cálice de estanho para o vinho e um prato de porcelana lascado para a hóstia. Anna e seu irmão sempre comparecem, e às vezes outros cinco ou seis esquimós vêm do acampamento mais próximo. Sumner cumpre a função de coroinha. Acende as velas e as assopra. Passa um pano na borda do cálice para mantê-lo limpo. Quando solicitado, chega a ler o trecho da Bíblia. A coisa toda é uma grande bobagem, ele crê, um circo humano rudimentar em que o padre é uma combinação de apresentador e domador de leões, mas ele acha mais fácil aceitar o papel toda semana do que discutir a sua recusa em cada nova ocasião. O que os esquimós pensam daquilo, contudo, ele não consegue imaginar. Ficam em pé e se ajoelham nos momentos indicados e até fazem o que podem para cantar os hinos. Suspeita que eles se divertem em segredo com o ritual, que aquilo lhes serve como um entretenimento exótico durante o longo e aborrecido inverno. Ele os imagina retornando ao iglu e rindo da solenidade do padre, imitando com bom humor os seus gestos pomposos e sem sentido.

Certo domingo, após o fim da cerimônia, quando a minúscula congregação está fumando cachimbo ou bebericando chá adoçado, Anna diz ao padre que uma das esquimós que vieram do acampamento está com uma criança doente e lhe pediu remédios. O padre escuta, assente, vai até a despensa e retira da maleta de remédios um frasco de comprimidos de calomelano. Ele entrega dois comprimidos à mulher e a orienta a dividi-los ao meio e dar uma metade à criança todas as manhãs, mantendo-a enfaixada com firmeza. Sumner, que está sentado no seu lugar de sempre, ao lado da estufa, observa, mas não se manifesta. Depois que o padre se afasta, ele se levanta e aborda a esquimó. Com um gesto, pede para ver a criança. A mulher diz alguma coisa para Anna e, depois de receber dela uma resposta, retira a criança do capuz de seu anoraque e a entrega a Sumner. Os olhos da criança estão escuros e fundos, e seus pés e mãos estão gelados. Sumner belisca sua bochecha, mas ela não chora nem reclama. Ele devolve a criança à mãe, enfia a mão no balde galvanizado que está atrás da estufa e pega um pedacinho de carvão. Pisa nele com o calcanhar da bota, gira o pé, depois lambe o indicador e passa no pó preto. Abre a boca da criança, esfrega o pó de carvão na sua língua e a faz engolir com uma colher de chá de água. A criança fica vermelha, tosse e acaba engolindo. Sumner pega um pedaço de carvão maior no balde e o entrega a Anna.

"Mande ela fazer o que acabo de fazer", diz. "Precisa fazer quatro vezes por dia, e entre uma dose e outra procurar fazer o bebê ingerir a maior quantidade possível de água."

"E os comprimidos brancos também?", ela pergunta.

Sumner faz que não.

"Mande ela jogar fora os comprimidos", diz. "Eles só vão piorar."

Anna franze a testa e olha para os pés.

"Diga à mulher que sou um *angakoq*", diz Sumner. "Diga que sou muito mais sábio que o padre."

Os olhos de Anna se arregalam. Ela balança a cabeça.

"Não posso dizer isso a ela."

"Então diga que ela precisa escolher sozinha. Os comprimidos ou o carvão. Quem decide é ela."

Ele dá as costas a Anna, abre o canivete e continua entalhando seu pedaço de madeira. Anna ainda tenta lhe dirigir a palavra, mas ele faz um gesto para que ela vá embora.

Os dois caçadores esquimós que resgataram Sumner retornam à missão uma semana depois. Eles se chamam Urgang e Merok. São maltrapilhos e alegres, têm o cabelo liso e cara de menino. Seus anoraques muito antigos estão rotos e esfarrapados e suas calças bulbosas de pele de urso estão cheias de manchas escuras de gordura de foca e de sumo de tabaco. Assim que chegam, depois de amarrar os cães e cumprimentar Anna e seu irmão, eles conversam reservadamente com o padre e explicam que gostariam que Sumner os acompanhasse na próxima caçada.

"Não precisam que você cace ao lado deles", o padre esclarece para Sumner em seguida. "Só querem que você vá junto. Suspeitam que você possui poderes mágicos e que poderá atrair os animais."

"Eu ficaria longe daqui por quanto tempo?"

O padre sai da cabana para averiguar.

"Uma semana, de acordo com eles", diz o padre. "Oferecem em troca um conjunto de peles novas para vestir e uma fração justa do que conseguirem caçar."

"Diga a eles que aceito", diz Sumner.

O padre assente.

"Eles têm bom coração, mas são primitivos e atrasados, e não falam uma só palavra em inglês", diz ele. "Você poderá dar um bom exemplo das virtudes civilizadas enquanto estiverem convivendo."

Sumner olha para o padre e ri.

"Não darei merda de exemplo nenhum", diz.

O padre dá de ombros e balança a cabeça.

"Você é um homem melhor do que pensa", ele diz a Sumner. "Guarda muito bem seus segredos, sei disso, mas já o observo há um bom tempo."

Sumner passa a língua nos lábios e cospe na estufa. A bola de catarro marrom-esverdeada borbulha e desaparece.

"Então agradeço se puder parar de me observar. O que sou ou deixo de ser é problema meu, acho."

"É um assunto entre você e o Senhor, é verdade", responde o padre, "mas detesto ver um homem com uma noção errada de si mesmo."

Através da janela, Sumner olha para os dois esquimós desmilinguidos e sua matilha de cães malhados.

"Seria melhor se você guardasse seus conselhos para quem realmente precisa", diz ele.

"Transmito os conselhos de Cristo, não os meus. E se existe um homem vivo que não precisa deles, ainda não o conheci."

Pela manhã, Sumner veste suas roupas novas e se acomoda em cima do trenó dos caçadores. Eles o levam até o seu acampamento de inverno, um complexo plano de iglus interligados no meio de trenós, traves de barracas, varais de secagem e outros pedaços de madeira e osso espalhados sobre a neve pisoteada e suja de urina. São recebidos por um grupo entusiasmado de mulheres e crianças e pelos latidos trovejantes dos cães. Sumner é conduzido a um dos iglus maiores, onde lhe indicam um local para sentar. O iglu está revestido de cima a baixo por peles de rena e em seu centro há um lampião de gordura feito de pedra-sabão que mantém o ambiente aquecido e iluminado. A atmosfera lá dentro é úmida e escura, repleta de um cheiro forte de fumaça e óleo de peixe. Outros o acompanham. Sumner se vê cercado de risadas e conversas. Ele abastece o cachimbo e Urgang o acende com uma vareta de pele de baleia. As crianças de olhos pretos mordem as pontas dos dedos e o encaram em silêncio. Sumner não fala com ninguém nem tenta se comunicar com olhares ou gestos. Se acreditam que ele é mágico, pondera, que assim seja. Ele não tem obrigação nenhuma de corrigi-los, de ensinar-lhes qualquer coisa.

Observa uma das mulheres aquecer sobre o lampião uma caçarola de metal cheia de sangue de foca. Quando o sangue esquenta a ponto de fumegar, ela retira a caçarola do fogo baixo e a entrega a um dos homens. Cada pessoa bebe um pouco e devolve a caçarola. Não se trata de um ritual, Sumner conclui, é somente a maneira como eles se alimentam. Quando chega a sua vez, ele recusa; diante da insistência, aceita a caçarola, cheira o conteúdo e depois a entrega para o homem à sua direita. Oferecem-lhe um pedaço de fígado de foca cru, mas ele também o recusa. Percebe que está ofendendo-os agora, detecta reflexos de tristeza e confusão nos olhos deles e pensa se não seria mais fácil, e melhor, ceder de uma vez. Quando a caçarola chega nele novamente, aceita e bebe um gole. O gosto não é ruim, já comeu coisa pior. Lembra uma versão oleosa e sem sal de ensopado de rabada. Bebe mais um gole para demonstrar boa vontade e passa a caçarola ao próximo. Percebe o alívio deles, o prazer que sentem ao vê-lo aceitar a oferenda, integrar-se a eles de alguma forma. Não se ressente dessas crenças, embora saiba que são falsas. Ele não se integrou a eles — não é um esquimó, assim como não é cristão, irlandês, médico. Ele não é nada, e isso é um privilégio e um prazer dos quais não está disposto a abrir mão. Encerrada a refeição, eles se divertem com jogos e tocam música. Sumner os observa e até mesmo participa quando é convidado. Joga uma bola feita de osso de morsa e tenta pegá-la dentro de um copo de madeira; imita suas canções sem muito jeito. Eles sorriem e batem no seu ombro; apontam para ele e riem. Sumner diz a si mesmo que está se submetendo a isso por causa dos trajes de pele, pela porção de carne de foca prometida, recompensas que entregará ao padre. Está tratando de pagar a sua parte.

Eles dormem, todos juntos, numa plataforma feita de neve e coberta de galhos e peles de animais. Entre eles não existem distinções nem barreiras, tampouco esforços para estabelecer privacidade, hierarquia ou confinamento de qualquer espécie. São como gado, ele pensa, reunido dentro de um estábulo. Em algum momento da noite, acorda ouvindo duas pessoas fazendo sexo. Os barulhos que produzem não sugerem prazer nem alívio, e sim uma necessidade relutante e gutural. De manhã, uma das duas esposas de Urgang, Punnie — uma mulher corpulenta, de ombros retos, com um rosto largo e uma expressão firme —, o desperta bem cedo e lhe oferece água. Urgang e Merok já estão lá fora preparando o trenó para caçar. Vai ao encontro deles e percebe que estão mais calados e menos animados do que antes, e deduz que estão nervosos. Provavelmente não se contiveram ao propagar os poderes mágicos do homem branco e agora estão com receio de terem falado demais.

Quando está tudo pronto, Sumner sobe no trenó e eles o pilotam até o gelo marítimo. Acompanham a costa por muitos quilômetros e param num local que para Sumner se parece com outros cem pelos quais passaram sem interromper a jornada. Retiram as lanças do trenó e o viram de cabeça para baixo de modo a travá-lo no lugar, impedindo assim que os cães o arrastem, e então soltam um dos cães e deixam que ele saia farejando em busca de um buraco de respiração. Sumner os observa e os acompanha logo atrás, mas eles não prestam nenhuma atenção nele, o que o leva a imaginar se já não o teriam deixado de lado, se não passaram a duvidar de sua influência sobrenatural por causa de algo que ele disse ou fez. Quando o cão começa a andar em círculos e latir, Merok o agarra pelo cangote e o afasta. Urgang faz sinal para que Sumner permaneça onde está e em seguida, segurando a lança em pé como se fosse o cajado de um peregrino, começa a se aproximar lentamente do buraco. Quando está perto, se ajoelha e usa a faca para raspar a cobertura de neve. Olha dentro do buraco, inclina a cabeça para escutar e depois coloca a neve de volta onde estava, fechando a abertura que tinha acabado de fazer. Retira um pedaço de pele de foca do forro do anoraque, posiciona-o em cima do gelo e fica em pé sobre ele. Dobra os joelhos e se inclina sobre o buraco enquanto segura a lança com ponta de ferro na horizontal, junto às coxas, com o corpo projetado à frente.

Sumner acende o cachimbo. Durante muito tempo, Urgang permanece imóvel, até que, de repente, como se impelido à ação pelo chamado silencioso de uma mística voz interior, ele se estica inteiro e com um movimento único, rápido e indivisível, ergue a lança e a crava na neve fofa, perfurando o corpo da foca que acaba de vir à superfície respirar. A ponta de ferro farpada, à qual está amarrada uma corda, se desprende da haste da lança. Urgang segura a corda com as duas mãos, enterra os calcanhares na neve e resiste aos puxões invisíveis que a foca ferida dá ao tentar mergulhar em fuga. Enquanto eles medem forças, a água espumante pulsa pela abertura no gelo. No começo, a água é cristalina, mas depois vai ficando rosada e, por fim, vermelho-viva. Quando a foca finalmente morre, uma golfada de seu sangue espesso e escuro brota do buraco de respiração e se espalha no gelo ao redor dos pés de Urgang. Ele se ajoelha, mantém a corda firme numa das mãos, pega a faca com a outra e começa a raspar as bordas do buraco. Merok corre até ele e o ajuda a puxar a foca morta até a superfície do gelo. Quando ela está bem-posicionada, eles empurram a ponta de lança até fazê-la sair pelo lado inferior do corpo da foca, a prendem de novo na haste e então vedam as feridas abertas com tampões de marfim para não perder mais nenhuma gota do sangue precioso. A foca é grande, uma giganta com quase o dobro do tamanho normal. Os caçadores trabalham em volta dela com movimentos afobados e alegres. Sumner sente a euforia deles, mas também o desejo de subjugá-la, de assegurar que o prazer não conspurque a pureza do momento. Enquanto os três caminham de volta ao trenó pela superfície enrugada do gelo, arrastando a foca morta como se fosse um saco de lingotes de ouro, ele sente no fundo do peito, como a resposta a uma pergunta jamais feita, o calor crepitante de uma vitória não merecida.

Mais tarde, enquanto os dois caçadores esquartejam a foca e entregam as porções de carne e gordura para as outras famílias do acampamento, as crianças cercam Sumner e começam a puxar suas pantalonas de pele de urso, a tocá-lo e a esfregar-se em suas coxas e joelhos como se esperassem absorver uma parte da sorte que ele trouxe. Ele tenta espantá-las, mas elas o ignoram e só dispersam quando as mulheres saem dos iglus. O tamanho da foca, ao que tudo indica, confirmou a sua posição. Acreditam que ele tem poderes mágicos, que pode evocar os animais das profundezas e atraí-los até a lança dos caçadores. Não é um deus propriamente dito, supõe, mas é pelo menos uma espécie de santo de menor importância: ele intercede e apoia. Pensa na cromolitografia de santa Gertrudes que está exposta na sala de visitas da casa de William Harper, em Castlebar — o halo dourado, a pena, o Sagrado Coração repousando como uma beterraba divina na palma de sua mão estendida. Seria isso em alguma medida mais absurdo e improvável, ele se pergunta, ou até mesmo mais pecaminoso? O padre teria uma palavrinha a dizer a esse respeito, é claro, mas ele não dá a mínima importância para isso. O padre habita um outro mundo completamente diferente.

Mais tarde, debaixo das peles de cervo, Punnie se aninha e se esfrega nele. Em um primeiro momento, pensa que ela está apenas se reacomodando, que deve estar dormindo como os outros, mas ela faz de novo a mesma coisa e dessa vez ele entende a intenção. Ela é baixa e atarracada, tem quadris largos e deixou de ser jovem. Sua cabeça achatada não passa da altura do peito de Sumner e seus cabelos cheiram a terra e gordura de foca. Quando ele apalpa seus seios quase sem volume, ela não se vira nem diz nada. Agora que tem certeza de que ele está acordado, ela escolhe a posição e fica à sua espera, assim como seu marido havia esperado a foca no gelo horas antes, a postos, porém sem expectativa, ao mesmo tempo desejosa e livre de todo desejo, como tudo e nada unidos em silencioso equilíbrio. Ele escuta a respiração dela e sente o calor brando do seu corpo. Ela se contrai e relaxa em seguida. Ele pensa em dizer alguma coisa, mas percebe que não há nada que possa dizer. São duas criaturas copulando. O momento não possui significado maior, implicações adicionais. Ao entrar nela, esvazia a mente e é atingido por uma onda purificante de vazio interior. Ele é feito de músculos e ossos, de sangue, suor e sêmen, e quando se contrai e remexe num desfecho rápido e deselegante, ele não precisa nem deseja ser nada além disso.

Todo dia os caçadores saem e pegam mais uma foca, e toda noite, por baixo das peles de cervo, enquanto os outros dormem, ele copula com Punnie. Ela sempre fica de costas para ele; não resiste nem o encoraja; jamais fala. Ela vira de lado e se afasta assim que ele termina. Ao lhe servir o café da manhã — água morna, fígado de foca cru —, ela o trata com frieza, e não há o menor sinal de que lembre do que se passou entre os dois. Ele imagina que ela está seguindo algum modelo de polidez pagã e que o próprio Urgang a encorajou ou ordenou que agisse assim. Aceita a oferenda sem esperar nada a mais ou a menos. Uma semana depois, quando é chegada a sua hora de retornar à missão, ele conclui que sentirá falta da vastidão vazia do gelo e da balbúrdia incompreensível do iglu. Não fala inglês desde que saiu da missão, e quando pensa no padre esperando por ele na cabana com seus livros e papéis, com suas opiniões, planos e doutrinas, sente um misto de irritação e desânimo.

Na última noite, em vez de se afastar depois que terminam, Punnie se vira de frente para ele. Vê seu rosto rude e esburacado na penumbra matizada pelo lampião, seus olhos escuros e seu pequeno nariz empinado, a linha da sua boca. Ela está sorrindo para ele, e sua expressão é de ânimo e curiosidade. Ela entreabre os lábios para falar e ele não entende num primeiro momento o que está acontecendo. As palavras soam para ele como meros ruídos, semelhantes aos estalos guturais que os caçadores usam para acalmar seus cães à noite, mas de repente, com um tremor de desgosto, ele se dá conta de que ela está se dirigindo a ele num inglês tosco, porém reconhecível, de que ela está tentando dizer "adeus".

"*Ah deos*", ela diz, sem deixar de sorrir. "*Ah deos.*"

Ele torce o nariz e balança a cabeça contrariado. Sente-se exposto e aviltado pela iniciativa dela. Sente vergonha. É como se uma intensa luz incandescente houvesse sido apontada para eles, revelando ao mundo sua nudez deplorável. Deseja que ela se cale novamente, que volte a ignorá-lo como sempre fez.

"Não", ele responde com sussurros enfáticos. "Chega disso. Chega."

Está escuro e frio quando ele chega na missão no dia seguinte, e a aurora boreal se descortina em cintas peristálticas de verde e violeta, como se as entranhas de uma improvável criatura mítica se derramassem pelo céu noturno. Dentro da cabana ele encontra o padre deitado em seu catre, encolhido e reclamando de dores abdominais. Anna, obedecendo ao padre, aplicou um cataplasma quente em seu abdome e lhe trouxe óleo de rícino e jalapa da maleta de remédio. Ele explica a Sumner que está com uma prisão de ventre aguda e que se não evacuar logo poderá precisar de um enema. Sumner prepara um chá e aquece uma lata de ensopado de carne. O padre observa enquanto ele come. Pergunta sobre os dias de caçada, e Sumner descreve a captura das focas e os banquetes.

"Quer dizer que você encorajou a superstição deles", diz o padre.

"Deixo que acreditem que no que acharem melhor. Quem sou eu para interferir?"

"Você não os ajuda em nada ao mantê-los na ignorância. Eles vivem como brutos."

"Não tenho nenhuma verdade melhor para lhes oferecer."

O padre balança a cabeça descontente e em seguida se encolhe de dor.

"O que isso faz de você, então?", ele pergunta. "Se o que está dizendo é verdade?"

Sumner dá de ombros.

"Isso faz de mim um homem cansado e com fome", diz. "Um homem que está prestes a terminar o seu jantar e ir para a cama."

No meio da noite, o padre sofre uma diarreia violenta. Sumner acorda ouvindo gemidos altos e esguichos. O ar dentro da cabana está repleto do fedor aveludado das fezes líquidas. Anna, que dormia enrodilhada no chão, se levanta para ajudar. Ela entrega ao padre um pano limpo para a higiene e vai esvaziar o penico do lado de fora. Assim que retorna, o envolve em cobertores e o ajuda a beber um pouco de água. Sumner fica atento a tudo isso mas não se mexe nem abre a boca. O padre lhe parece robusto e saudável para um homem da sua idade, e ele deduz que a constipação resulta apenas das deficiências usuais da dieta ártica, destituída de plantas, matéria vegetal e frutas de qualquer espécie. Agora que os purgantes fizeram efeito, Sumner está convencido de que ele logo voltará ao normal.

De manhã o padre anuncia que está bem melhor. Consome o desjejum sentado na cama e pede a Anna que traga seus livros e suas anotações para que possa retomar o trabalho erudito. Sumner vai para fora com a intenção de ao menos se despedir de Urgang e Merok, que passaram a noite no iglu. Os três se abraçam como se fossem velhos amigos. Eles lhe entregam uma das focas, como haviam combinado, mas também lhe oferecem de presente uma de suas velhas lanças de caça. Apontam para a lança, depois para Sumner e então para o gelo. Ele entende que estão lhe dizendo para ir caçar sozinho depois que partirem. Eles riem, e Sumner balança a cabeça e sorri. Ele pega a lança e imita o gesto de perfurar uma foca através do gelo. Eles aplaudem e riem, e aplaudem com mais força ainda quando Sumner repete a mímica. Ele se dá conta de que estão zombando um pouco dele para amenizar a partida, lembrando-o com delicadeza do lugar a que pertence; estão ressaltando que, apesar de ele ter poderes mágicos, ainda assim é um homem branco, e a ideia de que um homem branco saiba usar uma lança é seguramente cômica. Ele observa o trenó que os leva desaparecer por trás do promontório de granito e então volta para dentro da cabana. O padre está fazendo anotações no diário. Anna está varrendo o chão.

Sumner lhes mostra a lança. O padre a examina e depois a entrega para Anna, que afirma tratar-se de uma lança bem-feita, mas velha demais para ser usada.

Eles almoçam bolachas duras esmigalhadas e ensopado de carne. O padre come o que vê pela frente, mas, assim que termina, vomita tudo de novo no chão. Ele permanece algum tempo curvado em sua cadeira, tossindo e cuspindo, depois volta para a cama e pede conhaque. Sumner vai à despensa, pega o frasco de pó de Dover na maleta de remédios, dissolve uma colherada em água e oferece ao padre. O padre bebe o remédio e adormece. Ao despertar, está um pouco pálido e reclama de uma dor ainda maior na parte inferior do abdome. Sumner tira o seu pulso e examina a sua língua, que está coberta de saburra. Com a ponta dos dedos, apalpa o abdome do padre. A pele está retesada, mas não há sinais de hérnia. Quando pressiona um pouco acima da linha do ílio, o padre grita e dá um salto. Sumner afasta a mão e olha pela janela da cabana — está nevando lá fora e as vidraças estão cobertas por uma camada grossa de gelo.

"Se maneirar no conhaque, talvez ajude", ele diz.

"Pelo amor de Deus, preciso mijar", diz o padre, "mas não consigo fazer sair nem uma gotinha."

Anna senta ao lado da cama e lê as cartas de Paulo aos Coríntios em seu inglês baixo e pausado. À medida que a tarde cede lugar à noite, as dores do padre vão piorando e ele começa a gemer e a resfolegar. Sumner prepara um cataplasma quente e encontra um pouco de elixir paregórico na maleta de remédios. Ele instrui Anna a continuar dando conhaque e pó de Dover ao padre, e a usar o elixir paregórico sempre que a dor piorar. Durante a noite o padre desperta de hora em hora com os olhos saltando das órbitas e uivando de dor. Sumner, que dormiu sentado à mesa com a cabeça apoiada nos braços cruzados, acorda sobressaltado todas as vezes, com o coração disparado e sentindo as próprias entranhas se contorcendo em solidariedade. Ele se aproxima da cama, fica de joelhos e oferece mais conhaque ao padre. Enquanto bebe pequenos goles do copo, o padre se agarra ao braço de Sumner como se ele pudesse ir embora de repente. Os olhos verdes do padre estão reumosos e alucinados; seus lábios estão gretados e seu hálito está quente e fedorento.

Pela manhã, quando estão longe o bastante para não serem ouvidos, Anna pergunta a Sumner se o padre vai morrer.

"Ele está com um abscesso por dentro, bem aqui", explica Sumner, apontando o lado direito de sua barriga, logo acima da virilha. "Alguma parte interna se rompeu e a barriga dele está ficando cheia de veneno."

"Mas você vai salvar ele", diz Anna.

"Não há nada que eu possa fazer. É impossível."

"Você me disse que é um *angakoq*."

"Estamos a milhares de quilômetros do hospital mais próximo e não tenho nenhum remédio à disposição."

Ela o fuzila com um olhar incrédulo. Sumner se pergunta que idade terá Anna — dezoito? Trinta? É difícil saber. Todas as mulheres esquimós possuem a mesma pele parda e curtida, os mesmos olhinhos escuros e a mesma expressão intrigada. Outro tipo de homem a teria levado para a cama, ele pensa, mas o padre a ensinou a ler a Bíblia e a questionar os outros.

"Se não pode salvar ele, por que está aqui?", ela pergunta. "Para que você serve?"

"Estou aqui por acidente. Não significa nada."

"Todos morreram, mas você não. Por que você viveu?"

"Não há um porquê", ele diz.

Ela o encara com reprovação, balança a cabeça e volta para perto da cama do padre. Ela se ajoelha e começa a rezar.

Algumas horas mais tarde, o padre passa a sofrer calafrios violentos e sua pele fica gelada e grudenta. Seu pulso está fraco e irregular e o centro da língua está coberto por uma mancha marrom. Anna lhe oferece mais conhaque, mas ele vomita em seguida. Depois de observar a situação por certo tempo, Sumner veste seu novo conjunto de peles e sai da cabana; o frio é intenso e a claridade é muito pouca, mas ele fica feliz de escapar do fedor azedo da morte e dos gritos de dor do padre, frequentes e enervantes. Passa caminhando pelo iglu e olha para o leste, para o imenso deserto de gelo marítimo além do qual se entrevê a parábola branca do horizonte longínquo. É meio-dia, mas as estrelas estão visíveis no céu. Não há sinais de vida ou de movimento em parte alguma, tudo está parado, escuro e frio. É como se o fim do mundo já tivesse ocorrido, ele pensa, como se ele fosse o único homem ainda vivo na terra gélida. Permanece ali por vários minutos escutando o chiado raso da própria respiração, sentindo o músculo vermelho do coração batendo com suavidade no peito, até que, voltando a si, refaz lentamente o caminho percorrido e entra de novo na cabana.

Anna está aplicando mais um cataplasma na barriga do padre. Ela o encara com reprovação, mas ele a ignora. Vai até a maleta de remédios e pega um frasco grande de éter, um chumaço de compressas e um bisturi. Depois de passar alguns minutos afiando o bisturi com uma pedra de amolar, retira os livros que ainda estão sobre a mesa e olha para o padre. A pele do velho está cerosa e úmida e seus olhos estão transidos de dor. Sumner coloca a mão em sua testa e olha dentro da sua boca.

"Você tem um abscesso no ceco", ele diz ao padre, "ou talvez uma úlcera — a diferença é irrelevante. Se tivéssemos algum ópio na maleta, ajudaria bastante, mas como não há, o melhor a fazer é cortar sua barriga bem aqui para que a matéria apodrecida escorra para fora."

"Como sabe dessas coisas?"

"Porque sou um médico militar."

Como está sentindo dor demais para conseguir comentar ou expressar surpresa, o padre apenas assente. Ele fecha os olhos, pensa um pouco e volta a abri-los.

"Quer dizer que já fez isso antes?", ele pergunta.

Sumner nega com a cabeça.

"Não fiz e nunca vi ninguém fazer. Li que o procedimento foi realizado por um homem chamado Hancock, no Charing Cross Hospital de Londres, alguns anos atrás. Naquela ocasião o paciente sobreviveu."

"Estamos a uma grande distância de Londres", diz o padre.

Sumner assente.

"Farei o melhor possível nessas condições, mas precisaremos de uma grande dose de sorte."

"Faça o seu melhor", diz o padre, "e estou certo de que o Senhor cuidará do resto."

Sumner pede a Anna que vá buscar seu irmão no iglu e, assim que o irmão chega, derrama um pouco de éter numa compressa e a coloca sobre o nariz e a boca do padre. Eles removem todas as roupas do padre, erguem seu corpo nu e amolecido e o deitam sobre a mesa. Sumner acende uma vela adicional e a coloca no parapeito para iluminar sua área de trabalho. Anna começa a rezar e a fazer o sinal da cruz repetidas vezes, mas Sumner interrompe sua devoção e pede que ela se posicione na extremidade da mesa e aplique mais éter toda vez que o padre der sinais de estar voltando a si. O irmão, que é alto e tem um ar afável e simplório, recebe um balde de metal e uma toalha com instruções de ficar atrás do ombro de Sumner e permanecer alerta.

Ele apalpa o abdome mais uma vez, procurando os locais em que cede ou resiste. Imagina se não está cometendo um erro, se aquilo não é uma hérnia ou um tumor em vez de um abscesso, mas então se lembra dos motivos pelos quais isso não pode ser verdade. Testa o fio do bisturi na superfície do polegar, depois encosta a lâmina no corpo do padre e faz um corte lateral, partindo do alto do quadril e indo até a metade da distância do umbigo. São necessárias várias tentativas para atravessar as camadas de bainha, músculo e gordura e chegar ao abdome propriamente dito. Conforme corta mais fundo, o sangue se acumula e ele usa um pano para secá-lo e continuar cortando. Assim que perfura a parede e atinge a cavidade, meio litro ou mais de um pus floculado e pestilento, turvo e de uma coloração entre o cinza e o rosa, esguicha livremente pela brecha que acaba de ser produzida, borrifando sobre a mesa e sujando as mãos e os antebraços de Sumner. Um fedor acachapante de excremento e podridão invade a cabana instantaneamente. Anna solta um grito de horror e seu irmão deixa cair o balde de metal. Sumner se engasga e recua. A descarga é fibrosa, sangrenta e espessa como coalhada; ela pulsa através da pequena fenda como o pináculo espasmódico de uma ejaculação monstruosa. Espremendo os olhos em reação ao fedor, Sumner pragueja, cospe no chão e depois, respirando pela boca, limpa a gosma das mãos e dos braços e manda o irmão esfregar a mesa e jogar os panos sujos na estufa. Os três unem forças para virar o corpo do padre de lado, de modo a acelerar o escorrimento. Ao ser movimentado, o padre geme baixinho. Com as mãos trêmulas, Anna aplica a compressa com éter em seu rosto outra vez, até que ele apague. Com as pontas dos dedos, Sumner pressiona a pele e os músculos em torno da incisão, espremendo para fora a maior quantidade possível de imundície. É difícil acreditar que o corpo do padre pudesse conter uma quantidade tão imensa de pus. Ele não é alto, e agora que está nu revela uma aparência esguia, de ossos saltados, quase o corpo de um menino, mas o pus brota dele como a água de uma fonte rochosa. Sumner continua pressionando e o irmão limpa as emissões. Eles pressionam e limpam, pressionam e limpam, até que o fluxo nauseabundo diminua e cesse por completo.

Eles carregam o padre de volta para a cama e o cobrem com um lençol e cobertores. Sumner limpa a ferida e faz um curativo, e em seguida lava as mãos com sabão de óleo de baleia e abre a janela. O ar entra carregando flocos de neve, inodoro, violentamente frio. Está escuro lá fora e o vento assovia nos beirais. Ele duvida que o padre sobreviva mais que um dia. Com um abscesso tão severo, ele acredita ser quase certo que haja algum tipo de perfuração no intestino, e quando a merda começa a vazar, costuma ser o fim. Ele reúne os poucos remédios que talvez possam aliviar ou moderar a dor e ensina a Anna quando e como usá-los. Acende o cachimbo e vai fumar lá fora.

Naquela noite, dormindo em sua própria cama, ele sonha que está flutuando de novo nas extensões sem gelo das Águas do Norte. Está sozinho, à deriva no velho e esburacado barco de Tommy Gallagher, que tinha o casco remendado e os bancos lisos e brilhantes de tanto uso. Não há remos à vista e nem sinal de outra embarcação, mas ele não tem medo. Vislumbra um iceberg a bombordo e em cima dele, em pé na beira de uma das paredes mais elevadas, vestindo um paletó de tweed verde e um chapéu de feltro marrom das damas de Temple Bar, está William Harper, médico-cirurgião, o homem que o encontrou e o adotou. Ele está acenando e sorrindo. Quando Sumner o convida a descer, ele apenas ri, como se a ideia de trocar o iceberg majestoso pelo páthos do barco fosse absurda. O rosto de William Harper parece estar normal, Sumner nota, e ele está movendo o braço direito com total liberdade. Não há sinais de paralisia ou dano, nenhuma evidência do acidente de caça que o levou à bebida. Ele se recuperou totalmente, é o que parece, e voltou a ser perfeito, íntegro. Sumner quer acima de tudo lhe perguntar como conseguiu esse feito impressionante, a que métodos recorreu, mas o barco já foi levado para longe pela correnteza e sua voz está fraca demais para viajar sobre as águas.

Pela manhã, para a sua surpresa, o padre ainda respira e não parece pior do que estava antes. "Você é um filho da puta durão", Sumner fala consigo mesmo enquanto remove o curativo e inspeciona a ferida. "Para um homem que deposita a fé na vida eterna, parece que lhe sobra vontade de permanecer penando e sofrendo nesta aqui." Ele limpa o entorno da ferida com um pedaço de pano, cheira a secreção, deixa o curativo anterior no balde para lavar e prepara um curativo novo. Enquanto trabalha, o padre abre uma fresta nos olhos.

"O que encontrou dentro de mim?", pergunta ele. Sua voz está débil e rouca, e Sumner precisa se aproximar para ouvir.

"Nada que preste", ele responde.

"Então é melhor jogar fora, acho."

Sumner assente.

"Tente descansar agora", ele diz ao padre. "E se precisar de alguma ajuda, peça ou levante a mão. Ficarei sentado à mesa."

"Você vai cuidar de mim, não é?"

Sumner dá de ombros.

"Não há muito mais a se fazer por aqui até a chegada da primavera", diz.

"Achei que estaria lá no gelo caçando focas com sua lança e seu anoraque novos."

"Não sou um caçador de focas. Não tenho a paciência necessária."

O padre sorri, assente e fecha os olhos. Ele parece estar caindo no sono outra vez, mas um minuto depois volta a abrir os olhos como se tivesse acabado de lembrar de algo mais.

"Por que mentiu para mim antes?", ele pergunta.

"Nunca menti para você. Nenhuma vez."

"Mas você é um sujeito bem estranho, não é? E uma fonte de grande mistério para todos a seu redor."

"Sou um médico", ele diz baixinho. "Sou médico agora, nada além disso."

O padre pensa um pouco antes de falar.

"Sei que você sofreu, Patrick, mas você não está sozinho nisso", ele diz.

Sumner nega com a cabeça.

"Causei meus próprios sofrimentos, eu diria. Cometi erros de sobra."

"Me mostre um homem que não tenha cometido erros de sobra e lhe mostrarei um santo ou um grande mentiroso. E não conheci muitos santos nessa minha longa vida."

O padre olha nos olhos de Sumner e sorri. Há bolotas de muco cinza-esverdeado nos cantos da sua boca e seus olhos leitosos parecem inchados dentro das órbitas. Ele oferece a mão e Sumner a segura. A mão está fria e é quase imaterial. A pele é enrugada nas articulações e as pontas dos dedos têm a lisura opaca do couro gasto.

"É melhor você descansar", Sumner insiste.

"Vou descansar", o padre concorda. "É isso que vou fazer."

23

O homem de Baxter está à sua espera no cais. Ele se chama Stevens e diz que é um auxiliar de escritório, embora não pareça muito. Tem quase um metro e oitenta, peito largo e barriga volumosa, olhos pretos miúdos, costeletas largas e dentes escassos. Sumner guarda seus poucos pertences dentro de uma sacola e dá adeus ao capitão Crawford e à tripulação do *Truelove*, e então ele e Stevens caminham juntos no sentido sul, rumo aos aposentos de Baxter em Bowlalley Lane. Entram na Lowgate, passam pela Mansion House e pelo Golden Galleon Inn e seguem pela George Yard e pela Chapel Lane. Depois de muitas semanas em alto-mar, Sumner tem a impressão de que a simplicidade e a solidez da terra firme são uma aberração, um truque. Ele tenta se convencer de que tudo isso — as pedras do calçamento, as carruagens, os armazéns, as lojas e os bancos — é real, mas sente que tudo não passa de uma pantomima elaborada, uma farsa. Onde foi parar a água?, pensa ele, desnorteado. Onde foi parar o gelo?

Quando chegam em Bowlalley Lane, Stevens bate com força nas portas duplas e Baxter abre uma delas. Está usando uma sobrecasaca de marinheiro debruada com renda, um colete de veludo verde e calças risca de giz; tem os dentes amarelos e desnivelados, e seus cabelos grisalhos, escorridos e perfumados, são compridos o bastante para cobrir as orelhas. Eles trocam um aperto de mão, e Baxter, com um sorriso no rosto, o encara com atenção.

"Mal pude acreditar quando li a carta que você enviou de Lerwick", ele diz balançando a cabeça. "Mas aqui está você, sr. Patrick Sumner, vivo e em carne e osso. Pensávamos que o tínhamos perdido, que tinha se afogado ou congelado com os outros pobres coitados, mas aqui está você, sem a menor sombra de dúvida." Baxter ri e lhe dá um tapa no ombro. "Aceita algo para comer?", pergunta. "Posso mandar trazer um prato de ostras, ou quem sabe uma salsicha de porco, ou ao menos um bom pedaço de língua de vitelo?"

Sumner recusa, balançando a cabeça. Detecta, por trás da efusividade de Baxter, um toque de precaução ou até de medo. Sua presença aqui é perturbadora, ele imagina, e tem algo de sobrenatural. Ele é o homem que deveria estar morto, mas não está.

"Vim apenas receber meu pagamento", ele diz. "Depois vou seguir meu caminho."

"Receber pagamento? Seguir caminho? Não me venha com essas merdas", diz Baxter com um olhar zombeteiro de indignação. "Você não vai sair daqui antes de sentar comigo e beber alguma coisa. Não permitirei."

Ele mostra o caminho pela escada até o escritório no primeiro andar. Há um fogo baixo crepitando na lareira, ao lado da qual há duas poltronas idênticas.

"Senta a bunda aí", ordena Baxter.

Sumner hesita por um instante, mas obedece. Baxter serve dois copos de conhaque, lhe entrega um deles, e ele aceita. Por cerca de um minuto ninguém diz nada, até que Baxter começa a falar de novo.

"Os dois navios foram afundados pelo gelo e você foi milagrosamente salvo por Yaks que estavam de passagem", ele diz. "É uma história e tanto, e o mundo aguarda ansiosamente o seu relato."

"Pode ser, mas não vou contar história nenhuma."

Baxter ergue as sobrancelhas e toma um golinho de conhaque.

"E por que não?", ele pergunta.

"Não quero ficar conhecido como o homem que sobreviveu ao naufrágio do *Volunteer*. Eu nunca deveria ter embarcado naquele navio. Nunca deveria ter visto o que vi por lá."

"Há uma porção de viúvas e órfãos nessa cidade que desejam acima de tudo conhecer um homem que possa lhes fornecer a verdade em primeira mão. Você estaria sendo muito generoso com eles, na minha opinião."

Sumner nega com a cabeça.

"A verdade não os ajudará em nada. Não agora."

Baxter passa a língua nos lábios e prende uma mecha de cabelos grisalhos atrás da orelha coberta de pelos escuros. Um sorriso breve se desenha em sua boca, como se achasse aquela ideia divertida.

"Talvez você tenha razão", ele diz. "Manter o silêncio pode ser a atitude mais generosa, acho. Como os homens morreram faz tempo, os detalhes de como vieram a morrer já não importam muito. De que adiantaria provocar uma comoção? Por mim, melhor deixar que os pobres desgraçados descansem em paz. Foi um terrível acidente, mas é o tipo de coisa que precisamos saber enfrentar."

Sumner se agita na poltrona. Ele fricciona a ponta insensível da língua cicatrizada contra os lábios e os dentes.

"Uma parte foi acidente, outra não", ele diz. "Você leu a minha carta. Está ciente dos assassinatos."

Baxter dá um suspiro e desvia o olhar para o canto da sala. Bebe mais um gole e fita por alguns instantes suas alpargatas de couro envernizado.

"Horripilante", ele sussurra. "Simplesmente horripilante. Eu não podia acreditar no que estava lendo. Cavendish? Brownlee? Um *camaroteiro*? Puta que pariu."

"Quando ele se alistou, você não conseguia imaginar nada disso?"

"Está falado de Drax? Não, pelo amor de Deus. O que está pensando de mim? O sujeito era um tremendo patife, é claro, mas não parecia pior que a média dos arpoadores da Groenlândia, era bem melhor que muitos que conheci."

Sumner olha Baxter nos olhos e assente. Lembra de Joseph Hannah e sente um aperto no peito.

"Alguém deveria ir atrás dele", diz. "Talvez eu mesmo pudesse tentar. Pode ser que ainda esteja vivo."

Baxter torce o nariz e balança a cabeça.

"Henry Drax está morto ou foi parar no Canadá, o que dá na mesma, se quer a minha opinião. E você é um médico, não um detetive. Por que haveria de sair por aí caçando assassinos?"

Baxter aguarda a resposta, mas Sumner permanece calado.

"Esqueça Henry Drax, Patrick", diz Baxter, "esqueça bem esquecido, como fez com todo o resto. Essa é de longe a sua melhor opção. Ele será julgado em breve, de um jeito ou de outro."

"Se algum dia eu encontrá-lo de novo, acho que saberei o que fazer", diz Sumner.

"Sim, mas você *não* o encontrará de novo", diz Baxter. "Ele se foi de uma vez por todas, o diabo que o carregue, e só temos a agradecer por isso."

Sumner assente e coloca a mão no bolso para pegar o cachimbo e a bolsa de tabaco. Quando Baxter vê o que ele está fazendo, vai até a sua mesa e volta trazendo uma caixa de charutos. Cada um pega o seu charuto e o acende.

"Preciso de um emprego", diz Sumner. "Tenho uma carta aqui comigo."

"Deixe-me ver."

Ele pega a carta do padre que está em seu bolso e a entrega a Baxter. Baxter lê a carta.

"Este é o missionário com quem você passou o inverno?"

Sumner assente.

"Diz aqui que você salvou a vida dele."

"Fiz o que pude. Foi sorte, em grande medida."

Baxter dobra novamente a carta e a devolve.

"Conheço um homem em Londres", ele diz. "Um médico chamado Gregory, James Gregory, já ouviu falar dele?"

Sumner faz que não.

"É um bom sujeito. Encontrará algum trabalho remunerado para você", diz Baxter. "Escreverei para ele hoje mesmo. Vamos arranjar um quarto para você no Pilgrim's Arms essa noite, e quando vier a resposta de Gregory, você pode embarcar no primeiro trem. Não tem porra nenhuma que um homem como você possa fazer por aqui. O negócio da caça à baleia está definhando a olhos vistos. Você é jovem e inteligente demais para ficar em Hull. Londres é o lugar para gente como você."

"Preciso que pague o que me deve", diz Sumner.

"Sim, sim, você vai receber, é claro. Vou buscar o dinheiro agora, e depois que você tiver se acomodado no Pilgrim's, Stevens lhe enviará uma boa garrafa de conhaque e uma puta bem fornida para que você comece a se acostumar de novo com a vida civilizada."

Depois que Sumner se retira, Baxter senta à mesa e pondera. Sua língua, rosada nas bordas e amarela no meio, dança dentro da boca como se cada ideia tivesse um sabor distinto e ele as provasse uma a uma. Depois de quase meia hora pensando, ele se levanta, passeia os olhos pelo escritório como se quisesse checar que tudo ainda está no lugar, caminha até a porta e a abre. Uma vez no patamar escuro, ele não desce para o térreo como faria normalmente. Em vez disso, sobe a escadinha sem carpete que leva ao sótão. Chegando lá em cima, bate uma vez só na porta e entra. O recinto no qual entra é diminuto e possui um teto bastante inclinado; há uma janela redonda na cumeeira e uma claraboia empoeirada num dos lados do telhado. As tábuas do piso estão gastas e cheias de farpas e as paredes não possuem reboco. A mobília se reduz a uma cadeira e uma cama de metal dobrável, algumas garrafas vazias de conhaque no chão e um grande penico, cheio quase até a borda de mijo marrom-escuro com pedaços de fezes flutuantes. Curvado e tapando o nariz com a mão, Baxter caminha até a cama e sacode o homem que está deitado nela. O homem resmunga e resfolega, deixa escapar um peido interminável, se vira de lado e abre um dos olhos bem devagar.

"Como foi?", ele pergunta.

"Não vai dar, Henry", responde Baxter. "Ele sabe demais e pode facilmente encaixar as peças e descobrir o que não sabe. Já não foi fácil impedi-lo de ir correndo até o magistrado."

Drax põe os pés no piso sem carpete e se eleva até uma posição sentada. Boceja e se coça.

"Ele não sabe sobre o afundamento do navio", diz. "Não tem como saber."

"Pode até não saber, mas suspeita. Ele sabe que não foi algo normal. Por que levar o navio para o norte quando todos os outros filhos da puta estavam descendo para o sul?"

"Ele disse isso?"

"Disse."

Drax procura algo embaixo da cama, encontra uma garrafa de conhaque quase vazia e bebe o resto.

"E o que ele disse sobre mim?"

"Jurou que vai te procurar até o fim. Disse que irá contratar alguém se for necessário."

"Contratar quem?"

"Alguém no Canadá. Para descobrir que fim você levou, para rastrear seus passos."

Drax passa a língua pela boca e balança a cabeça.

"Ele não vai conseguir me achar", diz.

"Ele não vai desistir. Jurou pelo túmulo da mãe. Eu disse que o mais provável era que você estivesse morto a essa altura, mas ele não acreditou em mim. Um homem como Henry Drax não morre assim tão fácil, ele disse, alguém precisa matá-lo."

"Me *matar*? Ele é só um médico."

"Mas ele serviu no exército, não esqueça. No cerco de Déli. Eu acho que ele tem colhões."

Drax olha dentro da garrafa vazia e solta ar pelas narinas. Sua pele está avermelhada e seus olhos estão afundados na cara. Baxter limpa o assento da cadeira com o lenço e senta com cuidado.

"E onde ele está agora?", pergunta Drax.

"Eu o coloquei num quarto no Pilgrim's Arms. Vou mandar uma puta para mantê-lo ocupado, mas precisamos resolver isso ainda esta noite, Henry. Não podemos adiar. Se ele for ao magistrado pela manhã, não há como prever o tipo de encrenca em que poderá nos meter."

"Fiquei bebendo sem parar o dia inteiro", ele diz. "Mande aquele filho da puta preguiçoso do Stevens fazer isso para você."

"Não posso confiar uma tarefa dessas a Stevens, Henry. A nossa fortuna agora depende dela, não percebe? Se Sumner der com a língua nos dentes, nenhum de nós verá a cor do dinheiro, vão mandar você para a forca e me trancafiar na cadeia."

"Então por que paga o salário dele?"

"Stevens é um bom capanga, mas ele não tem a sua experiência e muito menos consegue manter a calma sob pressão como você. Você tomou alguns goles de conhaque, mas isso não deve atrapalhar. Se fizer direito, não haverá resistência."

"Mas não pode ser no Pilgrim", ele diz. "Tem muita gente em volta."

"Então vamos atraí-lo para outro lugar. Isso é fácil. Vou mandar Stevens entregar uma mensagem. Você os espera em algum outro lugar. Onde preferir."

"Perto do rio. Na antiga madeireira da Trippet Street, passando a fundição."

Baxter assente e sorri.

"Não se encontra muitos iguais a você por aí, Henry", ele diz. "Sobra gente dizendo que faz, mas pouquíssimos apertam o gatilho quando necessário."

Drax pisca os olhos duas vezes. Seu queixo cai e, dentro da boca aberta, sua língua grossa se estica e encolhe como uma criatura sem olhos que acaba de vir ao mundo.

"Preciso receber uma parte maior", ele diz.

Baxter funga e retira um pedaço de teia de aranha que estava grudado na perna de sua calça risca de giz.

"O que combinamos foi quinhentos guinéus", ele diz. "É mais do que ofereci a Cavendish. Você sabe disso."

"Mas isso está fora do combinado, não está?", Drax questiona. "Bem fora."

Baxter pensa por um momento, assente e se levanta.

"Quinhentos e cinquenta, então", diz.

"Seiscentos me soa melhor, Jacob."

Baxter faz menção de falar, mas se contém. Olha para Drax e em seguida consulta o relógio de bolso.

"Seiscentos, então", diz. "Mas são seiscentos mesmo e fim de papo."

Drax concorda com a cabeça, complacente, depois retira os pés do chão e volta a se deitar no colchão seboso e fedorento da cama dobrável.

"Seiscentos e fim de papo", ele repete, "e se puder mandar o tal de Stevens me trazer mais uma garrafa de conhaque e aproveitar a viagem para esvaziar esse penico, eu ficaria agradecido pra cacete."

Baxter desce as escadas até o patamar do primeiro andar. Espera um momento e então grita chamando Stevens, que está sentado no saguão do térreo com o chapéu de feltro apoiado nos joelhos, lendo o *Intelligencer* de Hull e East Riding. Os dois entram juntos no escritório e Baxter faz um gesto para que ele feche a porta.

"Você está com o revólver que te dei", pergunta Baxter, "e com as balas também?"

Stevens faz que sim. Baxter pede para ver a arma e Stevens a retira do bolso e a coloca sobre a mesa. Baxter a examina e a devolve.

"Preciso que me faça algo hoje à noite", ele diz. "Escute com muita atenção."

Stevens faz que sim outra vez. Baxter sente prazer constatando sua docilidade, sua vontade canina de agradar. Como seria bom, Baxter pensa, se todos fossem assim.

"À meia-noite, vá até o quarto de Sumner no Pilgrim's Arms e diga-lhe que preciso falar com ele urgentemente na minha casa. Diga que tenho notícias importantes a respeito do *Volunteer* e que não posso esperar até amanhã cedo. Ele não conhece a cidade e também não sabe onde fica a minha casa, então seguirá você aonde quer que vá. Leve-o na direção do rio. Suba a Trippet, passando pela fundição, até chegar na antiga madeireira. Se ele perguntar o que está fazendo, diga que é um atalho — não importa se ele vai acreditar ou não, o importante é dar um jeito de ele entrar. Henry Drax estará aguardando no pátio. Ele dará um tiro em Sumner, e assim que ele fizer isso, você dará um tiro nele. Entendido?"

"Não preciso que Drax esteja lá", ele diz. "Posso atirar no médico sozinho."

"O objetivo não é esse. Preciso que Drax atire em Sumner e que você atire em Drax. Após fazer isso, coloque esse revólver na mão de Sumner, esvazie os bolsos dele e os de Drax também e caia fora."

"O policial da Doca com certeza escutará alguma coisa", diz Stevens.

"Verdade, e ele sem dúvida virá correndo, assoprando o apito com força. Quando chegar no pátio, encontrará dois homens mortos, cada um empunhando a arma que matou o outro. Não há testemunhas por perto, tampouco qualquer pista ou vestígio. Os tiras vão coçar a cabeça por algum tempo, a seguir levarão os corpos até o necrotério e aguardarão que alguém venha reclamá-los, mas ninguém os reclamará. E o que acontece depois?"

Ele olha fixamente para Stevens, que dá de ombros.

"*Nada* acontece depois", diz Baxter. "Absolutamente nada. Essa é a beleza do plano. Dois desconhecidos se mataram. Há dois assassinos e duas vítimas. O crime se resolve sozinho, e estarei finalmente livre de Henry Drax, livre de suas ameaças e extorsões e livre de seu fedor insuportável."

"Depois que ele atirar em Sumner, eu atiro *nele*, então", diz Stevens.

"No peito, não nas costas. Um tiro nas costas pode levantar perguntas. E ponha a arma na sua mão direita, não na esquerda. Entendeu agora?"

Steven assente.

"Ótimo. Agora leve essa garrafa de conhaque para ele no sótão. Aproveite para esvaziar o penico, e se ele falar com você, não responda."

"A hora desse canalha imundo está chegando, sr. Baxter", diz Stevens.

"De uma vez por todas."

24

Drax está agachado sozinho num canto da madeireira escura. Um galpão de armazenagem aberto ocupa um dos lados do terreno, e na ponta mais distante há uma cabana caindo aos pedaços, com o telhado se desmanchando. O espaço no meio está coberto de garrafas quebradas, tábuas e caixotes despedaçados. Drax está com a garrafa de conhaque dentro do bolso; de vez em quando ele a retira, lambe os lábios e bebe um gole. Em momentos assim, quando a sede bate com tudo e há dinheiro suficiente nas cuecas, ele passa uma semana inteira bebendo sem pausa para respirar. Duas ou três garrafas por dia. Até mais. Não é uma questão de necessidade ou de prazer, não se trata de querer ou não querer. A sede o leva em frente, cego, sem resistir. Essa noite ele matará alguém, mas matar não é o que mais ocupa a sua mente. A sede é muito mais profunda que a fúria. A fúria é veloz e cortante, mas a sede se prolonga. A fúria sempre encontra um fim, um desenlace sangrento, porém a sede não tem fundo nem limites.

Ele posiciona a garrafa com cuidado no chão, ao lado dos pés, e confere o revólver. Ao abrir o cilindro, as balas caem e ele se agacha, praguejando, para procurá-las. Perde o equilíbrio, tropeça para o lado e se endireita. Ao levantar novamente, o pátio da madeireira parece balançar diante dos seus olhos enquanto a lua dança e oscila no céu. Ele aperta os olhos e cospe. Sua boca se enche de vômito, mas ele o engole de volta, pega a garrafa no chão e bebe mais. Perdeu uma das balas, mas não faz mal. Ele ainda tem quatro e precisará de apenas uma para matar o médico irlandês. Permanecerá ali parado, próximo ao portão, e assim que entrarem, meterá uma bala na cabeça dele. Simples assim. Sem aviso nem conversa fiada. Se aquele viadinho do Baxter ou seu lacaio retardado tivessem alguma fibra, poderiam resolver o assunto sozinhos, mas do jeito que as coisas são, Henry Drax precisa dar conta do recado. Ah, os outros adoram conversar e tramar, prometer e firmar compromissos, mas não tem quase nenhum filho da puta disposto a *agir*.

A lua está esfumada pelas nuvens e as sombras no pátio se intensificaram e se tornaram uma coisa só. Ele senta em cima de um barril e fita a escuridão vaga e imprecisa. Ainda consegue distinguir os contornos do portão e o topo do muro adjacente. Ao escutar as vozes dos homens, se levanta e dá um passo lento à frente, depois outro. As vozes ficam mais altas e distintas. Ele engatilha o revólver e se posiciona para atirar. O portão range e começa a abrir para dentro. Vê eles entrarem no pátio, lado a lado: duas formas escuras, chapadas e indistintas como sombras. Uma cabeça, duas cabeças. Escuta o guincho e as patinhas de um rato, e a grande sede volta a agitá-lo. Inspira, faz a mira e dispara. A escuridão se abre por um instante, o engole e depois o cospe de volta. O homem à esquerda se encolhe e cai no chão de brita com uma pancada surda. Drax abaixa o revólver, bebe um gole de conhaque e se aproxima para conferir se ele está completamente morto ou se haverá necessidade de completar o serviço com a faca. Ele se agacha perto do corpo e acende um fósforo. Olha para baixo enquanto a chama amarela cresce no palito que tem na ponta dos dedos e em seguida recua desequilibrado na ponta dos calcanhares e solta um palavrão.

Quem está morto ali é Stevens, o lacaio. Atirou no homem errado, só isso. Fica em pé e olha em volta. Sumner não saiu correndo pelo portão — disso ele sabe —, e os muros em volta do terreno são altos e guarnecidos com cacos de vidro. Ele deve estar em algum lugar do pátio.

"Você está aqui dentro, sr. Médico?", ele grita. "Por que não me diz onde está? Se pretende me capturar, é a melhor hora. Não vai aparecer outra melhor. Olha aqui, vou até largar a minha arma." Ele coloca a arma no chão à frente e ergue as mãos. "Estou te oferecendo uma briga de igual pra igual. Sem armas, e bebi umas e outras, pra ficar ainda mais equilibrado."

Ele faz uma pausa e olha em volta com atenção, mas nenhuma resposta é ouvida na escuridão, tampouco há sinais de movimento.

"Vamos logo", ele grita, "sei que está aqui. Não seja acanhado. Baxter disse que você planejava mandar alguém atrás de mim no Canadá, mas aqui estou eu, bem na sua frente. Mais vivo que nunca, em carne e osso. Por que não aproveitar uma chance dessas?"

Espera mais alguns segundos e então pega de novo a arma e caminha em direção à cabana que fica na extremidade do pátio. Ele se detém assim que chega perto o bastante para enxergar lá dentro. A porta está entreaberta. Há uma janela na frente e outra menor na lateral. As duas estão com os vidros quebrados e não possuem mais persianas. Tem certeza de que alguém ouviu o primeiro disparo; se não conseguir matar o médico logo, será tarde demais, e a fortuna que o aguarda irá por água abaixo. Mas onde foi parar esse filho da puta ardiloso? Onde se escondeu?

Dentro da cabana, Sumner pega uma lâmina de serra enferrujada com as duas mãos. Ele a segura em postura de ataque, na altura do ombro, e aguarda. Assim que Drax entra pela porta, ele golpeia com força, desenhando um arco. A borda serrilhada acerta o pescoço logo acima da clavícula. Um jorro quente de sangue arterial sai em gorgolejos repugnantes.

Drax permanece firme em pé por alguns momentos, como se esperasse que algo mais — algo melhor — acontecesse com ele, e em seguida cai encostado na verga da porta. Sua cabeça está torta. O ferimento é um rasgo escancarado como uma segunda boca. Sem refletir ou hesitar, como se estivesse dentro de um sonho, Sumner encaixa a serra no buraco outra vez e aprofunda o corte. Drax, parcialmente decapitado, desaba sobre a terra escura com a cara para baixo; seu revólver faz barulho ao cair no piso dentro da cabana. Sumner contempla a cena por um instante, horrorizado pelo aspecto de sua façanha, depois pega a arma e sai correndo pelo pátio de brita.

Na escuridão silenciosa da ruela, de um instante para outro ele se sente enorme, dilatado, como se seu corpo trêmulo houvesse duplicado de tamanho. Volta caminhando até a cidade mantendo um passo firme, sem afobação, evitando olhar para trás. Ignora os dois primeiros pubs que encontra, mas entra no terceiro. Dentro há um homem ao piano e uma mulher de rosto redondo cantando. Todas as mesas e bancos compridos estão ocupados, portanto ele escolhe um lugar no balcão. Pede uma cerveja de quatro centavos, espera as mãos pararem de tremer, bebe tudo e pede outra. Atrapalha-se com o fósforo ao tentar acender o cachimbo, e se atrapalha de novo na segunda tentativa. Desiste e coloca o cachimbo de volta no bolso, junto com o revólver de Drax. O barman o observa sem dizer nada.

"Preciso da tabela dos trens", Sumner diz. "Você tem uma?"

O barman faz que não com a cabeça.

"Qual trem você procura?"

"O que estiver mais próximo de partir."

O barman consulta o relógio de bolso.

"O trem dos correios provavelmente já foi", ele diz. "O próximo será de manhã."

Sumner assente. A mulher começa a cantar "The Flying Dutchman", e os homens que estão jogando dominó no canto fazem coro. O barman sorri e balança a cabeça diante da algazarra.

"Conhece um homem chamado Jacob Baxter?", Sumner pergunta.

"Todo mundo conhece Baxter. Um ricaço de merda, mora na Charlotte Street, número 27. Atuava no ramo da pesca da baleia, mas agora é querosene e parafina, dizem."

"Desde quando?"

"Desde que os dois navios dele afundaram na baía Baffin, na última temporada, e ele foi indenizado pela seguradora. A pesca da baleia é um ramo em decadência, de todo modo, e ele conseguiu sair bem na hora. Esse Jacob Baxter não dá ponto sem nó, só sei disso. Se quer ver ele pisar em falso, melhor esperar sentado."

"Quanto ele recebeu pelos naufrágios?"

O barman dá de ombros.

"Uma bolada, é o que dizem por aí. Ele entregou uma parte às esposas e aos filhos dos que morreram afogados, mas mesmo assim sobrou muito pra ele, pode ter certeza."

"E agora o negócio dele é parafina e querosene?"

"A parafina é barata e queima bem melhor do que o óleo de baleia. Eu gostaria de usar."

Sumner olha para as próprias mãos, esbranquiçadas e pintadas de sangue, contrastando com a madeira escura do balcão. Gostaria de ir embora agora mesmo, de fugir disso tudo, mas sente uma pressão ardente e animalesca se avolumando no rosto e no peito, como se uma criatura estivesse crescendo dentro dele, raspando com as garras para sair.

"Charlotte Street fica longe daqui?"

"Charlotte Street? Não fica muito longe, não. Você vai até a esquina e vira à esquerda no Salão Metodista, depois segue em frente. Você conhece o sr. Baxter?"

Sumner faz que não. Encontra um xelim no bolso, desliza a moeda sobre o balcão e recusa o troco. Quando sai do pub, a mulher está cantando "Scarboro' Sands" e os homens já voltaram a prestar atenção nos seus jogos.

A fachada da casa de Baxter é protegida por uma grade com pontas de lança e tem cinco degraus de pedra dando acesso à porta de entrada. As janelas têm persianas, mas ele vê luz através das bandeiras. Toca a campainha, e quando a empregada atende, ele informa o seu nome e diz que precisa tratar de um assunto urgente com o sr. Baxter. Ela o olha de cima a baixo, reflete por um momento, abre mais a porta e pede que ele aguarde no vestíbulo. O vestíbulo tem cheiro de sabonete de alcatrão e lustra-móveis; há um cabideiro de osso de baleia, um espelho rococó e um par de vasos chineses combinando. Sumner tira o chapéu e confere se o revólver de Drax continua no seu bolso. Um relógio toca o quarto da hora num outro recinto. Ele escuta botas batendo contra o piso de lajotas.

"O sr. Baxter o receberá em seu escritório", diz a empregada.

"Ele estava me esperando?"

"Não sei dizer se estava ou não."

"Mas ele não pareceu preocupado ao ouvir meu nome?"

A empregada levanta as sobrancelhas e dá de ombros.

"Falei o que o senhor me pediu pra falar, e ele me disse pra te levar no escritório. Não sei nada além disso."

Sumner assente e agradece. A empregada o acompanha até uma sala nos fundos da casa, passando por uma grande escada de mogno. Ela se oferece para bater, mas Sumner a impede e a dispensa com um gesto. Espera até que ela tenha subido novamente as escadas, tira o revólver do bolso e se certifica de que há uma bala no tambor. Gira a maçaneta de metal e abre a porta. Baxter está sentado numa cadeira ao lado do fogo, vestindo um roupão de veludo preto e pantufas com bordados. Tem no rosto uma expressão alerta, porém despreocupada.

Quando ele faz menção de levantar, Sumner lhe mostra o revólver e ordena que fique onde está.

"Você não precisa dessa arma, Patrick", admoesta Baxter. "Não há a menor necessidade disso."

Sumner fecha a porta e se posiciona no centro do escritório. Há estantes de livros nos dois lados, um tapete de pele de urso no piso e, acima da lareira, uma paisagem marítima e dois arpões cruzados.

"Acho que cabe a mim, não a você, decidir isso", ele diz.

"Pode ser. É apenas uma sugestão amigável, nada mais. Não importa o que tenha acontecido exatamente hoje à noite, podemos resolver sem a necessidade de armas de fogo, disso estou certo."

"Qual era o seu plano? O que pretendia que acontecesse na madeireira?"

"De que madeireira está falando?"

"Seu capanga Stevens está morto. Não seja cretino."

Baxter permanece um instante com a boca entreaberta. Ele espia o fogo, tosse duas vezes e toma um golinho de vinho do porto. Seus lábios finos estão úmidos e seu rosto está lívido, com a exceção da região levemente azulada do nariz e dos arabescos de vasos estourados em ambas as faces.

"Deixa eu explicar uma coisa a você, Patrick", diz ele, "antes que você tire conclusões precipitadas. Stevens era um bom homem, leal, cordato, mas há homens que não podem ser controlados. É a pura e simples verdade. São cruéis e burros demais. Não estão dispostos a aceitar ordens ou ser comandados. Um homem como Henry Drax, por exemplo, representa um perigo sério a todos que estão perto dele; ele não faz a menor ideia do que seja o bem comum; dá satisfação somente a si mesmo e a seus impulsos odiosos. Quando um homem como eu, honesto, um homem de negócios dotado de bom senso, descobre que tem um filho da puta perigoso e indomável desses entre os seus empregados, a única pergunta relevante é: como posso me livrar dele antes que ele me destrua e arruíne tudo que conquistei?"

"E por que me envolver nisso?"

"Foi errado da minha parte, Patrick, confesso, mas eu estava encurralado. Quando Drax apareceu aqui, cerca de um mês atrás, achei que poderia contar com ele para o que tinha em mente. Sabia que ele era imprestável e perigoso, mas acreditei que mesmo assim ele poderia ser útil. Me enganei, é claro. Eu tinha dúvidas desde o começo, mas quando recebi a carta que você enviou de Lerwick, entendi com toda a clareza que eu havia criado laços com um monstro. Sabia que precisava me livrar dele antes que ele pudesse cravar os dentes ainda mais fundo em mim. Mas como eu poderia resolver a questão? Ele é um desgraçado ignorante, mas não é bobo. É desconfiado e astuto, além de ser capaz de matar um homem por prazer. Não se pode argumentar ou conversar com um selvagem desses. Você sabe disso tão bem quanto eu. É preciso empregar a força, ou mesmo a violência se necessário. Concluí que eu precisava montar uma armadilha contra ele, atraí-lo e pegá-lo de surpresa, e achei que você poderia ser a minha isca. Era isso que eu tinha em mente. Foi irresponsável e inadequado da minha parte, agora vejo bem. Não devia ter usado você como fiz, e se Stevens está morto agora, como você alega..."

Ele ergue uma sobrancelha e espera.

"Stevens foi atingido por uma bala atrás da cabeça."

"Por Drax?"

Sumner assente.

"E que fim levou aquele canalha desgraçado?"

"Eu o matei."

Baxter assente devagar e espreme os lábios. Fecha e abre os olhos.

"Você tem coragem", diz ele. "Para um médico, quero dizer."

"Era eu ou ele."

"Aceita beber uma taça de vinho comigo agora?", pergunta Baxter. "Ou pelo menos sentar?"

"Estou bem assim."

"Você fez bem em vir até aqui, Patrick. Posso te ajudar."

"Não vim aqui pedir a porra da sua ajuda."

"Veio para quê, então? Não para me matar, espero. De que adiantaria?"

"Não acredito que fui levado até lá para servir de isca. Você queria me ver morto."

Baxter nega.

"Por que eu iria querer uma coisa dessas?"

"Você mandou Cavendish afundar o *Volunteer*, e Drax e eu somos os únicos que podiam saber ou adivinhar. Drax me mata, depois Stevens mata Drax e tudo se ajeita. Só que não funcionou assim. O tiro saiu pela culatra."

Baxter inclina a cabeça para o lado e coça o nariz.

"É um raciocínio aguçado da sua parte", ele diz, "mas não é verdade, nem de longe. Preste atenção agora, Patrick, escute bem o que vou dizer. O fato é que há dois homens mortos naquela madeireira, e você assassinou um deles. Acho que a posição em que você se encontra torna minha ajuda um tanto quanto necessária."

"Se eu disser a verdade, não tenho quase nenhum motivo para temer a lei."

Baxter ri debochadamente.

"Ora, Patrick", diz ele. "Você não pode ser inocente e infantil a ponto de acreditar em algo tão implausível. Sei que não é. Você é um homem vivido, assim como eu. Pode explicar as suas teorias ao magistrado, é claro que pode, mas conheço o magistrado há anos e não estou tão certo assim de que ele acreditaria nelas."

"Sou o único sobrevivente da tripulação, o único que sabe."

"Sim, mas *quem é você*, exatamente? Um irlandês de origem duvidosa. Haverá investigações, Patrick, vão revirar o seu passado, sua passagem pela Índia. Ah, você com certeza poderia me causar desconforto, mas eu poderia fazer o mesmo contra você, e também coisa muito pior, se quisesse. Quer mesmo desperdiçar seu tempo e sua energia com isso? O que espera obter? Drax está morto e os dois navios afundaram. Nenhum daqueles coitados voltará à vida, isso eu posso garantir."

"Eu poderia te matar agora mesmo."

"Certamente poderia, mas nesse caso teria dois assassinatos no seu nome, e como isso melhoraria a sua situação? Precisa usar a cabeça agora, Patrick. Essa é a sua chance de deixar tudo isso para trás, de começar do zero. Quantas vezes um homem recebe essa oportunidade rara na vida? Você me fez um grande favor ao matar Henry Drax, seja lá como isso tenha acontecido, e terei o maior prazer em remunerá-lo pelo serviço. Posso colocar cinquenta guinéus na sua mão hoje mesmo, e você pode baixar essa arma, sair dessa casa e nunca mais olhar para trás."

Sumner não se move.

"O próximo trem só parte ao amanhecer", ele diz.

"Então pegue um cavalo do meu estábulo. Eu mesmo posso encilhá-lo."

Baxter abre um sorriso, levanta devagar e caminha até o grande cofre de ferro que fica num dos cantos do escritório. Destranca a porta do cofre, pega uma carteira de lona marrom e a entrega para Sumner.

"Há cinquenta guinéus em ouro aí dentro para você", diz ele. "Dê um jeito de chegar em Londres. Esqueça a porcaria do *Volunteer*, esqueça Henry Drax. Nada disso é real agora. O que interessa é o futuro, não o passado. E não se preocupe com a madeireira também. Vou inventar alguma história para despistá-los."

Sumner olha para a carteira, sente seu peso na mão, mas não responde. Ele pensava que conhecia os próprios limites, mas agora tudo mudou — o mundo está desatinado, à deriva. Sabe que precisa agir rápido, precisa fazer *algo* antes que o mundo mude outra vez, antes que enrijeça e o imobilize. Mas o quê?

"Estamos acertados?", pergunta Baxter.

Sumner coloca a carteira em cima da mesa e olha para o cofre aberto.

"Me dê o resto", diz, "e deixo você viver."

Baxter enruga a testa.

"O resto do quê?"

"Tudo o que está no cofre. Cada centavo."

Baxter abre um sorriso largo, como se tivesse ouvido uma piada.

"Cinquenta guinéus é uma boa soma, Patrick. Mas posso tranquilamente lhe dar mais vinte, se acha que vai precisar."

"Quero tudo. Não importa quanto. Tudo o que está no cofre."

Baxter para de sorrir e o encara.

"Quer dizer que veio aqui me *roubar*? Era isso?"

"Estou usando a cabeça como você aconselhou. Tem razão, a verdade não pode me ajudar agora, mas aquela pilha de dinheiro com certeza pode."

Baxter contorce o rosto. Suas narinas tremem, mas ele não avança em direção ao cofre.

"Não acredito que você vai me matar dentro da minha própria casa", ele diz com calma. "Não acredito que tem colhões para fazer isso."

Sumner aponta o revólver para a cabeça de Baxter e engatilha. Alguns homens fraquejam diante da morte, ele diz a si mesmo, alguns começam convictos e depois amolecem, mas não pode ser o meu caso. Não agora.

"Acabei de matar Henry Drax com uma lâmina de serra quebrada", ele diz. "Acha mesmo que meter uma bala na sua cabeça vai testar os meus nervos?"

Baxter contrai a mandíbula e seus olhos ávidos procuram os cantos do escritório.

"Uma lâmina de serra, você disse?"

"Pegue aquela bolsa de couro", Sumner ordena, apontando com o revólver. "Pode encher."

Após uma breve pausa, Baxter obedece. Sumner confere se o cofre ficou mesmo vazio e então manda que ele vire e olhe a parede. Ele corta o cordão de cetim da cortina com o canivete, amarra as mãos de Baxter atrás das costas, enfia um guardanapo dentro de sua boca e o amordaça com o lenço que estava usando no pescoço.

"Agora me leve até o estábulo", diz Sumner. "Vá na frente."

Eles atravessam o corredor dos fundos e a cozinha. Sumner abre a fechadura da porta dos fundos e eles entram no jardim ornamental. Há trilhas de cascalho, canteiros de flores suspensos, um laguinho para peixes e uma fonte de ferro fundido. Vai levando Baxter adiante com empurrões. Passam por um galpão de jardinagem, depois por um gazebo com padrões decorativos nas cercas e rodeado por arbustos de buxo. Quando chegam no estábulo, Sumner abre a porta lateral e espia lá dentro. Há três baias de madeira e uma sala de arreios contendo sovelas, martelos e uma bancada. Perto da porta há um lampião. Ele empurra Baxter para o canto, acende o lampião, pega uma corda na sala de arreios e faz um laço na ponta. Coloca o laço em volta do pescoço de Baxter, aperta até que os olhos dele fiquem saltados e joga a outra ponta da corda por cima de uma viga do telhado. Puxa a corda com força, até que as solas de camurça das pantufas bordadas de Baxter mal estejam tocando o chão, e amarra a ponta num gancho da parede. Baxter dá um gemido.

"Se ficar calmo e com a boca fechada, vão encontrar você com vida amanhã cedo", diz Sumner. "Se gritar ou se mexer, pode ser que não acabe tão bem."

Há três cavalos no estábulo — dois são pretos, jovens e viçosos, e o outro é mais velho e cinzento. Retira o cinzento da baia e o encilha. O cavalo bufa e se agita, mas ele acaricia seu pescoço e sussurra uma melodia até que ele esteja calmo o bastante para aceitar morder o freio. Apaga o lampião, abre a porta da frente e espera alguns instantes, observando e ouvindo com atenção. Escuta o vento se lamentando e chacoalhando as árvores, o chiado de um gato, mas nada mais ameaçador. A saída está vazia; as lâmpadas a gás que montam guarda em frente ao estábulo projetam luz no céu soturno. Ele joga a bolsa sobre o lombo do cavalo e enfia a bota no estribo.

Ao raiar do dia ele já cavalgou trinta quilômetros para o norte dali. Passa por Driffield sem parar para descansar. Em Gorton, faz uma pausa para que o cavalo possa matar a sede no lago e segue caminho para noroeste na semiescuridão, passando pelos bosques de faias e sicômoros e pelo fundo seco dos vales. Quando o céu fica claro, surgem campos arados se estendendo para ambos os lados, com sulcos profundos de terra escura pontilhada de greda branca. As cercas vivas são um emaranhado de urtigas-mortas, centáureas e sarças entrelaçadas. Um pouco antes do meio-dia, alcança o cume norte das colinas de Wold e desce até o mosaico de campos que cobre a planície. Já anoiteceu quando entra na cidade de Pickering, as estrelas formam uma massa compacta no céu preto-azulado e ele está zonzo e desnorteado devido à fome e à falta de sono. Encontra um estábulo de aluguel para o cavalo e pega um quarto na pousada ao lado. Se alguém pergunta, diz que seu nome é Peter Batchelor e que está viajando de York até Whitby para ver o tio que está doente e pode morrer a qualquer momento.

Dorme a noite inteira segurando com força o revólver de Drax na mão direita, junto ao peito, depois de ter escondido a bolsa de couro debaixo da armação de ferro da cama. De manhã bem cedo, come mingau de aveia e rins, e leva para o chá da tarde um pedaço de pão com gordura de carne assada, enrolado em papel pardo. Uns dez ou doze quilômetros depois, a estrada para o norte se transforma numa subida cada vez mais íngreme, passando por bosques de pinheiros e campos acidentados com criação de ovelhas. As cercas vivas ficam intermitentes até desaparecer por completo e o capim vai cedendo lugar a tojos e samambaias; a paisagem endurece e se retrai. Em pouco tempo se vê em meio à charneca. Para onde quer que olhe, continentes de nuvens com contornos escuros pairam sobre uma vastidão ondulada e sem árvores, colorida de roxo, marrom e verde. O ar da altitude traz de volta o frio. Se Baxter enviou homens atrás dele, tem quase certeza de que não virão procurá-lo ali, pelo menos não de início — pode ser que o procurem no oeste, ou no sul, em Lincolnshire, mas não ali, não por enquanto. Ainda vai demorar um dia inteiro, espera, para que as notícias de Hull cheguem até Pickering, tempo suficiente para que ele atinja o litoral e encontre um navio que o levará para o leste, até a Holanda ou a Alemanha. Quando chegar na Europa, usará o dinheiro de Baxter para desaparecer, tornar-se outra pessoa. Terá um novo nome e uma nova profissão. Tudo o que veio antes será esquecido, ele assegura a si mesmo, tudo o que insistia em não terminar será erradicado para sempre.

As nuvens se aglomeram e escurecem antes da chegada de uma chuva firme. Cruza com um carroceiro que está viajando para o sul, levando ovelhas para o mercado, e eles param para conversar. Sumner pergunta quanto falta para chegar em Whitby, e o carroceiro coça o queixo barbudo e enruga a testa como se a pergunta não fizesse muito sentido, e então diz que ele terá sorte se chegar antes de escurecer. Alguns quilômetros mais adiante, Sumner sai da estrada que leva a Whitby e muda o rumo para noroeste, em direção a Goathland e Beck

Hole. A chuva vai embora e o céu se pinta de um azul-claro que remete ao verão. A urze arroxeada é escassa e está queimada junto às margens da estrada, enquanto ao longe se enxergam ilhas de árvores e arbustos reunidos em torno das covas úmidas. Sumner come seu pão com gordura de carne e bebe com as mãos em concha a água marrom e turvada de um riacho. Passa por Goathland e segue em direção a Glaisdale. Ao longo de determinado trecho, a charneca se transforma de volta num capim misturado com samambaias, miosótis e sabugueiros rasteiros, mas em pouco tempo ela retorna, rasteira e estéril. Sumner passa a noite num celeiro parcialmente desmoronado, tremendo durante o sono, e logo ao amanhecer monta no cavalo e continua viajando para o norte.

Quando está nas proximidades de Guisborough, faz uma parada num estábulo, vende o cavalo e a sela pela metade do valor, pega a bolsa e entra na cidade. Numa banca de revistas perto da estação de trem, compra um exemplar do *Courant* de Newcastle e o lê na plataforma. A notícia sobre o assassinato e o roubo em Hull ocupa meia coluna na segunda página. Patrick Sumner, um irlandês e ex-soldado, é citado como o autor do crime, e há uma descrição do cavalo roubado e uma menção à grande recompensa que está sendo oferecida por Baxter a qualquer um que forneça informações úteis. Abandona o jornal dobrado em cima do banco e embarca no primeiro trem para Middlesbrough. A cabine tem cheiro de fuligem e brilhantina; duas mulheres estão conversando e um homem está dormindo na ponta. Ele toca a aba do chapéu para as mulheres e sorri, mas não puxa conversa. Coloca a bolsa de couro sobre os joelhos e sente o seu peso reconfortante.

Passa a noite procurando vozes estrangeiras. Percorre a zona portuária de taverna em taverna, de ouvidos atentos: russo, alemão, dinamarquês, português. Precisa encontrar alguém inteligente, pensa, mas não demais; ganancioso, mas não demais. Na

Baltic Tavern, na Commercial Street, encontra um sueco, capitão de um brigue que está partindo para Hamburgo pela manhã transportando uma carga de carvão e ferro. Tem um rosto largo, olhos avermelhados e cabelos que de tão loiros parecem brancos. Quando Sumner lhe diz que precisa de um leito e que pagará o que for necessário pelo privilégio, o sueco retribui com um olhar desconfiado, sorri e pergunta quantos homens ele matou.

"Foi só um", diz Sumner.

"Só um? E ele mereceu?"

"Eu diria que mereceu e muito."

O sueco ri e balança a cabeça.

"O meu navio é mercante. Me desculpe. Não tenho lugar para passageiros."

"Então me ponha para trabalhar. Posso puxar uma corda se for preciso."

Ele balança a cabeça outra vez e bebe um gole de uísque.

"É impossível", diz.

Sumner acende o cachimbo e sorri. Presume que essa resistência não passa de simulação, de um modo de elevar o preço da passagem. Fica pensando se o sueco seria um leitor do *Courant* de Newcastle, mas conclui que é muito improvável.

"Quem é você, por falar nisso?", pergunta o sueco. "De onde vem?"

"Não importa."

"Mas você tem um passaporte, algum documento? Vão pedir em Hamburgo."

Sumner pega uma moeda de ouro no bolso e a desliza sobre a mesa.

"O que tenho é isso", diz.

O sueco ergue as sobrancelhas claras e assente. O vozerio embriagado se eleva em torno deles e em seguida volta a diminuir. Uma porta se abre, e o ar enfumaçado tremula no alto da cabeça deles.

"Quer dizer que o homem que você matou era rico?"

"Não matei ninguém", diz Sumner. "Só estava brincando."

O sueco fixa o olhar na moeda de ouro, mas não faz menção de pegá-la. Sumner se reclina no encosto da cadeira e aguarda. Sabe que o futuro está em algum lugar ali perto: sente a presença de algo puxando e se expandindo, um espaço vazio e cintilante a ser preenchido. Ele está parado bem na borda, em posição, pronto para dar o passo adiante.

"Acredito que encontrará alguém disposto a levá-lo", o sueco diz finalmente. "Se pagar bem."

Sumner pega outra moeda de ouro no bolso e a coloca ao lado da primeira. As moedas gêmeas piscam amarelo na luz vacilante dos lampiões a gás; em cima do tampo preto e molhado da mesa, elas parecem brilhar como olhos. Ele olha de novo para o sueco e sorri.

"Acho que já encontrei", diz.

25

Numa manhã de tempo bom, cerca de um mês depois, ele vai visitar o *Zoologischer Garten* em Berlim. Agora está de barba feita, com roupas novas e um nome novo. Passeia pelos caminhos de cascalho fumando seu cachimbo e parando de vez em quando para observar os animais bocejando, cagando e se coçando. O céu está sem nuvens e o sol rasteiro do outono é cálido e generoso. Vê leões, camelos e macacos; observa um menino pequeno, vestido de marinheiro, alimentando uma zebra solitária com pãezinhos. É quase meio-dia, está começando a perder o interesse, quando repara no urso. A jaula em que ele está não é maior do que o convés de um navio. De um lado há um fosso revestido de chumbo e cheio d'água, e na parede dos fundos um arco de tijolos dá acesso a uma cova com o chão coberto de palha. O urso está parado lá atrás, olhando para a frente com indiferença. Sua pelagem está caída, sem viço e amarelada, e seu focinho está escangalhado e cheio de manchas. Enquanto Sumner o observa, uma família se aproxima e se posiciona a seu lado na cerca. Uma das crianças pergunta em alemão se aquele é o leão ou o tigre, e a outra criança ri dela. Eles começam a discutir, mas a mãe logo intervém e os aquieta. Depois que a família vai embora, o urso espera mais um pouco e sai andando com passos trôpegos, balançando a cabeça como uma varinha de adivinhação, arrastando de leve os pés maciços no piso de cimento. Dirige-se à frente da jaula e enfia o focinho entre as barras escuras até que seu rosto delgado e lupino esteja a menos de um metro do rosto de Sumner. O urso fareja o ar e o encara com seus olhos perscrutantes que parecem passagens estreitas para uma escuridão maior. Sumner queria poder desviar os olhos, mas não consegue. O olhar do urso o agarra com firmeza. O urso exala ar pelo focinho e seu hálito cruento roça as faces e a boca de Sumner. Um medo passageiro logo perde força e se esvai, deixando em seu rastro uma pontada inesperada de solidão e carência.

The North Water © Ian Mcguire, 2016

Todos os direitos desta edição reservados à Todavia.

Grafia atualizada segundo o Acordo Ortográfico da Língua Portuguesa de 1990, que entrou em vigor no Brasil em 2009.

capa e ilustração de capa
Laurindo Feliciano
composição
Marcelo Zaidler
preparação
Manoela Sawitzki
revisão
Ana Maria Barbosa
Erika Nogueira Vieira

Dados Internacionais de Catalogação na Publicação (CIP)

— —

McGuire, Ian (1964-)
Águas do Norte: Ian McGuire
Título original: *The North Water*
Tradução: Daniel Galera
São Paulo: Todavia, 1ª ed., 2021
304 páginas

ISBN 978-65-5692-115-0

1. Literatura inglesa 2. Romance 3. Ficção contemporânea
I. Galera, Daniel II. Título

CDD 823

— —

Índice para catálogo sistemático:
1. Literatura inglesa: Romance 823

todavia

Rua Luís Anhaia, 44
05433.020 São Paulo SP
T. 55 11. 3094 0500
www.todavialivros.com.br

fonte
Register*
papel
Munken print cream
80 g/m²
impressão
Geográfica